BASTEI
LÜBBE

Robyn Russell

Die Galerie

Erotischer Roman

Ins Deutsche übertragen von
Sandra Green

BASTEI LÜBBE

BASTEI LÜBBE TASCHENBUCH
Band 14 667

1. Auflage: Januar 2002

Vollständige Taschenbuchausgabe

Bastei Lübbe Taschenbücher
ist ein Imprint der
Verlagsgruppe Lübbe

Deutsche Erstveröffentlichung
Titel der englischen Originalausgabe:
Ginger Root

Dieses Werk wurde vermittelt durch die
Literarische Agentur Thomas Schlück, 30827 Garbsen

Lektorat: Rolf Schmitz
Titelillustration: Superstock
Umschlaggestaltung: Tanja Østlyngen
Satz: QuadroPrintService, Bensberg
Druck und Verarbeitung:
Brodard & Taupin, La Flèche, Frankreich
Printed in France

ISBN 3-404-14667-0

Sie finden uns im Internet unter
http://www.luebbe.de

Der Preis dieses Bandes versteht sich einschließlich der gesetzlichen Mehrwertsteuer

Für alle Bären

Inhalt

Heiße Fotos

Während eines sich träge dahinziehenden Nachmittags saß Eden Sinclair, Leiterin der exklusiven Galerie Raton im noblen Bezirk von Midtown Atlanta, allein in ihrem Büro. Ein warmer Sonnenstrahl fiel durch das Oberlicht auf ihre Schultern und das kastanienbraune Haar und legte sich wie flüssiges Gold auf die glatte Oberfläche ihres Ahornschreibtischs. Von dort prallten die Strahlen auf eine Reihe von Schwarzweißfotos, die Eden um sich gruppiert hatte, und verliefen sich auf dem Perserteppich.

Eden beobachtete, wie die Sonnenstrahlen das Muster des Teppichs veränderten, große und kleine goldene Flecken besprenkelten das blasse Rot. Sie wurde an die Geschichte von Zeus aus der griechischen Mythologie erinnert. Er hatte seinen goldenen Samen über die ahnungslose Danae gesprüht und sie geschwängert; neun Monate später gebar sie den Perseus.

Eden, die ihr dichtes Haar sehr kurz trug, was ihr ovales Gesicht unterstrich, seufzte ungeduldig. Was brachte sie nur auf den Gedanken von Zeus' Ejakulationen? Sie streifte ihre Sandalen ab und erhob sich.

Sie war groß und anmutig. Während sie sich streckte, fuhr sie mit den Händen über ihren Rock, der ihre Figur umschmiegte. Das eng sitzende Leinenkostüm war in einem wunderbaren Dunkelblau gehalten, das ihrer Augenfarbe entsprach. Eden sammelte eine Hand voll Fotos ein und schlenderte hinüber zu der niedrigen Balustrade aus Teakholz, die ihr Büro im offenen Zwischengeschoss begrenzte.

Von der Balustrade konnte Eden fast den gesamten Ausstellungsraum überblicken, in dem gewöhnlich die teuren Kunstgegenstände gezeigt wurden, die von den Kunden der Galerie so geschätzt wurden. Aber an diesem Nachmittag waren die Wände leer. Edens Blick fiel auf die kahlen Wände, auf die polierten Ahorndielen des Bodens und auf die geschwungene Wendeltreppe, über die Besucher in ihr Büro gelangten. Aber heute gab es keine Besucher, keine Kunst und keine Künstler.

Sie betrachtete noch einmal die großformatigen Fotos in ihrer Hand und bewunderte die anatomischen Einzelheiten der Bronzestatuen von männlichen und weiblichen Körpern. Selbst auf den Fotos wirkten sie monumental. Einige der Statuen waren Einzeldarstellungen, andere bestanden aus Gruppen von Menschen, manche in sexuelle Aktivitäten verstrickt.

Jedes Mitglied der Skulpturenmannschaft strömte sinnliche Macht aus, die sogar auf den Schwarzweißfotos, achtzehn mal zweiundzwanzig Zentimeter groß, erkennbar wurde. Eden konnte es nicht erwarten, sie in der bronzenen Version zu sehen, wie sie die Galerie mit ihrer sexuellen Energie füllten.

Aber noch gähnte da unten nichts als Leere. Zum zehnten Mal in der letzten halben Stunde fragte sich Eden, wo die Bronzestatuen blieben.

Gestern Nachmittag hatte Eden die Galerie geräumt, um Platz für die neuen Ausstellungsstücke zu schaffen, und dann hatte sie zwei Mitarbeiter mit einem der Lieferwagen der Galerie nach Savannah geschickt, um die Statuen aufzuladen. Savannah lag etwa viereinhalb Stunden entfernt an der Küste Georgias. Der Schöpfer der Skulpturen, ein schottischer Künstler namens Michael MacKenzie, hätte sie längst anrufen sollen, um einen Gesprächstermin zu vereinbaren.

Eden musste die neuen Bronzeplastiken sehen, ehe sie andere Werke auswählen konnten, die dazu passten. Ihr Boss, Alexander Raton, hatte erst vor zwei Tagen entschieden, dass MacKenzies Skulpturen den Mittelpunkt der Sommerausstellung bilden sollten.

Schon die Fotos zeigten Eden, dass die Arbeiten von MacKenzie sehr gut waren, aber die Entscheidung ihres Chefs in letzter Minute zwangen sie, die gesamte Ausstellung neu zu formieren. Sie hatte den Katalog beim Drucker zurückziehen müssen – neun Tage vor der Eröffnung. Stattdessen hatte sie schlichte Einladungskarten ohne Bilder und nur mit wenigen Angaben an die Stammkunden der Galerie geschickt.

Eden ging in ihrem Büro unruhig auf und ab. Dies war nicht die professionelle Art, eine Galerie zu führen. Sie war gereizt und angespannt. Sie wollte zum Telefon greifen und den Empfang anrufen. Angela St. John hatte vielleicht etwas über den Transport der Skulpturen gehört. Aber noch während Eden zum Hörer griff, sah sie unten eine Bewegung.

Eden schaute hinunter in das Foyer der Galerie und sah, dass die honigblonde Angela anderweitig beschäftigt war. Im Mittelpunkt des Interesses der jungen Assistentin stand nicht die unmittelbar bevorstehende Ankunft der neuen Ausstellungsstücke, sondern ein einheimischer Reporter, Winston Fineman, der auch als gelegentlicher

Kritiker der *Atlanta Democrat* arbeitete. Während Eden von oben zuschaute, schritt der große, kantige Fineman durchs Foyer auf Angelas Schreibtisch zu.

Die Assistentin stand vor ihrem Schreibtisch, eine Backe des kleinen festen Pos auf der Kante. Der Rock war die Schenkel hochgerutscht. Sie trug Schuhe mit Pfennigabsätzen.

Sie plauderten und lachten miteinander. Der große Fineman überragte sie turmhoch. Angela überreichte ihm ein Skizzenbuch, aber auf ihrem Beobachtungsposten sah Eden, dass dem Mann nicht der Sinn nach Kunst stand. Er starrte auf Angelas feste Brüste, die in der tief ausgeschnittenen Bluse zu erahnen waren.

Erst kürzlich hatte Eden bemerkt, dass Angela – wie so viele in der Kunstbranche – an der eigenen Karriere als Künstlerin arbeitete. Vor einer Woche hatte sie ihr Skizzenbuch mitgebracht, um es Fineman bei Gelegenheit vorzulegen. Seither hatte sie ihn umbuhlt und auf den günstigen Moment gewartet, ihm das Skizzenbuch zur Beurteilung in die Hand zu drücken.

Eden selbst hatte sich auf Angelas Bitte hin das Skizzenbuch angesehen, und sie war recht beeindruckt gewesen. Die meisten ihrer Figuren waren Akte, und für eine junge Künstlerin war Angelas Technik, die Muskeln und Knochenstruktur des menschlichen Körpers darzustellen, fast vollkommen. Eden hatte einige Akte als klassische Posen ihrer eigenen Kunstausbildung wiedererkannt, denn auch sie hatte mit dem Gedanken gespielt, ausführende Künstlerin zu werden.

Sie war auch ziemlich gut gewesen, dachte Eden lächelnd, obwohl es schon Jahre her war, dass sie ernsthaft gezeichnet hatte. Wie viele Künstler hatte Eden eine Reihe von Jobs angenommen, um sich den Lebensunterhalt zu verdienen. Schließlich hatte sie sich darauf konzentriert, in Galerien zu arbeiten und die Kunst anderer Menschen zu betreuen, statt selbst Kunst zu produzieren. Sie nutzte ihr geübtes Auge, um das Talent anderer Künstler zu entdecken.

Beim Betrachten der einzelnen Blätter von Angelas Arbeiten war Eden aufgefallen, welche Zeichnungen von leibhaftigen Modellen angefertigt worden waren und welche nach Statuen. Etwa die Hälfte der Bleistiftskizzen vibrierten mit einer besonderen Energie, die den anderen trotz der flotten Technik fehlte.

Diese besseren Zeichnungen zeigten alle einen jungen Mann, und einige stellten ihn in den verschiedenen Stadien sexueller Erregung dar. Eden erinnerte sich an eine Zeichnung, die sie mit Begeisterung und prickelndem Vergnügen angeschaut hatte. Sie zeigte den jungen Mann auf einer bedeckten Couch, wie er seinen stark erigierten Penis mit offensichtlichem Wohlgefallen streichelte, während er den Betrachter offen anschaute, ein träges Lächeln um die Lippen.

Angelas Zeichentechnik hatte sowohl die physischen Details der Anatomie ihres Modells eingefangen wie auch die starke sexuelle Energie, die ebenso kurz vor dem Ausbruch stand wie der Samen des jungen Mannes. Diese Zeichnung war mit lockerer Hand angefertigt, mit wenigen gekonnten Strichen.

Eden stellte sich vor, dass Angela so schnell arbeitete, um den Zauber des Augenblicks einzufangen, bevor sie ihrer Lust nachgab, Bleistift und Zeichenblock in die Ecke warf und sich vor ihren

Geliebten (das musste er wohl sein) kniete, um den köstlich aussehenden Schaft tief in den Mund zu nehmen und die Sahne des Geliebten zu schmecken. Vielleicht hatte Angela auch ihre Kleider vom Leib gerissen und sich auf das beeindruckende Glied gestürzt, um es die letzten Sekunden vor dem Ausbruch zu reiten.

Aber nach nur wenigen weiteren Zeichnungen verschwand der Mann von Angelas Seiten; er wurde von gewissenhafteren, aber auch langweiligeren Studien klassischer Statuen ersetzt. Irgendwie war Eden enttäuscht, sowohl als Kritikerin wie auch als neutrale Betrachterin; sie spürte, dass Angelas Arbeiten etwas verloren hatten – und Angela wahrscheinlich auch. Die einzige Erklärung für die plötzliche Abwesenheit des jungen Mannes konnte nur sein, dass die Affäre ein Ende gefunden hatte.

Das Skizzenbuch in die Galerie mitzubringen, war erst der Auftakt für größere Maßnahmen gewesen. Heute hatte Angela ein Gemälde mitgebracht, damit Winston Fineman es beurteilen konnte. Jetzt sah sich Eden das Gemälde an, es stand unten am Empfangsschalter und zeigte wieder den jungen Mann, der so oft und so erregt in Angelas Skizzenbuch vertreten gewesen war.

Auf dem Ölgemälde hielt sich die sexuelle Ausstrahlung des Mannes in Grenzen. Er war zwar nackt, aber seine Haltung war eher zurückhaltend. Sein Penis war schlaff, und seine Hände waren mit einem Buch beschäftigt, während er auf der Couch lag, die Eden schon von den Bleistiftskizzen kannte.

Während Eden ihnen zuschaute, führte Fineman die Assistentin am Arm zu ihrem Gemälde.

»Das Bild fängt die Stimmung deiner besten Zeichnungen ein«, hörte Eden den Kritiker sagen. »Es steht zweifelsfrei fest, dass du deine besten Arbeiten vom lebenden Modell fertigst und nicht von den klassischen Vorlagen. Man sieht, dass du auf dein Modell reagierst, du fängst die sexuelle Ausstrahlung ein, ob dein Modell nun erregt ist oder nicht.«

Nicht schlecht, dachte Eden, die über dem Balkon lehnte und das Paar beobachtete. Fineman hatte zwar von Angelas Kunst gesprochen, aber seine Ausführungen konnten nahtlos auf eine persönlichere Ebene gleiten. Sie hätte beinahe aufgelacht, als Fineman ihre Intuition mit der nächsten kleinen Ansprache umsetzte.

»Es ist leicht für mich, deine Arbeit aus einer akademischen Perspektive zu kritisieren«, begann er. »Ich könnte die Qualität deiner Strichführung herausstellen und die Art, wie du mit der Farbe umgehst. Mir gefällt, wie du die Farben mischst, du nimmst nicht einfach, was aus den Tuben kommt.«

Angela war hingerissen; verzückt hörte sie dem Kritiker zu.

Fineman fuhr lächelnd fort: »Aber ich könnte dir eine größere Hilfe sein, wenn ich dich bei der Arbeit beobachten könnte. Ich sollte dich in deinem Studio besuchen. Es ist offenkundig, dass deinen Arbeiten eine starke sinnliche Komponente innewohnt, die könnte ich besser analysieren, wenn ich deiner Arbeit zusehe. Wenn du bald Kaffeepause hast, können wir das noch vertiefen.«

Männer waren so leicht zu durchschauen, dachte Eden, als sie zusah, wie Fineman die Assistentin umgarnte. Aber auch Angela hatte Hintergedanken sexueller Natur. Erst jetzt fiel Eden auf, dass Angela ohne Büstenhalter aus der Mittagspause zurückgekehrt war. Durch den dünnen Baumwollstoff der Bluse waren die Umrisse der versteiften Nippel und die Konturen der vollen Brüste deutlich zu erkennen.

Eden hatte volles Verständnis für die Absichten ihrer Assistentin. Angela warf ihre langen honigblonden Haare über die Schultern und lachte fröhlich. Sie stellte sich auf die Zehenspitzen, berührte seinen Mund mit den Lippen und flüsterte dann etwas in Finemans Ohr, was Eden nicht hören konnte.

Als sie sich zum Gehen wandten, legte Fineman eine Hand über Angelas rechte Brust und drückte sie leicht. Mit dem Daumen fuhr er über den einladend erigierten Nippel. Dann gingen sie und nahmen das Gemälde mit.

Der Abgang der beiden vertiefte Edens Gefühl von Einsamkeit in der Leere der Galerie. Ein Blick aus dem einzigen Fenster ihres Büros zeigte ihr die seelenlose Kakophonie von Glas- und polierten Steinfassaden, die das Stadtbild des wirtschaftlichen und kulturellen Atlanta prägten. Die kalten reflektierenden Mauern der neuen Gebäude stahlen die Schönheit der wenigen historischen Häuser, die erhalten geblieben waren.

Die Galerie Raton befand sich in einem dieser alten Häuser, gemeinsam mit Rechtsanwälten und Steuerberatern. Es war ein sehr schönes Gebäude, das ursprünglich als Stadthaus eines wohlhabenden Industriellen errichtet worden war. Jetzt stand es zwischen zwei Wolkenkratzern, die sich verzweifelt um einen Art-Deco-Look der Dreißiger Jahre bemühten.

Obwohl es von den Nachbarn zu einem Zwerg

degradiert worden war, besaß das Haus, in dem die Galerie beheimatet war, stattliche Ausmaße; insgesamt fünf Stockwerke. Die unteren Etagen gehörten den Rechtsanwälten und Steuerberatern, und die Galerie befand sich in den oberen drei Etagen.

Eden warf ein dickes Kissen von der Chaiselongue auf den Boden. Sie nahm die restlichen Fotos vom Schreibtisch und legte sie im Halbkreis auf den Boden, während sie auf dem sonnenbesprenkelten Teppich kniete. Da sie die Skulpturen nicht zur Verfügung hatte, sollte sie vielleicht anhand der Fotos überlegen, mit welchen Exponaten sie die Ausstellung ergänzen konnte.

Aber während sie die sinnlichen Bilder vor sich sah, die athletischen Hüften und muskulösen Schenkel und Hinterbacken, die verführerischen Brüste und Genitalien, wanderten Edens Gedanken.

Die meisten von MacKenzies Skulpturen waren neoklassizistisch, inspiriert von Meisterwerken wie Giorgiones berühmtes Gemälde *Schlafende Schönheit*. Eden betrachtete MacKenzies Version dieses Motivs, eine üppige Odaliske, deren linke Hand sanft in ihrem Schamhaar ruhte, die Fingerspitzen zwischen den Labien.

Eden studierte das Bild dieser eleganten Frau, und wie von selbst glitt ihre Hand zwischen ihre Schenkel. Sie hob den Rock an und strich über die dünne Seide ihres Slips. Sie ließ sich auf das Kissen nieder und streichelte die empfindliche Haut der Innenseiten ihrer Schenkel, während sie ein Liebespaar anschaute.

Die Skulptur zeigte eine nackte Frau, die ihren Geliebten entkleidete. Die Brustwarzen der Frau waren fest und steif, und eine Beule unter dem Hosenstoff des Mannes zeigte dessen Erregung.

Eden spürte, wie sich ihre Warzen unter der Bluse spannten. Diese Skulpturen waren mehr als nur ein paar geschickte Nachbildungen alter Meistervorlagen. Die Bewegungen und Leidenschaften ihrer Liebesbezeugungen waren zeitlos, aber die Figuren stammten aus unserer Zeit.

Eine junge Rechtsanwältin aus dem nebenan aufragenden Büroturm hätte zum Beispiel Modell für MacKenzies Venus gestanden haben können, und sein Mars glich ein wenig dem Investmentberater der Magnolia National Bank weiter unten auf der Straße.

Edens Aufmerksamkeit kehrte zu der einzelnen weiblichen Figur zurück, die sich selbst streichelte. Ob die behutsamen Liebkosungen dazu dienten, sich auf den Geliebten vorzubereiten, oder ob sie ein Ersatz für den abwesenden Partner sein sollten, blieb unklar. Eden neigte zur letzten Erklärung. In ihrem Leben gab es momentan auch keinen Mann.

Seit über einem Jahr war Eden solo, deshalb gestattete sie sich, vom erotischen Funken der Fotos angeregt zu werden. Ihre Gedanken wurden auf einen zunehmend vertrauten Pfad gelenkt. Während die Fotos der Bronzestatuen von mythischen Wesen und Göttinnen in ihrem Kopf tanzten, verlegte sie ihre Tagträumereien in die Galerie mit ihren Kollegen, Kunden und Künstlern.

Eden genoss diese Fantasien, aber letztlich blieben sie unbefriedigend. Sie mussten Fantasien bleiben, mahnte sie sich, denn seit Jahren hatte sie zum Gesetz erhoben, sich nie mit Kollegen oder Geschäftspartnern einzulassen. Sie hatte zu viele Fälle erlebt, in denen der Ruf aufs Spiel gesetzt wurde, weil Loyalität und Objektivität gebrochen wurden. Sex mit ihren Künstlern war tabu – aber davon träumen schadete niemandem.

Obwohl sie den Mann, der ihr Boss war, eigentlich nicht mochte, konnte Eden es nicht verhindern, dass sie über Alexander Ratons sexuelle Vorlieben und Qualitäten spekulierte. Seine hoch aufgeschossene, hagere, grauhaarige Gestalt schien immer im selben italienischen maßgeschneiderten Anzug zu stecken. Wahrscheinlich hatte er Dutzende dieser Anzüge, dachte Eden, denn er sah stets wie aus dem Ei gepellt aus. Selbst in der flirrenden feuchten Hitze der Sommer in Atlanta schien er nie zu schwitzen; er duftete immer nach Lavendel.

Eden beschwor einen erotischen Tagtraum herbei und stellte sich Alexander Raton als einen von MacKenzies Satyren vor, der nackt war und seine langen Finger über ihre Haut gleiten ließ, während er sie von den Kleidern befreite. Sein gestrenges Aussehen wandelte sich zu einer Grimasse der Lust, als er sein Gesicht zwischen ihre Schenkel drückte und mit der langen Zunge über ihre Klitoris leckte.

Während Eden sich vorstellte, von einem unersättlichen Verlangen verzehrt zu werden, verwandelte sie Raton in den ähnlich großen und schlanken Winston Fineman, den sie zuletzt gesehen hatte, wie er mit Angelas Nippeln spielte. Eden entwarf ein Bild, in dem Fineman mit Angela auf einem großen Bett lag, Angela die Beine weit gespreizt; ihre Schamhaare so blond wie die Lockenfülle auf dem Kopf.

Die beiden wandten sich Eden zu und luden sie ein, sich in ihr Liebesspiel einzubringen. Fineman nahm eine Hand von Angelas Geschlecht zu seinem eigenen, hielt seinen Schaft hoch zu einem verführerischen Versprechen.

Auf der anderen Seite des Bettes stellte Eden sich Justin und Paul vor, die Auslieferungsfahrer der

Galerie, die nun als junge Amoretten da standen. Ihre Körper glänzten muskulös, und ihre steifen Glieder wiesen direkt auf Eden.

In ihrem Traum fand sich Eden bald im Mittelpunkt des Geschehens wieder; Fineman und Angela streichelten ihren Po und leckten ihre Klitoris, während die beiden strammen Kerle vor ihr standen und ihr bestes Stück präsentierten.

Ihre Liebesknospe pulsierte vor Lust, und sie wusste, dass sie dem Orgasmus entgegentrieb.

Ihr Traum zerschellte, als das Telefon klingelte.

Coup de Foudre

Eden saß auf dem Boden, die Beine gespreizt, eine Hand im Slip. Und streckte die andere Hand nach dem Telefonhörer aus. Sie musste sich knien, um den Hörer zu erreichen, und gleichzeitig zog sie die Hand aus dem Slip. Ihr Gefühl der Unwirklichkeit verflog, als sie Angelas Stimme am anderen Ende der Leitung vernahm. Eden schnappte nur einen Satz auf.

»Er findet, dass es sehr sexy ist.«

Eden begriff sofort, dass Angela von Finemans Meinung über MacKenzies Arbeiten redete. Erst als Angela die wichtigste Meldung des Tages weitergab, kehrte Eden ganz in die Realität zurück.

»Eden, die Jungs haben von unterwegs angerufen. Ihr Handy muss neu aufgeladen werden, deshalb konnten sie sich nicht früher melden. Auf der Interstate 16 hat es einen Stau gegeben, aber jetzt sind sie auf dem Beltway. Die Skulpturen müssen bald in der Galerie sein.« Nach einer kurzen Pause fügte sie noch hinzu: »Oh, und Winston wird zu dir ins Büro kommen. Er will ein paar markante Sätze von dir über die Ausstellung zitieren. Er schreibt nämlich eine Kritik über die Schau.«

Nachdem sie den Hörer wieder aufgelegt hatte, sammelte Eden rasch die sinnlichen Fotos der bronzenen Skulpturen ein, stand auf und strich ihren Rock glatt. Das Kissen legte sie zurück auf die Chaiselongue. Sie bückte sich ein zweites Mal, um ihr Jackett aufzuheben, das sie während ihrer lustvollen Fantasien abgestreift hatte. Ihre schlichte, quittengelbe Bluse gab ihr ein weniger formelles Aussehen, deshalb legte sie die Kostümjacke auf die Couch. Sie setzte sich auf das butterweiche Leder und bemerkte, wie ihr Rock hochrutschte.

Sie blickte hinunter in den Ausstellungsraum und sah, dass Winston Fineman zu ihr hochschaute. Sie spürte ein starkes Ziehen im Schoß, als seine Blicke ihren Körper abtasteten. Instinktiv zog sie den kurzen Rock ein wenig hinunter, während Fineman sich langsam über die Treppe ihrem Büro näherte. Sie sah den großen schlaksigen Mann und ließ den Rock, wo er war. Ja, sie bewegte unauffällig die Hüften, wodurch er sogar noch etwas höher rutschte. Die junge Angela mochte zwar ein paar Jahre im Vorteil sein, aber sie brauchte sich auch nicht zu verstecken, dachte Eden.

Sekunden später, als Fineman neben ihr stand, stieg sein Geruch – oder war es sein und Angelas kombinierter Geruch? – in ihre Nase. Während seine Augen ihren Körper erforschten, schlug sie die Beine übereinander, damit Fineman noch etwas mehr zu schauen hatte. Wahrscheinlich hatte er sogar für einen kurzen Moment ihren Slip sehen können.

Eden fühlte sich in ihren Tagtraum zurückversetzt. Sie stellte sich vor, wie sie vor ihm masturbierte. Aber obwohl sie heiß vor Lust war, schaffte es Eden, ihm geschäftsmäßig kühl zu begegnen, ein heftiger Kontrast zu ihrer Pose auf der Couch.

Die Stimme des Kritikers klang unsicher, als er endlich seine Blicke von Edens provozierender Haltung wenden konnte und fragte: »W… wer ist denn nun d… der neue Künstler, von dem Angela mir erzählt hat? Selbst auf den Fotos sehen seine Arbeiten wahnsinnig sexy aus.«

Eden hielt ihn noch eine Weile hin. Es machte ihr

Spaß, diesen Mann anzutörnen. Sie erhob sich und bot ihm einen Platz auf der Couch an, während sie zu ihrem Schreibtisch zurückkehrte, der in einer Ecke unter dem schrägen Dach stand.

Ihr war bewusst, dass die Blicke aus seinen tiefliegenden Augen unter den schweren Lidern ihr folgten, und als sie sich von ihm abwandte, bewegte sie provozierend die Hüften. Sie setzte sich schräg in ihren modischen Sessel; die Schulter rechts angelegt, die schlanken Beine nach links ausgestreckt. Die Sonne war weitergewandert, und ein breiter Schatten hatte sich über ihren Schreibtisch gelegt.

»Ich habe ihn selbst noch nicht kennen gelernt«, sagte sie schließlich.

Finemans Augenbrauen hoben sich vor Überraschung. Die Eden Sinclair, die er bei seinen Besuchen in der Galerie kennen gelernt hatte, war kompetent, professionell und effizient. Er wusste, dass Alexander Raton die Tagesarbeit seiner Leiterin überließ, seit sie diese Position vor einem Jahr übernommen hatte.

»Wie kann es geschehen, dass dieser aufregende neue Künstler der Leiterin der Galerie unbekannt ist?«, fragte Fineman. Ihm war nicht entgangen, dass Eden eine sexuelle Energie in Wellen ausstrahlte, die die Temperatur im Büro um einige Grad erhöhte. Er betrachtete sie neugierig, aber Eden hob nur die Schultern.

Diese Frage hatte sie sich auch gestellt.

Fineman erkannte, dass er außer dem Schulterzucken keine Antwort erhalten würde, und wandte seine Aufmerksamkeit einem Folder mit Dias zu, der auf dem Glastisch vor der Couch lag.

Eden bemühte sich, ihre Gedanken auf den neuen Künstler zu konzentrieren, aber immer wieder drängten sich ihr Bilder aus ihrer jüngsten erotischen Fantasie auf, in der Fineman eine große Rolle gespielt hatte. Sie fand ihn nur mäßig attraktiv, vielleicht lag das daran, dass er sich so schamlos an Angela herangeworfen hatte.

Ihr schoss die Frage durch den Kopf, wie er und Angela Liebe machten, wie ihre Körper sich in der Hitze der Lust verschlangen. Fineman hätte das Modell des Peleus sein können, der nackt seiner Geliebten Thetis nachjagte – auch ein Motiv einer Skulptur, das Eden auf dem Foto gesehen hatte.

Alle männlichen Statuen waren mit fein modellierten Genitalien ausgestattet, und die meisten Männer befanden sich im ersten oder fortgeschrittenen Stadium der sexuellen Erregung. Peleus' stolzes Glied bildete da keine Ausnahme, und unwillkürlich huschte Edens Blick zu Finemans Schritt, als wollte sie Länge und Umfang seines Penis abschätzen. Und wie er sich in ihrer Hand anfühlen würde. Sie war ein wenig eifersüchtig auf Thetis – und wohl auch auf Angela.

Das Objekt ihrer erotischen Fantasie schwieg. Fineman saß ihr gegenüber auf der Chaiselongue und blätterte Magazine und Dias von Künstlermappen auf dem niedrigen Glastisch durch. Da drüben schien der Kritiker weit weg zu sitzen, weit genug, um nicht zu bemerken, wie Eden eine Hand unter ihren Rock schob. Sie kauerte sich im Sessel noch ein wenig mehr zusammen, schob die Hand unter den Slip und fragte: »Wollten Sie mir einige Fragen über den Künstler stellen?«

»Ja«, antwortete er. »Ich wollte ein paar zitierbare Aussagen über Ihre Sommerausstellung hören. Unter welches Motto wollen Sie die Schau stellen, und wie passen die Arbeiten dieses neuen Burschen MacKenzie dazu? Ich möchte auch wissen, ob Sie die Skulpturen für sinnlich oder für nur pornografisch halten. Und wie, glauben Sie, werden die kunstinteressierten Bürger von Atlanta die Arbeiten akzeptieren?«

Er hatte einen kleinen Notizblock aus der Tasche genommen und hakte mit der Bleistiftspitze seine Fragen ab.

Gute Fragen, dachte Eden. Sie ließ sich Zeit mit den Antworten, als wollte sie sorgsam nachdenken. Heimlich fuhr sie mit dem Zeigefinger über ihren Venusberg. Die Sekunden tickten, während sie den Slip zur Seite zog und den Finger über ihren Kitzler kreisen ließ, bis er sich versteifte.

Fineman starrte sie an, aber er sagte nichts.

Eden spürte, wie ihr die Röte ins Gesicht stieg, äußeres Zeichen ihrer Erregung, und sagte: »Ich glaube, es gibt keinen Zweifel daran, dass diese Arbeiten sehr klar den Unterschied zwischen wahrhaft erotischer Kunst und schlichter Pornografie deutlich demonstrieren. Sie sind in einer ganz anderen Klasse als zum Beispiel die sexuell expliziten Skulpturen eines Jeff Koons in den neunziger Jahren.« Sie sah ihn an und bemerkte, dass er sie genau beobachtete. »Meiner Meinung nach«, fuhr Eden fort, »fangen MacKenzies Arbeiten dieselbe erotische Emotion und die Details der Sexualität ein, wie es seit Rodin kaum einem gelungen ist.«

Fineman erhob sich. Seine plötzliche Bewegung setzte der sinnlichen Wanderung von Edens Finger ein abruptes Ende. Sie richtete sich in ihrem Sessel auf und hörte Stimmen in der Galerie.

In diesem Moment blieb Angela auf der Hälfte der Treppe stehen und rief: »Eden, der Lieferwagen ist da!«

Ein wenig enttäuscht presste Eden die Knie zusammen und stand auf. Fineman schaute nach unten in den Ausstellungsraum. Vielleicht wäre sie tollkühn genug gewesen, Finemans lange Hände unter ihren Rock zu locken und ihn zu einer Fortsetzung dessen einzuladen, was er vorhin vermutlich mit Angela praktiziert hatte. Aber jetzt ging Fineman schon die Treppe hinunter, und Eden sah, wie er über Angelas Hüften und Pobacken strich.

Eden erschauerte.

Schon erregt von Finemans lüsternen Blicken und ihrem Streicheln in seiner Gegenwart, fühlte sie sich heiß, feucht und frustriert. Ihre Labien pochten vor Verlangen, berührt zu werden. Mit einem Finger fuhr sie durch den Stoff ihres Rocks über die starre Klitoris. Bevor sie hinunterging, um die Ankunft der Skulpturen zu überwachen, wollte sie sich zu einem befriedigenden Höhepunkt streicheln, aber als sie über die Balustrade schaute, sah sie Justin und Paul mit der ersten Statue hereinkommen.

Als sie die beiden Auslieferungsfahrer sah, die gerade ihre Last absetzten, spürte Eden eine noch größere Hitze. Unbewusst öffnete sie die beiden oberen Knöpfe ihrer Seidenbluse. Justin war auf eine Böse-Buben-Weise recht verlockend; Eden verglich ihn mit einer Wildkatze. Mit einem Jaguar. Paul war stämmiger, und auch er hatte eine gute Muskelstruktur. Eden genoss es, den beiden bei der Arbeit zuzusehen. Justin hatte sich mit einem kleinen goldenen Ohrring dekoriert, stellte sie fest, und es schien, dass er unter dem Bund der Jeans eine Tätowierung hatte.

Eden sah ihnen eine Weile zu. Jeder der beiden Jungen war sexy, muskulös und braun gebrannt. Sie waren von den Hüften aufwärts nackt. Sie hatten etwas Machomäßiges, das sie antörnte. Eden schloss für einen Moment die Augen und stellte sich vor, zwischen den beiden zu liegen und ihren Nacken und die Schultern zu küssen.

In ihren Gedanken sah sie den Kontrast der gebräunten Männerkörper zu ihrer eigenen blassen Haut. Die langen dunklen Finger spielten mit ihren Brüsten und reizten ihre Vagina. Sie stellte sich ihre blassen Arme zwischen den Schenkeln der jungen Männer vor, wie ihre Hände die steifen Schäfte massierten und rieben.

Immer noch hinter der Balustrade, sah Eden zu, wie Justin und Paul eine bronzene Statue durchs Foyer in den Ausstellungsraum schleppten. Das Spiel ihrer Muskeln erregte Eden, sie musste einige Male schlucken. Justins lange Haare waren im Nacken hochgesteckt – erst vor ein paar Minuten hatte sich Eden vorgestellt, diesen Nacken zu küssen.

Eden bemerkte, dass ein anderer Mann hereingekommen war, ein großer, leicht abgerissen aussehender attraktiver Mann mit einer wilden Haarmähne. Zuerst dachte Eden, er wäre ein zusätzlicher Helfer, denn auch er trug Jeans und ein T-Shirt, und auch er trug eine Statue in den Ausstellungsraum. Die Bronzearbeit kam Eden bekannt vor.

Als der sexy aussehende Fremde die kleine Statue um eine Ecke trug, die Eden nicht mehr einsehen konnte, lief sie zurück zu ihrem Schreibtisch und suchte unter den Fotos. Ah, da war sie!

Die Skulptur zeigte die dreidimensionale Version eines Wandgemäldes von Pompeji; ein nackter Dionysos lag quer über den Brüsten seiner geliebten Ariadne. Eden konnte den strammen Penis der Gottheit sehen, wie er sich zwischen die Schenkel der Geliebten drängte. Mit einer Hand führte er den starren Schaft in Ariadne ein.

Der Weg vom sinnlichen Vorspiel bis zum harten

Sex ließ Eden wieder darüber nachdenken, wie die Öffentlichkeit von Atlanta auf die Skulpturen reagieren würde.

Die Stadt liebte zeitgenössische Kunst, aber die Haltung gegenüber freizügiger Kunst war eher provinziell. Das war Eden bewusst, denn in den zwölf Monaten, in denen sie die Galerie leitete, hatte sie schon einige Kämpfe gegen politische Konservative und religiöse Fundamentalisten ausfechten müssen. Beide Gruppen liebten nichts mehr, als den anderen Einwohnern ihre Engstirnigkeit aufzuzwingen. Künstler waren oft das Ziel ihrer Schmähungen. Eden wusste nur zu gut, dass diese Trottel aus ihren Löchern krochen, wenn es um Sex ging.

In diesem Augenblick stieg Alexander Raton die Treppe hoch, und wieder wurde Eden in die Gegenwart zurückgeholt, als sie die Gestalt ihres Arbeitgebers im grauen Anzug sah. Blassblaue Augen sahen sie hinter dicken Brillengläsern an, während Eden einen Blick auf Ratons Schritt warf.

Raton bemerkte nicht, dass seine Angestellte über seine Genitalien spekulierte. Er lächelte und reichte Eden eine weitere Fotoserie, die Einzelheiten der Statuen zeigten, die unten gerade angeliefert wurden.

Obwohl Eden sonst sehr genau darauf achtete, was ihr Boss sagte, hörte sie ihm jetzt kaum zu. Sie schaute wieder hinunter zu Justin und Paul, die gerade eine Statue auf einen Sockel hoben. Aber es war der dritte Mann, der ihnen dabei half, der Edens Aufmerksamkeit anlockte. Raton blockierte ihre Sicht. Als er für einen Moment aufhörte zu reden, vernahm Eden unten einen schottischen Dialekt. Ob er der geheimnisvolle MacKenzie war, dessen Arbeiten sie am Nachmittag zu ihren erotischen Fantasien verführt hatten?

Raton flog die Treppe hinunter und begrüßte den Mann, der es Justin und Paul überließ, die übrigen Statuen in den Ausstellungsraum zu bringen und jetzt Raton in den Konferenzraum folgte. Minuten später klingelte Edens Telefon. Raton bat sie, zu ihnen zu kommen.

Eden schalt sich, weil sie das Geschehen nicht genauer verfolgt hatte. Sie lief die Treppe hinunter, nachdem sie in hochhackige Sandalen geschlüpft war. Sie warf sich die blaue Kostümjacke über, steckte die Blusenschöße unter den Rockbund und fuhr sich kurz mit den Fingern durch die Haare. Dann raffte sie die Fotos auf ihrem Schreibtisch zusammen.

Sie glühte noch von den Nachmittagsfantasien über die Männer in ihrer Umgebung und schritt mit einem provozierenden Hüftschwung durch die Galerie. Sie blieb kurz stehen, um Justin und Paul vorbeizulassen, die ein weiteres kostbares Exponat anschleppten. Eden bewunderte das Muskelspiel der beiden jungen Männer.

»He, ho«, sagte Justin. »Schöne Frau, da bleibt einem ja die Luft weg, so wie Sie aussehen. Ein Wunder, dass wir das Ding hier nicht fallen lassen.« Er und Paul hievten ein noch verpacktes Objekt auf ein breites Podest, schauten dann auf und blieben stehen, um Eden zu bewundern. Sie musterten sie vom Gesicht bis ganz hinunter zu den Zehen. Paul nahm einen Schluck Mineralwasser aus einer Flasche, die unter seinem Gurt klemmte, und Eden spürte Justins Blicke auf ihren Brüsten, deren Umrisse durch die beiden geöffneten Knöpfe leichter auszumachen waren.

Sie neckte ihn mit ihrem kürzlich aufpolierten Französisch, was wegen ihres Besuchs von Pariser Galerien erforderlich gewesen war.

»Aimez-vous cettes sculptures, Justin? Les trouvez-vous excitant?«

Der junge Mann sah sie einen Moment lang verständnislos an, dann gab er zurück: »Ich verstehe nicht viel von Kunst, meine Liebe, aber ich schätze, ich könnte ein paar Motive mit Ihnen da drüben auf dem Tisch nachstellen.«

Paul riss vor Schreck den Mund weit auf.

Auch Eden war erstaunt über die freche Antwort, aber sie ließ sich nichts anmerken. Nach einer wegwerfenden Handbewegung ging sie weiter und klopfte an die schwere Eichentür.

Die beiden Arbeiter sahen ihr nach, wie der schöne Körper der Chefin im Konferenzzimmer verschwand. Justin blickte seinen Freund an und drückte mit einer Hand die unübersehbare Beule in seinem Schritt.

Paul zischte leise: »Du vergeudest deine Zeit. Ich habe gehört, dass Eden lieber mit Mädchen spielt.«

»Nie und nimmer! Dafür ist sie zu sehr Frau«, gab Justin zurück. »Ich habe gehört, dass sie trocken sitzt. Sie hat niemanden, der es ihr besorgt.«

Paul schüttelte den Kopf. »Irgendeiner wird es ihr schon besorgen. Vielleicht ist sie wirklich lesbisch.«

»Meinst du? Okay, dann müssen wir sie bekehren«, schlug Justin vor. Wieder rieb er die dicke Beule in seiner Hose und fuhr mit einem Finger über die gesamte Länge.

»Ja, du und ich zusammen«, sagte Paul voller Eifer und tat so, als wollte er den Reißverschluss seiner Jeans aufziehen. Die beiden Männer kicherten.

Im Besprechungszimmer war es dämmrig. Einer der beiden Gestalten erhob sich und bot Eden einen Platz an. Dabei trat er ins Licht einer Stehlampe, und Eden erkannte ihn als den rothaarigen Fremden, der Michael MacKenzie sein musste. Auf dem polierten Tisch stand die kleine bronzene Skulptur, die ›Ariadne und ihr Geliebter‹ hieß.

»Wunderschön!«, rief Eden spontan aus, als ihr Blick auf die geschwungene metallene Form der liegenden Figuren fiel. Es war wirklich eine Meisterarbeit. Trotzdem stand nicht die Skulptur im Mittelpunkt von Edens Interesse. Sie spürte sofort die Aura und körperliche Präsenz des ungewöhnlichen Mannes mit der ungebändigten roten Mähne.

Eden stockte der Atem, als sie sich in die Augen sahen. Sie spürte, wie sie errötete. Ihre Hände zitterten leicht, und zu ihrem Entsetzen glitten die Fotos aus ihren Fingern, während es aus ihr herausplatzte: »Oh, Sie sind der Schotte!«

MacKenzie nickte lächelnd und trat einen Schritt näher. Alexander Raton wollte sie einander vorstellen, aber er kam nicht weiter als: »Eden Sinclair, das ist …«

Er brach ab, gebannt von der Intensität der beiden, als sie sich in die Augen sahen. Ohne den Blick zu senken, vervollständigte der Gast den Satz: »… Michael MacKenzie.«

Obwohl sie sich nicht berührt hatten, reagierte ihr Körper, als hielte er sie in seinen muskulösen Armen oder als umfasste er ihre Brüste mit seinen großen Händen.

»Hallo«, murmelte Eden, und danach versagte ihr die Stimme. Sie sah in die dunkelbraunen Augen des Künstlers und verspürte ein höchst erotisches Kribbeln, das sich tief in ihrer Vagina sammelte. Während ihre inneren Lippen feucht wurden, wurde ihr Körper von kleinen, aber heftigen Schauern geschüttelt, viel intensiver als die Gefühle, die ihre Fantasien ausgelöst hatten.

Michael MacKenzies Blick hielt ihrem stand, und Eden spürte eine Hitzewelle, die ihren ganzen Körper erfasste. Ihre Nippel brannten und verhärteten sich. Sprachlos starrte sie weiter wie gebannt in seine mahagonifarbenen Augen, während sie dachte: *Mon dieu, c'est un coup de foudre.* Wie ein Blitzschlag!

»Ja, ja, ich wollte Sie auch gern kennen lernen«, sagte Eden, als sie sich endlich wieder gefasst hatte und sich wegen ihrer törichten Empfindungen schalt. Nur zögernd gab sie die Hand des Schotten frei; ihr wurde bewusst, dass sie sie fast eine Minute lang festgehalten hatte.

Raton wollte gerade wieder etwas sagen, aber MacKenzie schaute auf die verstreuten Bilder auf dem Teppich und kam dem Galeriebesitzer zuvor, als er zu Eden sagte: »Ich helfe Ihnen.« Er ging vor Eden in die Knie, sammelte die Fotos ein und sagte: »Ah, ich sehe, dass es meine Bilder sind.«

Eden starrte auf seinen Schädel und fühlte einen fast unwiderstehlichen Impuls, die Finger durch seine flammend roten Haare zu wühlen. Aber in Ratons Gegenwart wollte sie sich nicht derart gehen lassen, deshalb ballte sie die Fäuste, um nicht in Versuchung zu geraten.

Von seiner Position auf den Knien schaute er auf und grinste, als er auf die Fotos in seiner Hand deutete. »Das sind die neuesten«, murmelte er und fuhr – wie zufällig – mit dem Daumen über die Brust einer von ihm modellierten Frau.

Eden schluckte, und ein scheues Lächeln spielte um ihre Lippen. Sie musste daran denken, dass sie ihn für einen Helfer der Auslieferungsfahrer gehalten hatte. Sie sagte schlicht: »Ihre Skulpturen sind sehr schön.« Sie bewegte sich näher auf ihn zu, und der Saum ihres kurzen Kleids flatterte gegen sein Gesicht. Ihr feuchter Slip war ihr plötzlich bewusst, und sie fragte sich, ob er ihr Geschlecht riechen konnte.

Sie legte den Kopf schief, als er sich wieder erhob, und Eden spürte ihr Herz wild schlagen. Sie war außer Atem. Sie wollte ihn anfassen, wollte ihre Finger über die prächtigen Muskeln seiner Arme gleiten lassen.

Wie aus weiter Ferne räusperte sich Raton. »Miss Sinclair, wir müssen die Skulpturen für die Ausstellung auswählen.«

Nur mit Mühe gelang es ihr, sich in die Situation zurückzufinden. Eden setzte ihr ›kühles‹ Gesicht auf und nahm am Tisch Platz. Sie gewann ihre Fassung wieder und saß ganz geschäftsmäßig da. Sie sah den Gast an und sagte: »Es ist ein Vergnügen, Sie kennen zu lernen, Mr. MacKenzie. Sind Sie schon lange in den Staaten?«

MacKenzie murmelte nur eine vage Antwort, aus der Eden nicht viel schließen konnte. Zwei junge Assistentinnen, Lola und Claire, Kunststudentinnen der Georgia Tech und zwecks Praktikum ein halbes Jahr lang in der Galerie beschäftigt, brachten Erfrischungen.

Während Eden, MacKenzie und Raton die Fotos sortierten, servierten die Studentinnen verschiedene Drinks und einige Snacks. Eden schaute ihnen zu und bemerkte, dass die blonde Lola keinen Büstenhalter trug. Auch Claire, die Brünette, war sehr freizügig gekleidet. Eden hatte den Eindruck, dass die beiden darauf aus waren, dem neuen Künstler zu imponieren.

Die beiden Männer schienen von den Reizen der beiden jungen Frauen abgelenkt zu sein. Als Lola sich vorbeugte, um MacKenzies Glas zu füllen, musste Eden beinahe lächeln, denn die wohl ausgestattete Studentin streifte seinen Oberarm einige

Male mit ihren weichen Brüsten. Eden bemerkte auch, dass MacKenzie beeindruckt war. In seinen Jeans blühte unzweifelhaft die Erektion auf.

Edens bewundernder Blick wurde von den warmen braunen Augen des attraktiven Künstlers aufgefangen, der es schaffte, gleichzeitig verlegen auszusehen und seinen erregten Zustand zu akzeptieren. Er interpretierte Edens Blicke richtig und bedachte sie mit einem langen verführerischen Blick, der ihr Verlangen wieder lodern ließ. Dieser Blick würde noch Tage in ihren Gedanken glühen.

Zu ihrer Überraschung ignorierte der Künstler die beiden jüngeren Frauen und tastete statt dessen Edens Körper mit den Augen ab. Lächelnd nahm er jede Einzelheit ihrer Gestalt in sich auf, als wollte er sie später aus dem Gedächtnis modellieren, während er die zunehmend sichtbaren Reize der beiden Kunst-Groupies, die um seine Aufmerksamkeit buhlten, übersah. Er schien sie auf Distanz halten zu wollen, wie ein Paar niedlicher aber aufdringlicher Welpen.

Der widerwillige Abgang der Schönen wurde schließlich von Raton selbst in die Wege geleitet. Auch er schien Schwierigkeiten zu haben, sich in ihrer Gegenwart zu konzentrieren. Der Schnitt seines Anzugs und seine Position hinter dem Tisch machten Edens verschiedene Versuche zunichte, die körperliche Reaktion ihres Bosses auf die Nymphen zu erkennen.

Im sexuellen Vakuum, das die beiden hinterließen, war Eden professionell genug, ihre eigene Fantasie für den Augenblick zu unterdrücken. »Ich habe eine Vorauswahl von drei Statuen getroffen.« Sie hielt die dazu gehörenden Fotos hoch und sagte: »Aber vielleicht sehen wir sie uns lieber in natura an.«

Auf Edens Anregung hin gingen sie in die Galerie, wo Justin und Paul inzwischen sechs Skulpturen aufgestellt hatten. Das Trio schlenderte gemächlich durch den Ausstellungsraum. Eden blieb neben einer Statue stehen, die den Titel *Stephanie* trug. So erotisch in der Wirklichkeit, wie Eden erwartet hatte, streckte sich die liegende bronzene Frau lüstern aus, die Fingerspitzen in der Öffnung der Vulva.

Während Eden das Objekt betrachtete, schwollen ihre sexuellen Gelüste wieder an. War dies MacKenzies Geliebte?, fragte sie sich und spürte zur eigenen Überraschung einen Stich der Eifersucht. Sie schob diese Gefühle halbherzig zur Seite und konzentrierte sich auf ihre Vorauswahl.

Raton und MacKenzie im Gefolge, schritt sie zu einer anderen Skulptur und strich über den Körper von Peleus, der nackt seine fliehende Geliebte Thetis verfolgte. Mit lauter Stimme sagte Eden: »Peleus ist mein zweiter Vorschlag.« Obwohl sie wusste, dass die Männer jede ihrer Bewegungen beobachteten, konnte sie nicht widerstehen, mit einem Finger über den erigierten Penis der bronzenen Statue zu streichen.

Sie fing kurz das amüsierte Lächeln MacKenzies auf, als er zuschaute, wie sie über seine Kreation fuhr, und Eden bewegte sich rasch zur dritten Skulptur, die sie in der Ausstellung sehen wollte: Eine Gruppe von bacchantischen Zechern, deren Körper in andeutungsvollen Posen verstrickt waren.

»Alle diese Skulpturen erregen mich«, begann Eden, aber sie brach ab, als sie MacKenzies Blick auffing. Er grinste sie mit einem lustvollen Blinzeln in den Augen an. Tapfer setzte Eden ihre Ansprache fort.

»Sie erregen mich in ihrer Kunst und Technik. Ich bin sicher, dass sie die Höhepunkte der Ausstellung sein werden.« Sie legte eine Pause ein, bevor es aus ihr herausbrach: »Ich freue mich wirklich, mit Ihnen zusammenzuarbeiten, Mr. MacKenzie.«

Sie blickte zu Raton, der auf eine besonders hinterhältige Weise lächelte. Verdammt, dachte Eden, er wusste, dass sie erregt war. Sie sah es an seinem selbstgefälligen Grinsen. Und MacKenzie war nicht viel besser. Aber sie sagte mit klarer Stimme: »Ich finde, selbst jetzt, in der unfertigen Ausstellung, kann sich niemand der sexuellen Spannung der drei Skulpturen entziehen.«

Im folgenden Schweigen glaubte Eden zu sehen, wie die Männer einen kurzen Blick tauschten. Sie spürte eine zunehmende Verärgerung, dass sie selbst nicht in die Entscheidung über den Künstler für die Ausstellung eingebunden gewesen war. Sie hätte gern gewusst, wie Raton auf MacKenzie und seine Arbeiten aufmerksam geworden war. Wie würde der Markt auf dieses hemmungslose sexuelle Material reagieren? So wunderbar dieser Schotte auch war, sie begriff nicht, warum Alexander Raton sie bei den Vorbereitungen ausgeschlossen hatte.

Edens Verärgerung ließ ihre Stimme schärfer klingen, als sie Raton noch einmal sagte, warum diese drei Statuen für die Ausstellung am geeignetsten waren. MacKenzie hob den Kopf, verwundert über den Wechsel in Edens Verhalten. Er wusste nicht, wie er darauf reagieren sollte. Auch Raton zeigte sich kurz verblüfft, aber dann stimmte er Edens Auswahl glatt und vorbehaltlos zu und gratulierte ihr, ehe er Eden und MacKenzie zurück ins Besprechungszimmer bat. Dort besänftigte er Edens Ärger, indem er vorschlug, sich weitere Dias von MacKenzies neuen Arbeiten anzusehen.

Trotz ihrer aufgewühlten Gefühle fand Eden, dass sie von der Qualität der neueren Arbeiten des Künstlers ebenso beeindruckt war wie von den Exponaten im Ausstellungsraum. Besonders hatten es ihr die Bilder von MacKenzies Studio angetan; viel natürliches Licht und mehrere Räume mit Statuen in den unterschiedlichsten Stadien der Fertigstellung.

Obwohl MacKenzies Skulpturen nur bescheidene Ausmaße und höchstens halbe Lebensgröße hatten, wusste Eden, dass die Produktionskosten enorm waren. Sie fragte sich, wie ein relativ unbekannter Künstler sich diese Ausgaben erlauben konnte.

Für den Augenblick schob sie diesen Gedanken beiseite. Sie wollte sich auf die Dias seiner Arbeiten konzentrieren. Auch in den rohen Tonschöpfungen wurde MacKenzies feine Technik sichtbar. Die sinnlichen Kurven der nackten Körper wurden immer wieder von seinen geschickten Händen eingefangen.

Ein Dia zeigte eine Studiogehilfin, die eine bronzene Statue polierte. Als sie die Hände behutsam zwischen die nackten Schenkel gleiten ließ, rieb sie über die Testikel der fast vollendeten Statue. Zweifellos polierte die hübsche Assistentin die Stellen nur aus technischen Gründen, aber trotzdem fand Eden das Bild ungeheuer erregend. Sie stellte sich vor, MacKenzie an dieser Stelle zu streicheln…

So verlockend die Bilder und Gedanken auch waren, Eden rief sich in Erinnerung, dass sie für die Ausstellung verantwortlich war. MacKenzies Statuen waren gut und aufregend, aber sie musste auch andere Künstler berücksichtigen. Sie erhob sich und sagte: »Bitte, entschuldigen Sie mich, aber ich muss die Arbeiten aussuchen, die Ihre Exponate ergänzen, Mr. MacKenzie.«

Sie war immer noch wütend auf Raton, weil er so ein Geheimnis um MacKenzie gemacht hatte, aber sie bemühte sich, ihre Verärgerung nicht auf den Künstler zu übertragen. Sie wollte ihm nicht nur alle möglichen Fragen über seine Arbeiten stellen, sie wollte auch mehr Zeit in seiner Gesellschaft verbringen; sie wollte ihn berühren, wollte neben ihm liegen, wollte auf seinem nackten Körper reiten.

Aber Edens Absicht, den Künstler privat zu treffen, wurde von Raton unterlaufen. »Ich weiß, dass Sie noch eine Menge zu tun haben, Miss Sinclair. Wir treffen uns um halb sieben wieder. Ich habe eine kleine Feier organisiert, um Michaels Ankunft in Atlanta zu begießen.«

Was war hier eigentlich los?, dachte Eden. Wieder hatte ihr Chef etwas ohne sie in die Wege geleitet. Raton führte irgend etwas im Schilde. Aber was? Sie brachte in ihrer Verwirrung nur ein scheues Lächeln zustande und sagte zu MacKenzie: »Wir sehen uns später«, bevor sie den Besprechungsraum verließ.

In den achtundvierzig Stunden, die vergangen waren, seit Eden die Fotos von MacKenzies Arbeiten gesehen hatte, waren ihre Gedanken mit dem Thema für die Ausstellung beschäftigt gewesen. Da sie jetzt die echten Statuen gesehen hatte, die so lebendig wirkten, weil sie das Leben zeigten, beschloss Eden, dass es nur ein Thema für die Ausstellung geben konnte: Die Beziehung zwischen Liebe und Sex.

Während das Motto sich in ihren Gedanken kristallisierte, begann Eden, Arbeiten aus dem Fundus auszuwählen, die sich mit Romantik und Lust beschäftigten, dargeboten in einer Vielfalt von Blickwinkeln. Sie war immer schon der Meinung gewesen, dass die Zusammenstellung einer Schau ein sehr kreativer Akt war; die Auswahl selbst sollte einen Standpunkt vertreten und ein visuelles Spektakel sein.

MacKenzies Skulpturen waren ganz deutlich die Werke eines Mannes. Sie mit einer Auswahl von Zeichnungen und Gemälden einiger Künstlerinnen zu umgeben, die Eden in letzter Zeit für die Galerie gewonnen hatte, kam ihren feministischen Instinkten entgegen.

Nach zwei Stunden konzentrierter Arbeit war Eden sicher, dass sie die richtigen Entscheidungen getroffen hatte. Sie ging zurück in ihr Büro, um die Reihenfolge der Bilder festzulegen. Es würde noch einen Tag dauern, bis sie die Auswahl der Gemälde getroffen hatte. Mit einem guten Gefühl ging sie in den Besprechungsraum, um sich einen verdienten Schluck Wein zu genehmigen. Sie freute sich schon auf MacKenzies Gesellschaft, auch wenn sie sie mit anderen teilen musste.

Lola und Claire waren wieder da, sorgten für die Getränke und flirteten mit dem halben Dutzend Männer. Justin und Paul hatten sich frische Hemden und Levis angezogen und waren so sexy, als wären sie halb nackt. Fineman unterhielt sich angeregt mit Martin Bulgaria und Roscoe Ball, zwei fleißigen und erfolgreichen Malern, die von der Galerie vertreten wurden. Zwei andere Männer, die Eden nicht kannte, fanden auffälligen Gefallen an den Reizen der jungen Frauen.

Michael MacKenzie stand ein wenig abseits, als hätte er versucht, den Klauen der Studentinnen zu entkommen. Angela war nirgendwo zu sehen, und dann fiel Eden auf, dass auch Raton durch Abwesenheit glänzte. Bevor sie darüber spekulieren konnte, fing sie MacKenzies Blick auf. Im Gegensatz zu Justin und Paul hatte er sich nicht umgezogen und stand noch in seinen Arbeitskleidern da, und trotzdem fand Eden, dass er der attraktivste Mann im Raum war.

Ohne den Blickkontakt zu unterbrechen, wimmelte der Künstler die weiteren Annäherungsversuche der Kunst-Groupies ab und wandte sich Eden zu. Er kam näher, um sie zu begrüßen, wurde aber von Raton daran gehindert, der plötzlich wie aus dem Nichts auftauchte.

»Miss Sinclair, wir haben mit einem bedeutenden Kunden ein Problem, und er besteht darauf, dass Sie sich seiner annehmen. Ich habe ihm versprochen, dass Sie innerhalb einer Stunde bei ihm sind.«

Eden war mächtig sauer über ihren Boss. Zischend gab sie zurück: »Warum haben Sie das gesagt?«

Raton hielt dagegen. »Nun, mein Liebe, das gehört mit zur Arbeit.«

Eden errötete und brachte vor Wut keinen Ton mehr heraus. Sie starrte Raton mit sprühenden Augen an.

Ungerührt fuhr Raton fort: »Es handelt sich um J.J. Ritchie, und Sie wissen, dass er erwägt, den gewaltigen expressionistischen Schinken zu kaufen, den wir schon seit Jahren dahaben. Ich hätte das Bild fast einer deutschen Bank verkauft, aber dann machten sie einen Rückzieher, weil ihnen das Motiv zu unheilvoll schien. Bitte, kümmern Sie sich sofort um Jay Jay. Muntern Sie ihn auf, und selbst wenn er nur jemanden sucht, der eine Glühbirne einschrauben soll. Er gibt morgen ein wichtiges Essen, sagt er. Irgendein hohes Tier von der Magnolia Bank.«

Als Eden den Mund aufmachte, um etwas zu sagen, fügte Raton rasch hinzu: »Was immer sein Problem ist – lösen Sie es für ihn. Das kann Tausende Dollars wert sein.«

Edens Herz sank, während sie ihrem Boss zugehört hatte. So sehr sie Jay Jay auch schätzte, wie ihn alle Freunde und Geschäftspartner nannten, so war es doch das Letzte, was sie in diesem Moment tun wollte, ganz egal, welche Probleme er hatte.

Dabei war MacKenzie so nah! Er stand da, nur einen Schritt entfernt.

Raton blieb dabei, sie musste sofort weg. Widerwillig nickte sie MacKenzie zu, der auch enttäuscht zu sein schien. Sie würden sich hoffentlich bald wiedersehen, murmelte Eden ihm zu.

MacKenzie war plötzlich direkt vor ihr. Er fasste sie am Arm und sagte in seinem sanften schottischen Akzent: »Es tut mir Leid, dass Sie gehen müssen. Ich werde Sie später in der Woche in der Galerie anrufen.« Dann drückte er sie kurz an sich.

Während Raton in ihrem Blickfeld blieb, schmiegte Eden sich in die Arme des Künstlers und blickte zu ihm auf. »Ich freue mich darauf. Der verdammte Jay Jay! Aber wir reden bald miteinander.« Sie löste sich von ihm, ihr Kopf im Zwiespalt der Gefühle. An der Tür schaute sie sich noch einmal um und sah, dass Lola und Claire den Platz vor MacKenzie eingenommen hatten. Sie boten ihm Getränke und Kanapees an und die Gelegenheit, ihre Brüste zu bewundern.

Das Licht fiel von hinten auf die beiden Grazien, und Eden konnte die sexy Silhouetten durch die dünnen Baumwollkleider sehen. Auch bei ihrer zunehmend schlechten Laune musste sie zugeben, dass sie beide attraktive Frauen waren, die ihre eigene Gesellschaft ebenso zu genießen schienen wie die der Männer um sie herum.

Verstimmt ging Eden träge ihrem Büro entgegen. Ob eines der beiden Mädchen heute Abend das Bett mit MacKenzie teilen würde? Oder sogar beide? Sie schalt sich ob solcher Gedanken, von denen sie wusste, dass sie aus Ärger, Frust und Neid geboren waren.

Ein sehr langer Tag

Während Eden über diesen ungeliebten Auftrag schmollte, fragte sie sich, was denn jetzt schon wieder mit Jay Jay los war. Die Galerie Raton hatte erst vor kurzem in Zusammenarbeit mit einem Team von Innenausstattern und Architekten das ganze Haus des Mannes renoviert.

Jay Jay, der sie in seiner Villa in Buckhead, einem vornehmen nördlichen Vorort, erwartete, war ein alter Schulfreund von Eden. Es stimmte, dass Jay Jay Ritchie ein bedeutender Klient der Galerie war; im vergangenen Jahr hatte er Tausende Dollars in der Galerie ausgegeben. Aber dass er in Kunst investierte, lag an der engen Freundschaft mit der Leiterin der Galerie, Eden Sinclair.

Eden hatte den eleganten Südstaatler auf dem College in New Orleans kennen gelernt. Während dieser Zeit hatte er die schwierige Entscheidung getroffen, sich offen zu seiner Homosexualität zu bekennen. Eden hatte ihn wegen seines Mutes bewundert und seinen sexuellen Kampf mit Rat und Freundschaft unterstützt. Im Gegenzug lud er Eden oft in seine Villa ein und hieß sie stets willkommen. Im Laufe der Jahre hatte sich ihre Freundschaft gefestigt.

Die Gedanken an den Freund milderten Edens Ärger. Aber sie ruhte sich noch einen Moment aus, ehe sie sich der Aufgabe Jay Jay zuwandte. Es war bis jetzt schon ein langer, frustrierender Tag gewesen, auch wenn sie zugeben musste, dass er einige lustvolle Augenblicke bereitgehalten hatte.

Obwohl ihr Büro keine Wände hatte, gab die Höhe im Zwischengeschoss ihr doch eine gewisse private Atmosphäre, besonders jetzt, da der Ausstellungsraum im Dunkel lag. Die Geräusche aus dem Besprechungsraum wurden von den dicken Eichentüren gedämpft. Um ihr Aussehen für das unerwartete Treffen aufzupolieren, wählte sie eines der drei Kleider, die sie für solche Notfälle im Büroschrank aufbewahrte.

Sie zog sich langsam aus und stellte sich dabei MacKenzies Körper vor, befreit von seinen Arbeitsklamotten. Sie rief sich seinen Geruch in Erinnerung, seinen Körper, den Duft seiner Haare, die noch nach dem Apfelshampoo rochen, mit dem er sie gewaschen hatte.

Sie stand vor dem Spiegel und überlegte erneut, wie Raton auf MacKenzie gestoßen war. Der Galeriebesitzer hatte den talentierten Künstler ohne Ankündigung, ohne jede Diskussion unter Vertrag genommen, ohne ihre Meinung einzuholen. Warum?

Die Heimlichtuerei ihres Bosses wurmte sie gewaltig, besonders, da sie zugeben musste, dass MacKenzie ein großartiger Gewinn für die Galerie war. Die vordergründige Sexualität in den Arbeiten des Künstlers stand auch für eine Abkehr von der bisherigen Strategie und setzte neue Maßstäbe. Warum also hatte Alexander Raton nicht vorher mit ihr darüber gesprochen?

Sie gab dem unwiderstehlichen Drang nach, alle Kleider abzustreifen und betrat ihr winziges Bad. Sie hakte den Spitzen-Büstenhalter auf und ließ ihre Brüste frei schwingen. Die Nippel reckten sich. Dann rollte sie langsam und genüsslich ihren dünnen Slip über Hüften und Schenkel. Sie langte in ihre Tasche und holte eine Feuchtigkeitscreme heraus, die sie auf die Brüste auftrug. Ihre Nippel reiften zu rötlichen Kirschen, und unwillkürlich musste sie wieder an MacKenzie denken.

Hielt Raton sie für eine eifernde Feministin, die den männlichen Blickwinkel eines Künstlers aus sexistischen Gründen ablehnen könnte?

Eden dachte über Ratons Einstellung nach, während sie Brüste, Bauch und Schenkel mit der köstlich duftenden Creme einrieb. Sicher, sie hatte einige Künstlerinnen unter Vertrag genommen, gegen die sich Raton zunächst gesperrt hatte, aber die Frauen hatten gute Kritiken erhalten, und ihre Arbeiten verkauften sich gut. Und letztlich waren es die Verkäufe, die für Raton zählten.

Sie stand nackt vor dem Spiegel, und während sie ihren Körper betrachtete, dachte sie über ihre bisherige Karriere nach. Mit ihren zweiunddreißig Jahren übte sie einen gut bezahlten, kreativen Job aus. Ihr Spiegelbild zeigte einen wohl geformten, gesunden Körper. Sie arbeitete hart am Erhalt ihrer Figur mit den hoch angesetzten Brüsten und der schlanken Taille. An Hüften und Schenkeln hatten sich Muskeln gebildet, das Ergebnis ihrer wöchentlichen Bemühungen im Fitness-Studio.

In diesem eleganten Körper lagen ihre Gefühle im Widerstreit. Einerseits beunruhigte es sie, dass Raton ohne sie zu konsultieren einen neuen Künstler engagiert hatte, und andererseits gelüstete es sie nach eben diesem neuen Pferd im Stall. Sie spürte, wie ihre Labien anschwollen, als sie an MacKenzie dachte. Sie teilte ihre Schamhaare und schob behutsam einen Finger in ihre Vagina. Sie stieß ein lautes Seufzen aus.

Sie dimmte das Licht und suchte im kleinen wasserdichten Radio ihren Rock-and-Roll-Sender. Die zunehmend rastlosen Gefühle, die der große rothaarige Fremde in ihr ausgelöst hatte, beunruhigten sie, und während ihre Finger zwischen die Schenkel wanderten und sanft spielten, spürte sie, wie die Klitoris sich langsam aus den Hautfalten erhob. Die empfindsame kleine Knospe war so karminrot wie ihre Nippel.

Sie sprach wohl deshalb so heftig auf die sexy Männlichkeit des schottischen Künstlers an, weil sie seit über einem Jahr keinen festen Partner mehr hatte. Sie betrachtete sich im Spiegel, wie sie nackt zur Musik aus dem Radio tanzte. Sie genoss ihr sinnliches Spiel und rief sich die kurze Umarmung MacKenzies in Erinnerung zurück. Sie warf ihr volles, glänzendes Haar über die Schultern. Ihre blauen Augen leuchteten dunkel, und als sie den Gedanken an seine sehnigen Arme um ihren Körper vertiefte, hörte sie auf zu tanzen und umklammerte ihren Oberkörper mit den Armen. Dabei drückte sie die Brüste zusammen und stellte sich die Hände des Künstlers auf ihnen vor.

Edens private Welt wurde durch Gesprächsfetzen und Lachen unterbrochen, dann hörte sie, wie da unten eine Tür geöffnet und wieder geschlossen wurde. Sie stellte das Radio ab und öffnete die Badezimmertür. Auf Zehenspitzen huschte sie zur Balustrade und sah die Gestalten von Angela und Winston Fineman auf den Hinterausgang zueilen.

Sie mahnte sich an ihren Termin mit Jay Jay und begann sich rasch anzuziehen. Sie entschied sich für eine weiße Seidenbluse und einen mittellangen engen Leinenrock, dazu eine passende Jacke. Für MacKenzie hätte sie das nicht angezogen, dachte sie, und wieder spürte sie einen Stich des Bedauerns, dass sie nicht bei ihm bleiben konnte.

Nachdem sie ihre Haare gebürstet und ihr Makeup erneuert hatte, lief Eden eilig die Wendeltreppe hinunter. Ihre weichen Schuhe verursachten kaum ein Geräusch auf den einzelnen Stufen. Sie schritt zur Hintertür. Der Korridor, vorbei am Lager, lag im Dunkeln da, aber durch die Lichtstrahlen, die vom Parkplatz hereinfielen, konnte sie genug sehen. Und durch die offen stehende Tür eines Lagerraums, wie sie zu ihrer Überraschung bemerkte. Sie wollte sich nicht noch mehr verspäten, deshalb würde sie das Licht brennen lassen, dachte sie.

Aber als sie auf einer Höhe mit der offenen Tür war, vernahm sie eine Bewegung und ein leises Murmeln. Vorsichtig sah sie in den Raum hinein. Sie entdeckte Winston Fineman, der neben dem Aktenschrank unter der nackten Glühbirne stand.

Als erstes fiel Eden auf, dass Fineman mit heruntergelassenen Hosen dastand. Und Angela saß oben ohne auf einer Holzkiste, blickte zu ihm auf und lächelte. Sie hielt seinen gespannten Phallus in beiden Händen.

Eden hatte ihren dringenden Termin vergessen. Sie musste ein verlegenes Kichern unterdrücken und starrte mit großen Augen auf die Szene, die sich ihr bot. Als ob sie hypnotisiert wäre, konnte sie den Blick nicht wenden. Liebevoll rieb Angela den langen schmalen Penis, der sich aus der Mitte des hageren Körpers erhob.

Während die junge Frau mit dem lebhaften Glied spielte und es auf und ab rieb und die andere Hand über die Hoden strich, stöhnte Fineman auf. Die blonde Angela drückte die Eichel ins Tal ihrer Brüste und stieß kleine spitze Lustlaute aus. Das Paar bewegte sich im Rhythmus hin und her, und Eden sah mit angehaltenem Atem, wie Angelas Zunge über die federnde Rute strich.

Fineman fuhr mit gespreizten Fingern durch

Angelas volles Haar, und im nächsten Moment hatte sie das Glied zwischen die Lippen genommen. Aus Finemans lauter werdendem Stöhnen musste man schließen, dass er jeden Augenblick kommen würde.

Gebannt schaute Eden zu, wie Fineman den vom Speichel glänzenden Penis aus Angelas Mund zog. Er half seiner Partnerin auf die Füße und drückte sie fest an sich. Einen langen Moment standen sie Brust an Brust und wiegten sich sanft. Angelas Hände gruben sich in Finemans Hinterbacken und drückte so seinen Penis gegen ihren Unterleib.

Langsam drehte Fineman seine Freundin herum und zog an ihrem kurzen Rock. Angela beugte sich vor, bis ihre langen blonden Haare über den Boden strichen. Eden wusste, dass ihre Assistentin eine trainierte Tänzerin war, und außerdem praktizierte sie Yoga, aber trotzdem war Eden verblüfft, als sie sah, wie Angela sich krümmte und von unten mit dem Po gegen Finemans zuckenden Phallus stieß. Angela schwenkte die Hüften, als wollte sie ihren Geliebten mit dem Anblick ihres wunderschönen Hinterns betören. Die Kerbe zwischen den Backen wurde von dem winzigen Höschen kaum bedeckt.

Fineman koste Angelas prall gerundeten Po, spielte mit dem fingerbreiten Höschen und legte seinen harten Schaft in die Kerbe. Eden hielt den Atem an, als sie Fineman vor Verlangen aufstöhnen hörte. Sie wurde selbst feucht; Fineman zog das Höschen über die Backen, die Schenkel hinunter, bis der Hauch aus Seide auf Angelas Füßen lag.

Er bückte sich und fuhr mit der Zunge durch Angelas Kerbe, und als er die offenen Labien erreicht hatte, verweilte er dort und saugte leicht, ehe er mit der Zungenspitze bis zum vorwitzig lugenden Kitzler stieß. Dann richtete er sich auf und schob seinen pochenden Schaft auf geradem Weg in Angelas feuchte Grotte. Die Frau stieß einen gedämpften Schrei aus, als Fineman tief in sie eindrang und mit gemessenen Stichen ein und aus fuhr.

Fasziniert schaute Eden hin, wie die sich windende Angela zwischen ihren Beinen nach hinten griff und die Hoden ihres Geliebten drückte, als wollte sie jeden Tropfen Milch aus den gefüllten Bällen melken. Sie schwangen mit jedem Stoß hin und her und klatschten gegen ihre Backen.

Plötzlich empfand Eden eine so große Scham über ihr voyeuristisches Vergnügen, dass sie sich davonstahl, ehe es Angela und Fineman gekommen war. Sie schlich sich aus der Tür, aber das schlängelnde, ruckende Paar sah sie noch vor sich, als sie ihr Auto aufschloss und sich hinters Lenkrad setzte. Bevor sie den Motor anließ, hörte sie ein langgezogenes Stöhnen…

Beim Genuss eines weiteren Schlucks von dem herzhaften Liberty School Cabernet musste Michael MacKenzie wieder an die attraktive Leiterin der Galerie denken. Die Welle des Verlangens, die ihn beim ersten Anblick von Eden Sinclair erfasst hatte, war ungewöhnlich stark gewesen. Es war der Blick ihrer blauen Augen, der es ihm angetan hatte. Er erinnerte sich, dass er versucht hatte, seine Enttäuschung über Edens frühen Abschied mit einem dümmlichen Lächeln zu kaschieren.

Obwohl er viele schöne und intelligente Frauen getroffen und mit einigen von ihnen auch geschlafen hatte, konnte sich der Schotte nicht daran erinnern, schon einmal mit so heftigen Emotionen auf eine Frau reagiert zu haben. Seine Gedanken kehrten immer wieder zu Eden zurück, trotz Lola und Claire, die sich gerade wieder darin versuchten, ihn mit ihren Reizen zu locken.

Die Liebesnymphen aus der Kunstakademie waren zweifellos sexy, und er sah ihnen auch gern zu, wenn sie ihn umgarnten. Sie würden ihre Kleider zwischen zwei Wimpernschlägen ausgezogen haben, da war er sicher. Er stellte sich die beiden nackt vor, bereit für ihn und sein Vergnügen.

Wenn da nicht Eden Sinclair gewesen wäre, dachte MacKenzie, dann würde er versuchen, dieses Bild in die Realität umzusetzen. Offenbar erhofften sie es sich auch. Er fragte sich, was die Leiterin wohl sagen würde, wenn ihr neuer Künstler gleich am ersten Abend mit den beiden Aushilfen ins Bett ging.

Nein, mit einem solchen Paukenschlag wollte er die Zusammenarbeit nicht beginnen. Gleichzeitig wurde ihm bewusst, dass er einen Narren an Eden Sinclair gefressen hatte. Er liebte intelligente Frauen.

Nachdem er seinen Entschluss gefasst hatte, fiel es ihm leicht, Ratons Angebot anzunehmen, ihn zum Hotel zu fahren. Die beiden Groupies sahen geknickt aus, aber als er das Besprechungszimmer verließ, sah er von der Tür aus, wie die beiden Mädchen sich nun auf die Auslieferungsfahrer stürzten, die sich vorkommen mussten, als hätten sie das große Los gezogen.

Trotz ihres ursprünglichen Widerwillens, die Galerie Raton und damit den sinnlichen Michael MacKenzie zu verlassen, wandelte sich Edens Frustration in Freude, als sie an ihrem Ziel eintraf. Ihr alter Freund Jay Jay begrüßte sie in der

Eingangshalle mit Küsschen und Umarmungen. Sie bewunderte seinen neuen Marmorboden und die Natursteintreppe, die von Zinklaternen aus Marokko beleuchtet wurde.

Er führte sie in sein Arbeitszimmer, und als Eden es sich in ihrem gemütlichen Lieblingssessel bequem gemacht hatte, stand Jay Jay schon mit einem Glas Chardonnay aus ihrem bevorzugten kalifornischen Anbaugebiet vor ihr.

Er stellte eine Schale mit grünen Trauben, Bisquits und frischen Brie-Stückchen, mit schwarzem Pfeffer bestreut, vor sie auf den niedrigen Tisch.

»Du siehst gut aus, Eden. Danke, dass du so spät noch zu mir gekommen bist. Aber ich bin ganz verzweifelt und brauche deinen Rat. Hast du schon gegessen? Sonst wäre es wunderbar, wenn du uns Gesellschaft leisten könntest. Ich habe noch zwei Gäste.«

Eden bemerkte plötzlich, wie hungrig sie war; die ganze sexuelle Spannung in den letzten Stunden hatte sie geschwächt. Erst jetzt konnte sie in freundlicher Umgebung so richtig entspannen. Sie sah sich in dem elegant eingerichteten Arbeitszimmer um. Der vertraute Anblick des Schreibtischs aus den Dreißigern, angeleuchtet von einer Tiffanylampe, das Blumenmuster auf dem warmen Fond des Aubusson Teppichs. Sie nahm eine Traube zwischen die Lippen und nagte daran.

Eine verzierte Leiter im Hintergrund erlaubte den Zugriff auf die Bücher in den Regalen unterhalb der Decke. Jay Jay besaß einige sehr wertvolle alte Bücher; und er besaß sie nicht nur zur Dekoration – ihr Freund war ein leidenschaftlicher Leser. Er hatte die Bücher alle selbst gekauft, besuchte viele Buchmessen und hatte es auf Erstauflagen abgesehen. Diesen Luxus konnte er sich erlauben, weil er mit sehr viel Geschick und Verstand an der Börse makelte.

Vor dem Essen führte der Broker und Kunstsammler sie ins Nachbarzimmer, wo er seine neuesten Errungenschaften von einer Pariser Galerie ausgestellt hatte. Da standen zwei kleine Bronze-skulpturen, tanzende Gestalten, die nach einer Vorlage des impressionistischen Malers Degas modelliert worden waren.

»Himmel, Jay Jay«, sagte Eden streng, »die sind doch Kitsch. Du musst die Arbeiten von Michael MacKenzie sehen, sie sind so viel besser als diese.«

Es überraschte sie selbst, dass sie sofort den Namen des neuen Künstlers aussprach, aber sie konnte sich nicht zurückhalten; zu sicher war sie sich, dass die Arbeiten des Schotten viel besser in Jay Jays luxuriöse Umgebung passten.

»Diese Skulpturen aus Paris sind nicht viel wert«, sagte sie voller Überzeugung.

Wenn Jay Jay durch Edens grobe Kritik beleidigt war, dann ließ er sich nichts anmerken. »Wer ist dieser Michael MacKenzie?«, fragte er und ließ sich in einen eleganten kleinen Sessel sinken, der mit schwarzem Samt bezogen war.

Eden setzte sich neben ihn auf einen passenden Hocker und fand es erfrischend, über den Mann reden zu können, der seit dem Nachmittag ihre Gedanken ausfüllte. »Er ist der neueste Künstler unserer Galerie«, platzte es aus ihr heraus. »Er ist Schotte, etwa einsneunzig groß und hat eine wilde Mähne feuerroter Haare, und er …« Sie brach abrupt ab, peinlich berührt von ihrer Unbeherrschtheit.

Jay Jay lächelte nachsichtig und fragte ruhig: »Aber was ist mit seiner Kunst, Eden? Wenn du von ihr so begeistert bist wie von seiner Gestalt und seinen Haaren, dann muss sie wirklich etwas Besonderes sein.«

Eden grinste und gab zu: »Ja, sie ist es. Und er ist es auch. Oh, Jay Jay, er ist wunderbar. Ich wäre am liebsten heute Abend schon mit ihm ins Bett gegangen.«

»Und stattdessen bist du hier und musst mir aus meinem Dilemma helfen«, murmelte er reumütig. »Eden, es tut mir Leid, dass ich deine Pläne durchkreuzt habe.«

Sie sah das echte Bedauern in den Augen des Freundes und musste laut lachen. Dieser Ausbruch löste die Anspannung in ihr. Sie legte ihre Arme um Jay Jay. »Du bist ganz lieb. Er wird auch morgen noch da sein, und übermorgen auch. Ich weiß auch nicht, warum ich mich wie ein sexuell ausgehungerter Teenager benehme. Jetzt essen wir, und danach werden wir deine Probleme lösen, ganz egal, wie schwierig sie sind.«

Als sie ins Esszimmer gingen, zeigten sich auch Jay Jays andere Gäste. Zwei gut aussehende Männer, die so frisch wirkten, als kämen sie gerade aus der Dusche und von der Massagebank. Ihre gebräunte Haut strotzte vor Gesundheit. Ihre Hemden aus grüner und blauer Seide spiegelten die Farbe ihrer Augen wider. Man sah ihnen an, dass sie sich liebten, jeder Blick verriet es.

»Eden, ich möchte dir Greg und Jerry vorstellen, zwei liebe Freunde von mir«, sagte Jay Jay. Einer der Männer trat rasch vor den anderen und lachte Eden offen an.

»Wir freuen uns sehr, dich kennen zu lernen, Eden. Ich bin Greg. Jay Jay hat uns viel von dir erzählt, auch über die Zeit in New Orleans.« Zu Edens Überraschung beugte sich Greg vor und küsste sie auf die Wange.

Das Abendessen war ein Genuss. Die Gespräche gerieten nie ins Stocken. Sie redeten über Bücher und Kunst und über Reisen durch Europa. Besonders Greg kannte sich in zeitgenössischer Kunst aus. Er freute sich darüber, dass Eden seine Ansicht über Jay Jays Pariser Einkäufe bestätigt hatte.

»Eden, ich wusste nicht, wie ich Jay Jay beibringen konnte, was ich von seinen Skulpturen halte, ohne seine Gefühle zu verletzen, aber du hast es ihm ganz offen gesagt. Dieser neue Künstler, MacKenzie, glaubst du, seine Werke würden hierhin passen? Habe ich das richtig verstanden – seine Arbeiten sind sehr erotisch?«

»Ich möchte, dass ihr alle nächste Woche zur Eröffnung der Ausstellung kommt«, sagte Eden. »Ihr seht euch seine Arbeiten an und könnt euch selbst ein Urteil bilden. Meiner Meinung nach sind es figürlich die besten Skulpturen, die es zur Zeit auf dem Markt gibt. Sie sind wirklich sehr sexy. Und«, fügte sie hinzu, »wir können auch einen guten Preis dafür bieten. Aber nun möchte ich dein Problem hören, Jay Jay.«

Ihr Gastgeber schien plötzlich verschüchtert. »Ehm ... nun, Eden, morgen erwarte ich einen sehr wichtigen ... ehm ... Gast zum Abendessen. Er ist sehr wichtig für meine Geschäfte und jemand, der ... nun ja, ich hoffe, dass er auch für mein Privatleben wichtig wird ...«

Jay Jay schenkte Eden noch einen Wein ein, und sie sah, wie seine Hand zitterte. Seine Stimme klang schriller als sonst. Sie bemerkte, dass Greg und Jerry wissende Blicke tauschten.

»Ich bin nicht zufrieden, Eden, mein Liebling«, sagte Jay Jay, ohne diese Feststellung weiter zu kommentieren.

Auch sie war nicht zufrieden, dachte Eden und seufzte leise, aber wahrscheinlich aus anderen Gründen. Rastlos rutschte sie auf ihrem Stuhl herum. Greg schenkte Kaffee ein, und Eden wurde aus ihren Gedanken gerissen, als Jay Jay weitersprach.

»Ich brauche dringend ein neues Bild über dem Kamin meines Schlafzimmers. Es muss größer und in sanfteren Farben sein.« Seine Stirn kräuselte sich. »Das da oben hat zu viele harte Kanten.«

Eden war erleichtert. »Null Problem«, sagte sie rasch. »Komm, wir schauen es uns an. Ich bin sicher, wir haben etwas in der Galerie, was genau passt und dir zusagt.« Auf dem Weg nach oben musste Eden lächeln. Jay Jays Strategie war allzu deutlich: Unten das Essen, und danach Sex im Schlafzimmer. Sie hätte gern gewusst, wer der Glückliche war.

Das Schlafzimmer war höchst opulent ausgestattet. Die Wände waren in einem tiefen Umbra gehalten und reich mit Stuck verziert. Über dem Kamin hing eine große Leinwand von Martin Bulgaria, einem der besten Maler der Galerie, einer von denen, die Eden auf Ratons Cocktailparty im Konferenzsaal zurückgelassen hatte.

»Das Bild passt einfach nicht zu der Stimmung, die ich erzeugen will«, klagte Jay Jay. Greg und Jerry nickten zustimmend.

Eden unterdrückte ein Kichern, als sie sich Jay Jay und seinen neuen Geliebten vorstellte, wie sie auf dem Bett saßen und in gemeinsamer Unzufriedenheit auf das abstrakte, geometrische Gemälde starrten.

»Du möchtest etwas Repräsentatives haben, nicht wahr, Jay Jay?« Als er nickte, fuhr sie fort: »Wir haben einige neue figürliche Bilder, die auf

Fragmenten italienischer Fresken basieren. Annalee Barrett, eine unserer neuen Künstlerinnen, ist kürzlich aus Italien zurückgekehrt. Sie ist verrückt nach Pierro del Francesca und ist dem berühmten Künstlerpfad von Sansovino nach Arezzo und Urbino gefolgt. Sie hat einige wunderschöne Gemälde abgeliefert. Landschaften und auch einige abstrakte Motive. Mir fallen wenigstens zwei Bilder ein, die genau richtig wären für diesen Platz und für deinen Zweck. Sie sind auf eine sanfte Weise sinnlich, und ihre Farbenpalette würde sehr gut zu deinen Möbeln passen.«

Ihr Klient nickte begeistert Zustimmung. Glücklich sagte er: »Danke, Eden. Ich wusste, dass du mein Problem lösen kannst.« Er verbeugte sich und küsste ihr voller Entzücken die Hand.

Eden merkte sich die vorherrschenden Farben im Zimmer, dann gingen sie wieder hinunter. Die drei netten schwulen Männer ließen Eden wissen, wie sehr sie mit der Lösung zufrieden waren. Eden fiel auf, dass alle ein aktives Interesse am sinnlichen Dekor des Schlafzimmers zeigten, und sie fragte sich, ob sie eine Orgie mit Jay Jay planten, eine menschliche Sexkette. Jedenfalls schienen Greg und Jerry nicht weniger erleichtert zu sein als ihr Gastgeber, und sie versprachen, am Morgen da zu sein, wenn die neuen Gemälde gebracht wurden.

Jay Jay und seine Freunde prosteten Eden zu. Ihr gingen alle möglichen Szenen durch den Kopf, angefacht durch den Kuss, den Greg auf Jerrys Mund drückte. Eden grinste. Es lag eine greifbare Sinnlichkeit in der Luft. Sie stellte sich die nackten Körper der drei Männer vor, dann ging dieses Bild über in die Szene, in der sie Angela und Fineman im Lagerraum ertappt hatte.

Eden schloss die Augen und sah die abgewogenen Bewegungen des Kritikers vor sich, wie er sich mit ihrer Assistentin vergnügte. Hechelnd hatte sie zugesehen, wie die junge Frau den langen Penis Finemans mit Wonne in sich aufgenommen hatte.

In ihrem weinseligen Zustand ging diese Szene nahtlos über zu der kraushaarigen Claire und der lüsternen blonden Lola, die sich vorgenommen hatten, MacKenzie zu verführen. In Edens Vision lagen sie nackt neben ihm, die zierlichen Hände griffen nach seinem Penis, und die offenen Münder lechzten nach dem ersten Erguss. Oh, Himmel, dachte Eden und stellte abrupt ihr Weinglas ab. Es wurde Zeit, dass sie ging.

Sobald es schicklich war, entschuldigte sie sich bei ihrem Gastgeber und seinen Freunden. Sie versprach, Justin früh genug mit den Gemälden loszuschicken. Die drei Männer begleiteten Eden zu ihrem Auto und boten an, sie zu fahren.

»Bist du sicher, dass du nüchtern genug bist, um zu fahren?«, fragte Jay Jay mit ernster Miene.

Greg sagte: »Eden, es ist überhaupt kein Problem für Jerry und mich, dich nach Hause zu fahren. Du wohnst in den Virginia Highlands, nicht wahr? Jay Jay hält uns das Bett warm, während wir weg sind.«

Einen Moment lang war Eden versucht angesichts der heimlichen Möglichkeiten. Wenn diese beiden attraktiven Männer sie heimbrachten, würden sie ihre offensichtliche Zuneigung an der Haustür vergessen? Was würde geschehen, wenn sie Greg und Jerry auf einen Nachttrunk einlud? Es war gut möglich, dass sie bisexuell waren.

Entschieden verdrängte sie solche Gedanken. Sie bildete sich das alles nur ein, sagte sie sich. Die Männer waren höflich und zuvorkommend, aber das bedeutete nicht, dass sie bereitwillig in ihr Bett sprangen und Edens Fantasien auslebten.

Trotz der verführerischen Aussicht gab Eden sich mit einem Kuss von jedem Mann zufrieden.

Die Küsse dauerten ein wenig länger, als notwendig gewesen wäre. Die Männer wollten sie necken. Als sie in ihr Auto stieg, wuschelte Jay Jay durch ihre Haare, während Greg und Jerry ihre Hände drückten.

Eden startete den kleinen roten Miata, setzte in Jay Jays Einfahrt zurück und fuhr Richtung Süden durch die Stadt. Es war spät, und sie war noch erregt von den Fantasien, in die immer wieder Bilder von Fineman und Angela drangen. Dann wieder sah sie MacKenzie vor sich, und schon schossen Bilder des Mannes durch ihren Kopf, den sie erst seit ein paar Stunden kannte.

Zu Hause zog sie sich zügig aus, duschte zum dritten Mal an diesem Tag und rieb ihren Körper mit duftenden Ölen ein. Als sie ins Bett schlüpfte, stellte sie sich wieder MacKenzies nackten Körper vor. Seufzend legte sie sich auf den Rücken und rieb mit einer süßen Mischung aus Kokosnussbutter und einer feinen Creme über ihre Klitoris.

Ihr Verlangen nach MacKenzie konnte sie auf der Zunge schmecken. Bevor sie sich in den Schlaf rubbelte, spürte sie einen Stich der Eifersucht, als sie daran denken musste, dass Claire und Lola jetzt vermutlich mit dem neuen Künstler im Bett lagen.

Wenn die Katze aus dem Haus ist

Während Eden in ihrem Schlafzimmer träumte, hatte die Wirklichkeit, die sich in der Galerie Raton abspielte, tatsächlich mit Claire und Lola zu tun, die sich in ihrer Nacktheit wanden und beide dem Orgasmus nahe waren.

Aber im Gegensatz zu Edens Vermutungen war der neue Meister nicht an den Spielen beteiligt. Claire wand sich unter dem massierenden Daumen Pauls, während Lola mit Justin beschäftigt war. Er kniete zwischen ihren gespreizten Schenkeln und koste sie mit Fingern und Zunge.

Als die Party in der Galerie abgebrochen worden war, hatten Justin und Paul offenen Mundes zugeschaut, wie ihr Boss, Alexander Raton, und der neue Künstler den Raum verließen. Die jungen Frauen waren bleich geworden und starrten niedergeschlagen zur Tür, hinter der MacKenzie verschwunden war.

Die Auslieferungsfahrer schauten sich an. Dieselben Gedanken rasten ihnen durch den Kopf, und in ihren Augen sprühte eine identische Lust.

»Himmel, Paul«, raunte Justin grinsend, »kannst du begreifen, dass Raton und der Neue sich eine solche Gelegenheit entgehen lassen? Claire und Lola geifern doch schon den ganzen Nachmittag nach ihnen.«

»Ja, Mann«, sagte Paul aufstöhnend. »Die haben sich mächtig ins Zeug geworfen. Hast du die Brüste in ihren Blusen gesehen? Der Stoff ist fast durchsichtig. Soll ich dir was sagen? Ich glaube, Claire trägt kein Höschen.« Seine Augen leuchteten vor Vorfreude.

»Ich bin scharf auf Claire, seit sie in der Galerie angefangen hat«, gestand Justin. »Sollen wir heute Abend unser Glück versuchen? Es sind fast alle weg, und da drüben die Typen wollen auch jeden Moment aufbrechen. Wenn ich zu Claire gehe, nimmst du dich ihrer Freundin an?«

Paul nickte eifrig. Die beiden Männer konnten es kaum erwarten, dass sich die letzten Partygäste verabschiedeten. Dann endlich waren sie mit den Mädchen allein.

Plötzlich legte sich eine elektrische Spannung über den Konferenzraum der Galerie. Die vier Menschen widmeten sich flüchtig der Arbeit des Aufräumens und scheuten sich, einander anzusehen, als fürchteten sie, die anderen könnten die Lüsternheit in den eigenen Augen bemerken. Niemand war zum ersten Schritt bereit.

Es standen noch einige Flaschen Wein da, die nicht ausgetrunken waren, und Paul fand einige saubere Gläser und schenkte ein. Sie prosteten sich zu und lächelten sich schüchtern an.

»Warum gehen wir nicht nach nebenan«, schlug Claire vor. »Das kleine Zimmer, in dem Eden und Raton sich mit den Künstlern treffen, ist viel gemütlicher als dieser Saal hier. Es gibt da eine gemütliche Couchgarnitur, und sie haben sogar einen CD-Player. Und viele Spiegel.« Sie warf Lola einen raschen Blick zu und stellte zufrieden fest, dass die Freundin kaum merklich nickte.

»Ich bringe den Wein«, rief Justin begeistert und stellte die Flaschen mit den Resten auf ein großes Tablett.

Die beiden Pärchen machten es sich im Heiligtum der Galerie gemütlich. Jede ihrer Bewegungen wurde von den großen Spiegeln an zwei gegenüberliegenden Wänden reflektiert. An den übrigen Wänden hingen Gemälde. Mitten im Zimmer standen eine Couch und zwei Sessel um einen niedrigen länglichen Tisch.

Es war eine lauschige Atmosphäre, und Justin und Paul freuten sich darüber, wie schnell die beiden Mädchen sich wie zu Hause fühlten; sie labten sich am Wein des Bosses, warfen sich dekorativ auf die Sitzmöbel und entblößten dabei die verschiedenen reizvollen Partien ihrer sinnlichen Körper.

Wie er seinem Freund schon gesagt hatte, war Justin von Anfang an hinter dem zierlichen brünetten Lockenkopf Claire her gewesen, seit sie Anfang des Jahres als Aushilfe in der Galerie zu arbeiten begonnen hatte. Er hatte sich ihr einmal schon nackt gezeigt, als er unter der Dusche gestanden und die Tür aufgestoßen hatte, als Claire vorbeigekommen war. Er hatte gesehen, wie das Mädchen auf seinen aufgeregten Schaft gestarrt hatte, und ehe sie weitergegangen war, hatte sie ihm verführerisch zugelächelt.

Jetzt war er es, der Claires Körper bewundern konnte. Sie hatte sich auf der Couch ausgebreitet, auch jetzt noch anmutig und elegant. Sie erwiderte seinen lüsternen Blick und erinnerte sich daran, wie sehr sie das Bild seines aufgerichteten Penis erregt hatte, als sie ihn unter der Dusche musterte.

Er war groß! Ein beeindruckender Anblick, nicht zu vergleichen, was sie bei ihren bisherigen Freunden kennen gelernt hatte. Sie hätte gern gewusst, ob er sogar noch größer werden würde. Und wie würde er sich in ihr anfühlen? Wenn Raton damals nicht in seinem Büro gearbeitet hätte, wäre sie bestimmt ins Badezimmer geschlüpft und hätte sich nicht mit einem kurzen Blick begnügt.

Während die Brünette ihn verführerisch ansah, folgte Justin ihrem Blick, der sich auf seine Körpermitte konzentrierte. Während sie zuschaute, fuhr er mit Daumen und Zeigefinger an der Länge seines bedeckten Schafts entlang, der sich unter dem Baumwollstoff der Jeans deutlich abzeichnete.

Er ließ seine Blicke zwischen Claire und Lola hin und her huschen und verstärkte sein Reiben. Neben sich spürte er Paul, dessen Körper sich anspannte. Ein kurzer Seitenblick bestätigte ihm, dass auch Pauls Hand zwischen seinen Schenkeln ruhte.

Lola konnte den Blick nicht von Paul wenden und schaute ihm hingerissen zu. Die beiden Assistentinnen mochten Justin und Paul; sie waren immer freundlich und unkompliziert, immer für einen frechen Spruch gut. Sie waren immer heiß, dachte Lola, wie überdrehte Teenager. Aber würden sie als Liebhaber taugen?

Besonders Justin hielt sich ganz offenbar für einen unwiderstehlichen Romeo. Lola spürte zwar, wie ihr Geschlecht feucht wurde, aber von den sexuellen Qualitäten der beiden jungen Männer war sie noch nicht überzeugt. Sie beugte sich zu Claire und flüsterte ihre Bedenken in das Ohr der Freundin.

»Sie sind niedlich«, raunte Lola, »aber verglichen mit MacKenzie sind sie nur kleine Jungs.«

Claire widersprach leise. »Ich finde Justin einfach nur sexy. Er und Paul sind bestimmt so gut wie dieser schottische Künstler. Aber du warst scharf auf ihn, nicht wahr? Komm, streite es bloß nicht ab. Man hat es dir die ganze Zeit angesehen.«

»Ja, aber jetzt ist er nicht hier«, gab Lola zurück. »Ich finde die beiden ja auch nicht schlecht. Welchen willst du denn zuerst?«

»Ich will mir Justin für zuletzt aufheben«, flüsterte Claire zurück. »Er hat mir ›aus Versehen‹ seinen Steifen gezeigt, als er unter der Dusche stand. Ein stolzes Ding, sage ich dir. Nimm du ihn zuerst, dann kümmere ich mich um Paul.«

Die Frauen sahen zu, wie Justin durchs Zimmer schritt und ihre Weingläser auffüllte. Sie wanden sich hin und her, mal berührten sich ihre Köpfe und Schultern, mal streckten sie die Oberkörper zur Seite und drückten ihre Hintern aneinander.

Claire legte sich halb über die Freundin und flüsterte: »Sollen wir sie mal richtig heiß machen?«

Lola lächelte zustimmend und legte den Kopf auf Claires Busen. Sie fuhr spielerisch mit einem Finger über die Knie der Freundin, schob die Hand dann höher die Schenkel hoch, wobei sie den Rock auch immer höher mitnahm. Ohne zu den Männern zu sehen, wusste sie, dass sie der Anblick von Claires entblößter Haut verrückt machen würde.

Der verblüffte Justin nippte an seinem Weinglas und bemühte sich um ein gefasstes Aussehen, als ob er so etwas jeden Tag erlebte. Paul machte sich am CD-Spieler zu schaffen und tat so, als hätte er vom Treiben der Mädchen nichts bemerkt.

Justin vergaß das Atmen, als Lola den Rock der Freundin noch höher schob, bis man die Kurve ihrer Hinterbacke sehen konnte. Pauls Beobachtung war richtig gewesen: Claire trug kein Höschen! Die dunklen Löckchen ihrer Schamhaare lugten unter den Falten des Stoffs hervor.

Justin saß auf dem äußersten Rand der Couch, Claire direkt gegenüber. Als die sexy kleine Brünette ihn mit ihren großen braunen Augen anschaute, spürte er, wie sein längst ausgefahrener Schaft hart wurde, und seine Augen füllten sich mit leicht zu durchschauender Lust.

Claire streckte sich auf dem Kissen aus und

nahm die Beine ein wenig auseinander. Zu Justins Verblüffung beugte sich Lola vor und strich mit den Fingerspitzen leicht durch die krausen Haare der Freundin. Dann legte auch sie sich zurück und sah Justin herausfordernd an.

Als er von Claires Schoß aufschaute und Lolas Blick auffing, war ihm, als müsste seine Hose platzen. Lola senkte den Blick und sah genau dorthin. Justin stieß den Atem aus und richtete sich auf. Er rang um seine Fassung und sagte grinsend: »Mir gefällt dein dünnes Kleidchen, es macht mich wirklich scharf.« Durch den fast durchsichtigen Stoff konnte er die Fülle ihrer Brüste sehen, und wieder rieb er über seinen Schaft.

Amüsiert von Justins offenem Lechzen zog Lola das lockere Top noch ein bisschen mehr nach unten, bis sie das tiefe Tal zwischen ihren Brüsten entblößt hatte. Sie sah ihn träge an und leckte sich die Lippen wie eine Katze.

Paul hatte eine neue CD aufgelegt, sie hörten jetzt die klangvolle Stimme von Melissa Etheridge. Lola sprang auf und half Justin auf die Füße. Sie begann, langsam und verführerisch vor ihm zu tanzen.

»Tanz mit mir, Justin«, lud sie ihn ein. »Halt mich fest.«

Justin und Lola wiegten sich im Takt der Musik und wärmten sich an der Lust des anderen. Claires sexueller Hunger loderte in ihren Augen. Sie streckte sich auf der Couch aus, die sie nun ganz für sich hatte.

Während sie den letzten Schluck ihres Cabernets trank, beobachtete sie Lola und Justin. Sie wusste, dass Justin lieber mit *ihr* zusammen gewesen wäre, denn das hatte er deutlich genug erkennen lassen. Allein schon durch die Szene in der Dusche.

Damals schon hatte er sie haben wollen. Aber erst heute war sie bereit dazu. Sie fühlte, wie sie nass wurde. Unwillkürlich griff sie mit der rechten Hand zwischen ihre Schenkel und ließ zwei Finger über die geschwollenen Labien gleiten.

Sie wollte sich vor dem Hauptgericht den Appetit holen, dachte sie und sah sich im Zimmer nach Paul um. Aber er war nirgendwo zu sehen. Nun, er würde sich eine solche Gelegenheit nicht entgehen lassen, dachte Claire und fuhr fort, mit den Fingern auf und ab zu gleiten. Sie spreizte die Beine ein wenig weiter, damit die anderen besser sehen konnten. Ein Gefühl köstlicher Verruchtheit breitete sich in ihren Lenden aus.

Aber im Augenblick waren die beiden Tänzer ganz auf sich und ihre Körper konzentriert. Lola wiegte sich im Rhythmus der Musik und presste ihre Brüste gegen Justin. Ihre Nippel rieben sich an seinem Hemd. Justin bewegte sich schneller, als sie mit einer Hand über seine Erektion streichelte.

»Himmel, bist du hart«, stieß sie atemlos hervor.

Justin zog sie fester an sich. Er keuchte. Sein Puls beschleunigte sich. Er schob eine Hand in Lolas Kleid, streifte es von ihren Schultern und schnappte hungrig nach ihren Brüsten.

Lola konnte dem ständigen Pochen in ihren Nippeln nicht länger widerstehen und bettelte ihn an: »Berühre mich, Justin, sauge an meinen Nippeln.«

Justin drückte sich von Lola ab und starrte ihren vollendeten Körper an. Langsam zog er das Kleid bis zur Taille hinunter, bis er die voll ausgereifte Schönheit ihrer Brüste bewundern konnte. Dann beugte er sich vor und nahm erst die eine und dann die andere Warze in den Mund.

Lola wurde immer erregter, während Justin sie

streichelte und saugte. Sie presste ihren Unterleib gegen die harten Muskeln seiner Oberschenkel und erschauerte, als sie seinen harten, geschwollenen Penis spürte.

»Justin, hör jetzt auf. Jetzt sofort.« Sie schmiegte sich an ihn. Ihre Haut fing an zu kribbeln, als sie seinen Atem auf ihren nackten Schultern spürte. Es hätte nicht viel mehr bedurft, und sie wäre auf der Stelle gekommen. »Ich will dich haben.«

Er hob den Mund von ihren Brüsten und schälte sie aus dem Kleid. Er streifte es über ihre Hüften und ließ es auf den Boden rutschen. Sie trat heraus und stand nackt vor ihm – abgesehen von dem winzigen Höschen.

»Ich will dich haben«, wiederholte sie zitternd.

Justin streichelte ihren Hintern und schob das seidene Etwas über die Hüften und Schenkel, bis es ebenfalls auf den Boden glitt. Er nahm ihre Brüste in die Hände und murmelte: »Ich weiß, Baby. Komm, fangen wir an. Nimmst du ihn raus?«

Sie schob eine Hand zwischen ihre Körper, zog den Reißverschluss nach unten und griff in seine Hose. Geschickt befreite sie seinen Schaft aus der Enge und brachte ihn ins Freie. Sie fuhr langsam mit der Hand über die gesamte Länge und neckte seine Hoden mit den Fingerspitzen.

Als sie nach unten schaute, musste Lola zugeben, dass Justins Penis einer der größten war, die sie je gesehen hatte; der Schaft war lang und dick, und die große purpurne Eichel war angeschwollen wie eine reife Pflaume. Kein Wunder, dass Justin sich für einen Romeo hielt. Dies war ein beeindruckender Stab, bemerkte sie. Jetzt fragte Lola sich nur noch, wie geschickt er damit umzugehen verstand.

Sie tanzte noch zum Takt der pulsierenden Musik und massierte dabei Justins Schaft, den sie als

Ruderpinne benutzte, als sie ihren Partner zu Claire drehte.

Lola spürte, wie Justins Körper erstarrte, als er sah, wie die andere Frau den Rock ganz hoch gezogen und die Beine lüstern weit gespreizt hatte. Versunken ließ Claire im Schatten des Sofas die Finger hin und her gleiten.

»Schau dir Claire an!«, keuchte er.

Lola hatte ihre Freundin schon ein paar Minuten lang amüsiert beobachtet. Sie nickte nur. »Ja, ich weiß. Ich wette, sie tut es für Paul. Aber wo ist er? Später wird sie sich auch um dich kümmern, aber zuerst möchte ich mal sehen, was für ein Liebhaber du bist. Ich möchte mich ein bisschen mehr mit dem Ding beschäftigen, das ich in der Hand halte.«

Lola sank vor ihm auf die Knie, und Justin verdrehte die Augen, als er Lolas Zunge spürte. Er konnte seinen Blick nicht von Claire wenden. Sie lag da, die Beine geöffnet, und strich genussvoll über ihre geschwollenen Labien.

Aus den Augenwinkeln nahm er wahr, dass Paul wieder ins Zimmer trat. Er hatte Ratons Kühlschrank um eine Flasche Champagner erleichtert. Der junge Mann blieb abrupt stehen, als er mit dem Sex konfrontiert wurde, der sich vor seinen Augen abspielte.

Er schüttelte sich aus seiner Trance, schritt leichtfüßig zu Claire und kniete sich zwischen ihre Schenkel. Wie gebannt starrte er auf ihre Hand, die ihre zuckende Klitoris rieb und die nasse Vagina erforschte.

Claire lächelte ihn an; es war ein einladendes Lächeln.

»Mann, oh, Mann«, murmelte Paul, und unwillkürlich glitt eine Hand zu seinem Schritt, um den Schaft zu befreien, während seine Blicke die

Schönheit der Frau verschlangen. »Du siehst wie eine römische Göttin aus«, raunte er heiser. Sie sah so sexy aus wie die Statuen in der Galerie.

»Ich bin heiß auf dich!«, rief Claire. Sie hörte auf, sich zu streicheln und streifte ihr dünnes Kleidchen ab. Ihre vollen Brüste reckten sich Paul entgegen. »Jetzt hast du mich gesehen. Ich will dich auch nackt sehen.«

Paul benötigte keine weitere Aufforderung. Er stellte sich hin, streifte Jeans und Unterhose ab und schob sie nach unten. Der Saum des kurzen weißen T-Shirts reichte bei weitem nicht bis zum steifen Glied, das aufgeregt auf und ab federte.

Paul war nicht so üppig bestückt wie Justin, stellte sie fest und schaute zum Vergleich noch einmal kurz hinüber, wo Lolas Lippen und Finger im Einsatz waren. Aber auch Paul war breit und lang, und seine rote feuchte Spitze leuchtete.

Paul hatte schon gehört, wie Justin über seine Maße geprotzt hatte, und nun sah er, dass der Freund nicht geprahlt hatte.

»Ich will's dir besorgen«, ächzte Paul heiser.

»Ich habe nichts dagegen«, antwortete Claire und lachte nervös. »Zuerst will ich dich, dann deinen Freund.«

Justin breitete ein hastig abgelegtes Kleid über die schlafende Claire aus, und ein zweites über Lola und Paul, die sich in den Armen lagen und tief und gleichmäßig atmeten.

Justin konnte sich nicht vorstellen, jetzt einfach einzuschlafen, seine Sinne waren hellwach, die Erregung pulsierte noch durch seinen Körper. Er bewegte sich langsam durchs Zimmer, das sie in einen Sündenpfuhl verwandelt hatten, und räumte

Flaschen und Gläser weg. Er schuf aus den Sesselkissen eine bequemere Schlafmöglichkeit für Claire.

Nachdem er das Licht gelöscht hatte, legte er sich neben sie. Er fuhr mit einer Hand über ihre Schenkel, und seine neue Freundin stöhnte im Schlaf, wachte aber nicht auf.

Justin lächelte, und in seinem Kopf spielten sich die Wiederholungen einiger Szenen des Abends ab. Er würde sie sein ganzes Leben lang nicht vergessen können. Er hatte Claire gestanden, dass er schon am ersten Tag ein Auge auf sie geworfen hatte, und er hatte ihr auch bestätigt, dass er sich ihr absichtlich in der Dusche gezeigt hatte.

Daraufhin war sie ihm um den Hals gefallen, war ganz langsam an seinem Körper entlanggerutscht, bis sie vor ihm kniete, und nach einem kurzen Solo hatte sie sich auf alle Viere gestreckt. Mit einem Aufschrei war Justin von hinten in sie eingedrungen …

Das würde er jetzt am liebsten auch, dachte er, während er über ihre Hüften streichelte, und noch während er das tat, sah er plötzlich das Gesicht von Eden Sinclair vor sich.

Der Morgen danach

Eden wachte bei Tagesanbruch allein in ihrem Bett auf. Allein und in einem Tumult sexuellen Verlangens. Ihre ersten Gedanken drehten sich um Michael MacKenzie, der auch in ihren Träumen eine zentrale Rolle bei vielen Varianten sinnlicher Szenen gespielt hatte, manchmal mit Lola und Claire, manchmal auch nur mit ihr allein.

Sie streckte sich lüstern und war versucht, sich intensiv zu streicheln, um das körperliche Verlangen nach diesem Mann aufzubrechen, das sich schon zur Obsession gesteigert hatte. Sie schalt sich, weil sie auf dem besten Wege war, sich auch in ein Künstler-Groupie zu verwandeln, widerstand der Versuchung und war froh, wieder Kontrolle über sich selbst gewonnen zu haben. Sie schnellte aus dem Bett.

Sie zog das T-Shirt über den Kopf, in dem sie geschlafen hatte, ging zum Fenster und zog die Jalousie hoch. Obwohl bald Sommer war, hatte eine Kaltfront die Stadt erreicht, und in der Nacht hatte es geregnet. Der Tag begann klamm und grau. Die Kühle, die durchs Fenster hereindrang, ließ sie sich schütteln, und eine Gänsehaut überzog ihren Körper.

Um diese Tageszeit gab es keine Nachbarn, die eine nackte Eden am Fenster sehen konnten, und einen kurzen Moment lang spürte sie ein leichtes Bedauern, dass niemand da war, dem sie die Schönheit ihres Körpers zeigen konnte.

Ihr Gehirn rechnete mühelos aus, dass es ein Jahr,

einen Monat, zwei Wochen und drei Tage her war, dass sie sich von ihrem letzten Geliebten in einem Wirrwarr von gegenseitigen Schuldzuweisungen und Schmerzen getrennt hatte. Seither hatte sie keinen Mann mehr gehabt. Das war ihre eigene Entscheidung gewesen, rief sie sich in Erinnerung. Sie hatte das Schlachtfeld der Liebe erst wieder betreten wollen, wenn ihr bebender Zorn verraucht und das verletzende Gefühl des Verrats verheilt war. In der Stimmung, in der sie sich seit Monaten befunden hatte, hätte eine neue Beziehung keine Chance gehabt.

Aber jetzt gehörte all das der Vergangenheit an; kein Wunder, dass sie frustriert war. Ihre einzigen amourösen Abenteuer seither hatten darin bestanden, dass sie den scheuen Annäherungen zweier Freundinnen nachgegeben hatte. Recht angenehm, gab sie zu, aber das Ergebnis reichte nicht an die Erfahrung mit einem Mann heran, ganz egal, wie geschickt Zunge und Lippen waren, wie wissend die Finger sie gereizt hatten.

An diesem Morgen konzentrierten sich ihre Wünsche auf diesen einen Mann. Sie hielt die Luft an, als sie MacKenzie plötzlich deutlich vor sich sah. Nackt, wie immer in ihren Gedanken, und der Penis ragte stolz aus dem dunklen Nest krauser Haare auf. Aber dann ließ ihre Fantasie sie im Stich. Eden hatte noch nie mit einem rothaarigen Mann geschlafen – und auch nicht mit einer rothaarigen Frau, fügte sie ihren Gedanken hinzu.

Sie überlegte, ob das Schamhaar um MacKenzies Genitalien so leuchtend rot war wie das Haar auf seinem Kopf, und dann musste sie plötzlich kichern. Als Teenager hatten sie und ihre Freundinnen oft über die männlichen Mitschüler spekuliert, wie das Glied beschaffen war, denn bis zu diesem Zeitpunkt hatten sie noch nie eins angefasst. Und jetzt, zwanzig Jahre später, spekulierte sie auf ähnliche Weise über MacKenzie und seinen unbekannten Penis.

Sie wandte sich vom Fenster ab und trat an ihren Kleiderschrank. Sie griff rasch nach ihrer Laufkleidung; schwarzer Sport-Bustier, Spandex Shorts, dicke weiße Wollsocken und die bequemen weißen Laufschuhe. Sie zog sich noch ein weites Sweatshirt von den Atlanta Braves an und eine Mütze gegen die mäßigen Temperaturen draußen.

Sie lief auf den Piemont Park zu, der nur zwei Blocks von ihrem Bungalow entfernt lag, und begann mit ihrem morgendlichen Dreimeilenlauf. Heute zwang sie sich zu einem härteren Tempo als sonst, als wollte sie die körperlichen Spannungen abbauen, die in ihr brannten.

Eine gute halbe Stunde später, nach dem Lauf und einigen Streckübungen, stand sie unter der Dusche und ließ sich vom heißen Wasser und dem Dampf einlullen. Sie wollte den Stress aus Körper und Geist waschen.

Auf dem Weg zur Arbeit legte sie eine kurze Pause ein: Frühstück mit Hartweizenpfannkuchen und der *New York Times* in ihrem Lieblings-Café auf der McLendon Avenue. Um sieben Uhr saß sie an ihrem Schreibtisch, lange bevor die anderen Mitarbeiter der Galerie ihren Dienst begannen. Nur noch wenig haftete ihr an von der rastlosen Nacht und ihren tumultösen Träumen; doch die sanften blauen Schatten unter den Augen verrieten sie.

Sie entschied sich für die beiden Gemälde, die an diesem Morgen zu Jay Jay gebracht werden sollten, aber auch dabei konnte sie MacKenzie nicht aus ihren Gedanken verdrängen, was Eden verdutzte. Dann klingelte das Telefon. Eden sah zweifelnd auf den Apparat. Die offizielle Öffnungszeit war noch lange nicht erreicht. Ob das wohl MacKenzie sein konnte?

Ihre Hand zitterte, als sie den Hörer aufnahm. Aber die Stimme am anderen Ende der Leitung war weiblich, und sie gehörte ihrer langjährigen besten Freundin Belgique du Pont. Eden musste einen Seufzer der Enttäuschung unterdrücken, dass es nicht MacKenzie war.

»Oh, ich bin ja so froh, dass du da bist, Eden«, hörte sie die fröhliche Stimme. »Ich muss dich unbedingt sehen. Darf ich jetzt sofort zu dir kommen, *ma chérie?*«

»Hallo, Belgique«, sagte Eden. Ihre Freundin hörte sich so dramatisch wie immer an.

»Ich möchte alles über Michael MacKenzie erfahren«, plapperte Belgique drauflos. »Eden, ist alles in Ordnung? Du hörst dich genervt an.«

»Woher weißt du von MacKenzie?«, fragte Eden brüsk und ignorierte die Frage der Freundin. Seltsam, dass sie endlich den Gedanken an den Schotten abschütteln wollte, und ausgerechnet ihre Freundin rief ihn zurück.

»Dein hoch geschätzter Arbeitgeber hat mich gestern Abend angerufen, Eden«, antwortete Belgique, »und dann hat er mich besucht. Er konnte gar nicht aufhören, von seiner neuen Entdeckung zu schwärmen und von ›der wundervollen Erotik in seinen Skulpturen‹. Das ist ein wörtliches Zitat, meine Liebe. Ich habe kaum jemals erlebt, dass Alexander über einen Künstler so aufgeregt war. Er hat mir gesagt, ich sollte dich heute anrufen, du könntest mir alles über MacKenzie erzählen. Vom Klang deiner Stimme zu schließen, gibt es eine Menge zu erzählen.«

»Ich habe MacKenzie kaum gesehen«, gab Eden

zurück, und sofort wurde ihr wieder bewusst, dass Raton sie absichtlich von MacKenzie ausgeschlossen hatte. »Ich habe ihn gestern das erste Mal gesehen und kaum mit ihm reden können.«

»Oh, Eden«, rief Belgique anklagend, »spiel bei mir nicht die Unschuldige! Alexander hat mir gesagt, du und MacKenzie hättet euch gestern wie verliebte Teenager aufgeführt.«

»Das stimmt überhaupt nicht!« Eden war entsetzt, dass ihre Gefühle so leicht zu durchschauen waren. Sie wechselte das Thema. »Wieso hat Raton dich besucht? Ich wusste gar nicht, dass du ihn so gut kennst. Gibt es da etwas, von dem ich nichts weiß?«

»Oh, Alexander hat mir einige Sachen verkauft, bevor du nach Atlanta gekommen bist«, antwortete Belgique wie nebenbei. »Er kann ganz witzig und kurzweilig sein, aber am besten ist er, wenn er seinen Schwanz sprechen lässt. Er ist sein lebhaftestes Stück.«

Eden riss den Mund weit auf. Sie hatte keine Ahnung gehabt, dass Belgique und ihr Boss zusammen schliefen. Aber Belgiques Appetit auf Männer – und auf Frauen – war schier unersättlich, deshalb sollte es eigentlich keine Überraschung sein, dass sie auch mit Raton geschlafen hatte.

Eden musste lächeln, als sie sich ihren Boss nackt auf ihrer Freundin vorstellte. Oder besser, wie Belgique auf ihm hockte und auf und ab hüpfte. Laut sagte sie: »Belle, du bist wirklich schockierend. Ich wette, in dieser Beziehung gibst du den Ton an. Immer oben, was?«

Die Freundin gluckste und wiederholte dann ihre Frage, ob sie gleich zur Galerie kommen könnte.

»Natürlich«, antwortete Eden. »Noch bin ich ganz allein. Komm, dann zeige ich dir MacKenzies

Arbeiten. Ich bin sicher, du findest sie auch unglaublich sexy. Mich haben sie schon erregt, als ich nur Fotos von den Statuen gesehen habe.«

»Puh! Dann werde ich in zehn Minuten bei dir sein«, rief ihre Freundin. »Fange nichts ohne mich an!«

Eden ging nachdenklich hinunter in die Galerie, in der MacKenzies Skulpturen die Nacht verbracht hatten, eingefroren auf den Plätzen, die Justin und Paul tags zuvor dafür ausgesucht hatten. Eden schaltete das Licht ein und sog die berauschende Sinnlichkeit ihrer Umgebung tief ein. Mit den Händen fuhr sie über eine der Bronzestatuen, und sie meinte, ein Zwinkern in den Augen der dargestellten Frau zu sehen.

Selbst in der Frische des frühen Morgens spürte Eden, wie sich eine angenehme Wärme in ihrem Schoß ausbreitete, als sie die Bronzefiguren betrachtete. Sie ließ eine Hand auf dem steifen Glied des griechischen Liebhabers Peleùs liegen und bemerkte, dass MacKenzie sogar die aufgerollte Vorhaut unter der prallen Eichel modelliert hatte.

Sie fragte sich unwillkürlich, ob MacKenzie auch beschnitten war. Fast alle amerikanischen Männer waren es, jedenfalls alle, mit denen sie bisher zusammen war. In Großbritannien war das nicht so. Sie überlegte, wie es sich anfühlte, einen Penis mit diesen zusätzlichen Hautfalten zu saugen. Würde es ihr gefallen? Würde sie überhaupt die Gelegenheit erhalten?

Eden lachte über ihre Beschäftigung mit den Genitalien des Schotten, aber sie gewahrte, wie sehr sie sich nach Sex mit MacKenzie sehnte. Zum Teufel mit ihrer professionellen Zurückhaltung. Wenn

Raton gestern ihre Begierde so leicht hatte erkennen können, musste sie auch für MacKenzie sichtbar geworden sein. Wenn er ihre Gefühle teilte, dann würde er jetzt vielleicht an sie denken.

Die Erinnerung an Lola und Claire, die sich gestern Abend um ihn geschart hatten, trübte Edens Optimismus. Sie zog die Hand von Peleùs' Phallus zurück und ging in den Konferenzraum, um sich einen Kaffee aufzuschütten.

Als sie den leeren Konferenzraum betrat, fiel ihr als erstes der eindeutige Geruch auf. Im Salon nebenan stutzte sie, als sie die Sesselkissen auf dem Boden liegen sah. Sie hob die Kissen auf und sah die Flecken darauf. Samen und Wein, schätzte sie naserümpfend. Ihre erste Reaktion war Verärgerung, dann folgte ein Gefühl von Eifersucht.

Auch wenn das Zimmer aufgeräumt war, sah sie doch die Zeichen eines hastigen Rückzugs. Sie fragte sich, ob MacKenzie und die verdammten Mädchen hier eine Sexnacht verbracht hatten, und wieder spürte sie den Stich der Eifersucht. Sie schaltete die Klimaanlage auf die höchste Stufe, um den Geruch von Sex und Wein zu vertreiben, dann rückte sie Couch und Sessel wieder an den angestammten Platz. Sie warf die Kissen auf einen Haufen und würde sie später zur Reinigung bringen lassen.

Während sie noch mit den Aufräumarbeiten beschäftigt war, klingelte es an der Tür. Das muss Belgique sein, dachte Eden und schaute auf die Uhr. Es war erst acht, die anderen Angestellten würden erst in einer Stunde da sein. Sie atmete tief durch, ehe sie durch die Galerie schritt.

Sie öffnete rasch die Tür, trat beiseite, damit die Freundin eintreten konnte, und schloss wieder zu.

Belgique schüttelte die schwarzen Locken und umarmte Eden.

»Komm herein, Belgique. Wir werden fast eine Stunde ungestört sein. Also, lass deine Augen wandern.«

»Eden, die sind ja fantastisch!«, rief Belgique begeistert. Sie warf ihre Jacke ab und fuhr mit den Händen über die delikaten Stellen der Statuen. »Mm, wie köstlich. Ich verstehe sehr gut, warum es dich erregt, sie um dich zu haben. Himmel, sind sie sexy! Aber wie ist MacKenzie? Ist er so lecker wie seine Statuen?« Sie rieb mit ihrer zierlichen Hand über ein steifes Glied.

Eden lächelte über die unverbesserliche Freundin. »Wenn Raton gestern schon meinen Zustand der Erregung erkannt hat, werde ich dir wohl nichts vormachen können, Belgique.«

Belgique lachte und nickte. »Warum solltest du auch? Wir haben nur wenige Geheimnisse voreinander.«

»Aber ich wusste nichts von dir und Raton«, sagte Eden.

Belgique nahm ihre Freundin in den Arm, aber sie schwieg eine Weile. Sie spürte, dass Eden über die Verbindung mit Raton verwirrt war.

Eden löste sich aus der Umarmung und betrachtete die Freundin. Sie war schön wie immer. Eine exotische Frau Mitte dreißig. Ihr Körper zwang Männeraugen zum Hingucken. Es war nicht wirklich überraschend, dachte Eden, dass Raton ihr erlegen war.

»Nun, jetzt weißt du es«, sagte Belgique knapp, ohne auf Einzelheiten einzugehen. »Erzähle mir von MacKenzie.«

»Er ist wunderbar. Ich kann ihn nicht aus meinen Gedanken verbannen. Dabei habe ich wirklich nur ein paar Sätze mit ihm gewechselt. Aber irgend etwas an ihm hat mich sofort fasziniert. Ich glaube, es ist an der Zeit, mit der Abstinenz aufzuhören. Ich werde mich um ihn bemühen.«

Sie spürte einen Schwall von Feuchtigkeit zwischen den Schenkeln, als sie an eine mögliche Liebesaffäre mit dem Künstler dachte.

Belgique lächelte lüstern und sagte schnurrend: »Ich kenne dich zu gut, Eden. Ich sehe, wie scharf du auf ihn bist. Raton würde einen Steifen kriegen, wenn er es wüsste. Oder weiß er es?« Sie legte eine Hand um Edens Hüfte und küsste sie auf die Wange. »Ich glaube, du hast Recht. Du solltest deine Fastenzeit beenden und um MacKenzie kämpfen.«

Eden nickte.

Belgique kehrte zu den Statuen zurück. »Seine Figuren sind wirklich aufregend. Ich muss eine davon haben. Heute Morgen noch! Eigentlich wollte ich, dass der Künstler sie selbst vorbeibringt, aber da du so scharf auf ihn bist, gebe ich mich mit Justin zufrieden. Er ist ein Deckhengst, der nicht zu verachten ist.«

»Nun, das kann ich nicht bestätigen«, sagte Eden, aber trotzdem errötete sie, als sie sich an ihre Fantasien erinnerte. Lächelnd fügte sie hinzu: »Ja, er ist ziemlich heiß, nicht wahr? Aber woher weißt du das überhaupt?« Sie schüttelte den Kopf. »Das muss ein wilder Film sein, den jungen Romeo bei dir zu sehen, Belgique.« Sie grinste und fügte hinzu: »Ich wette, du verspeist ihn zum Frühstück und spuckst ihn anschließend wieder aus.«

Belgique grinste nun auch, als sie an diese Möglichkeit dachte, und Eden ergänzte: »Ich werde dafür sorgen, dass Justin dir eine der Skulpturen bringt.« Sie umarmte die andere Frau und sog deren teures Pariser Parfum ein.

Belgique hielt die Freundin länger umarmt und

knabberte an Edens Ohrläppchen. Dann küsste sie Eden auf den Mund. Die zwei Frauen hielten sich eine Weile umschlungen, sie schauten sich in die Augen und streichelten sich.

Als sie sich voneinander lösten, sagte Eden: »Justin muss zuerst noch einige Bilder zu Jay Jay Ritchie bringen. Oh, ich könnte Paul zu Jay Jay schicken, dann kann Justin dir die Statue bringen. Welche möchtest du haben? Ich habe drei für die Ausstellung vorgesehen, diese kannst du nicht haben. Und es muss eine Statue sein, die Justin allein transportieren kann.«

»Nun unterschätze mich mal nicht«, wandte Belgique ein. Sie nahm die Pose eines Gewichthebers ein. »Zu zweit werden wir noch ganz andere Dinge stemmen können.«

Tatsächlich erinnerte sich Eden, die Freundin oft im Fitness-Studio mit beeindruckenden Gewichten gesehen zu haben. Halb im Ernst sagte sie: »Sei trotzdem vorsichtig. Unsere Versicherung kommt nicht für Verletzungen auf, die sich unsere Kunden beim Transport der Kunstwerke zuziehen.«

Sie legte die Hand auf eine der Skulpturen, die ein eng umschlungenes Liebespaar darstellte. »Was hältst du von dieser Arbeit? MacKenzies *Daphne und Chloe* würden sehr gut zu den Drucken passen, die du im vergangenen Monat gekauft hast.« Wirklich eine ideale Ergänzung, dachte Eden, als sie sich an Belgiques Auswahl der Drucke erinnerte. Es handelte sich um klassische Erotika, die aus Picassos frühen, fast pornografischen Skizzen entnommen war.

Daphne und Chloe zeigte ein erotisches Duo, das sich unbekleidet auf einer antiken Liege niedergelassen hatte.

Die Hand der Frau ruhte auf dem Schoß des

Mannes. Er hatte die Beine gespreizt, und ihre Hand umfasste seinen erigierten Penis.

Belgique fuhr mit einer Hand über die Innenseite seines Schenkels und keuchte: »Oh, ja, ja.« Sie starrte in die erregten Gesichter des Paares.

»Ich kann diese Statue nicht mit in die Ausstellung geben«, erklärte Eden. »Sie ist ein wenig zu direkt für die braven Bürger von Atlanta. Die meisten Arbeiten von MacKenzie sind sanfter ausgerichtet, zeigen eher die Verliebtheit und weniger den derben Sex. Dieses Motiv sprengt die Grenze dessen, was ich in der Schau zeigen möchte. Es besteht aus purer Lust.«

»Ja«, sagte Belgique. »Sie ist drauf und dran, ihn zu verschlingen. Sie denken an nichts anderes als an ihren Orgasmus.«

»Sie hat sich schon über ihn gebeugt«, bemerkte Eden.

»Ah, ist das nicht schön?«, rief Belgique.

Die beiden Frauen lachten.

Als Belgique sich kurz darauf verabschiedete, küsste sie die Freundin wieder auf die Lippen und fuhr mit den Fingerspitzen über Edens Wange. Dabei murmelte sie verführerisch: »Deine Haut ist so weich, Liebling.« Dann richtete sie sich auf und wurde geschäftlich. »Schick Justin mit der Statue rüber. Sollen wir uns später im Fitness Club treffen? Sagen wir um halb zwölf? Und danach Essen bei La Splendour. Ich lade dich ein. Ich verspreche, einen Bericht über Justin abzuliefern, wenn du mir alles erzählst, was mit MacKenzie geschieht.«

Sie blies Eden einen Kuss zu, drehte sich auf dem Absatz um und ging zur Tür. Unter dem Rock ihres gut sitzenden Chanel-Kostüms bewegten sich die Hüften locker und sinnlich.

Nachdem Belgique gegangen war, kam Eden die Galerie besonders leer vor. Die Freundin war ihr ans Herz gewachsen. Eden hielt sich schon für eine erotische Person, aber Belgique übertraf sie um Längen. Bei diesem Gedanken musste sie lächeln, und ihr fielen die vielen kleinen Geschichten ein, mit denen die Freundin sie schockiert und zugleich erregt hatte; Geschichten, die leise Schauer des Entzückens durch ihren Körper gejagt hatten.

Belgique war bekannt für ihren Appetit auf Männer; weitaus weniger Menschen wussten, dass sie auch einen ausgesprochen liberalen Appetit auf Frauen hatte.

Eden und Belgique hatten sich vor einigen Jahren kennen gelernt, als sie beide an der Uni in New Orleans studiert hatten; Eden hatte sich der Kunst verschrieben, Belgique dem Theater. Selbst damals war die Freundin nie ohne Geld gewesen, und Eden war konsterniert gewesen, als sie erfuhr, womit sie sich das Geld verdiente: Sie arbeitete in einem exklusiven Nachtklub in New Orleans, wo man sie als ›exotische Tänzerin aus Europa‹ präsentiert hatte.

Edens Neugier war stärker gewesen als ihre Prüderie, deshalb hatte sie die Freundin an einigen Abenden begleitet. Sie erinnerte sich noch heute an den Kick, den sie erlebt hatte, wenn sie Belgiques lüsterne Hemmungslosigkeit auf der Bühne sah.

Mit den dunklen Haaren, der weißen Haut und der beneidenswerten Figur gab sich Belgique manchmal scheu, manchmal dreist. Sie war der Liebling des Barbesitzers, und gelegentlich würde sie ausgewählten Gästen die Nacht verkürzen. Die Kriterien für diese Männer blieben immer gleich: Sie mussten gut aussehen und reich sein.

Nur einmal hatte Eden mit ihrer Freundin an

einer Session in den oberen Privaträumen des Clubs teilgenommen. Nach einer wollüstigen Show auf der Bühne war Belgique in die Nische gekommen, in der Eden an einer Arbeit über Kunstgeschichte saß. Belgique hatte ein glitzerndes, figurbetontes grünes Kleid getragen, das zur Farbe ihrer Augen passte.

»He, Eden, lege mal den Stift aus der Hand. Ich möchte dich was fragen.«

Eden hatte ihre Arbeit zur Seite geschoben. Die Spaghettiträger von Belgiques Kleid waren von den Schultern gerutscht. Eden langte über den Tisch und schob sie wieder hoch. »Ja, um was geht es?«

Belgique hatte gewusst, dass ihre Untermieterin immer knapp bei Kasse war. »Hör zu, da sind zwei wirklich coole Typen, die ein bisschen Spaß haben wollen. Was sie suchen, ist eine Party mit zwei Mädchen. Kannst du mir aushelfen? Ich weiß, dass sie sehr großzügig sein werden.«

Eden erinnerte sich, dass sie in ihr leeres Glas geschaut hatte; es war ihr vierter oder fünfter *White Russian* gewesen, und sie hatte keine Ahnung, wie sie die nächste Monatsmiete bezahlen sollte. Sie hatte die Männer schon in Belgiques Begleitung gesehen, es waren gut aussehende, gut gekleidete Typen, wahrscheinlich Geschäftsleute aus dem Norden.

Belgique sprach weiter: »Sie wollen endlich mal was Frivoles in New Orleans erleben. Und sie zahlen gut dafür.«

Eden, die gewöhnlich nicht so viel trank, hatte gemurmelt: »Cool und gut aussehend? Sexy? Nun, warum nicht? Dieses eine Mal? Zum Teufel, ja! Geh voran, Belgique, ich folge.«

Es hatte tatsächlich Spaß gemacht; die Männer waren sehr nett, sie hatten an einer Konferenz in der Stadt teilgenommen und wollten sich nun ihren Spaß etwas kosten lassen. Eden erinnerte sich, dass sie und ihre Freundin zu sanfter Musik gestrippt hatten, und als alle vier nackt gewesen waren, hatten sie unkomplizierten Sex gehabt.

Danach erst hatte Belgique ihren Sinn für Improvisation entwickelt, und es war richtig heiß und heftig geworden. Eden spürte, wie ihr bei der Erinnerung die Röte ins Gesicht kroch. Sie hatte Belgiques Finger und Zunge gespürt, während die Männer sich hatten erholen müssen, aber nach dem lesbischen Zwischenspiel hatten sie sich sehr rasch regeneriert.

Die Männer waren irgendwann gegangen, und sie und Belgique hatten geduscht und waren todmüde ins Bett gefallen.

Ihre letzte Erinnerung vor dem Einschlafen war das Bild von Belgique gewesen, die sich an sie gekuschelt hatte.

Als sie aufgewacht war, hatte Eden bemerkt, dass Belgique immer noch die Arme um sie geschlungen hatte, eine Hand hatte auf ihrer Brust gelegen. Die Männer waren längst über alle Berge, wahrscheinlich zurück bei ihren Frauen in Ohio oder Nebraska.

Eden war aus dem Bett geschlüpft, aber als sie die fünf Hunderter auf dem Tisch hatte liegen sehen, war sie von Ekel und Widerwillen erfasst worden. Nie hätte sie sich vorstellen können, einmal Sex für Geld zu machen, aber dann war der böse Beigeschmack rasch verweht worden, als sie sich an die Berührung von Belgique erinnert hatte. Noch jetzt glaubte sie, Belgiques Zunge und Finger spüren zu können.

Sie hatten sich dann noch einmal geliebt, und Eden hatte sich bei der Freundin revanchiert, zögernd zuerst, unsicher und unerfahren, aber

Belgique hatte sie geschickt gelenkt, bis sie in einem Taumel der Lust ihren Orgasmus erlebt hatte.

Nachdem sich die Wellen des Höhepunkts gelegt hatten, war Belgique noch einmal in die Arme der Freundin gekrochen. »Ich hätte nie gedacht, dass du es in dir hast, Eden. Du bist ein einmaliges Naturtalent!«

Eden hatte scheu gelächelt. »Ich habe es auch nicht gewusst.« Aber dann hatte sie wieder an das Geld denken müssen. »Belgique, die Typen haben uns fünf Hunderter auf den Tisch gelegt. Das heißt, dass ich eine Hure bin.«

»Oh, Eden, nun sei doch nicht so spießig! Was hast du denn erwartet? Ich gebe mich ab und zu solchen Spielen hin, aber nur mit Männern, die vom Boss durchgecheckt worden sind. Er hält mir die schrägen Typen und die perversen Kerle vom Leib. Die Burschen gestern Abend suchten guten, unkomplizierten Sex, und den haben sie bekommen. Sie werden sich noch lange an diese Nacht erinnern.« Dann hatte sie noch hinzugefügt: »Und ich auch. Hast du es schon mal mit einer Frau gemacht?«

Errötend hatte Eden den Kopf geschüttelt. »Nein, noch nie. Heißt das, ich bin jetzt lesbisch?«

Belgique hatte laut aufgelacht. »Wenn du dich gestern Nacht gesehen hättest, wie du auf ihm geritten bist, dann würdest du diese Frage nicht stellen. Aber selbst wenn du es wärst – na und? Du bist sehr sexy, Eden, und wenn es dir auch mit Männern Spaß macht – he, das verdoppelt dein Vergnügen. So, jetzt nimm deine Hälfte vom Geld.«

Eden schüttelte sich aus ihrem Tagtraum. Das war vor zehn Jahren gewesen, aber die Erinnerungen waren frischer, als sie vermutet hatte. Und auch jetzt, während sie ihre widersprüchlichen Emotionen noch einmal durchlebt hatte, schlich sich wieder eine tiefe Röte in ihre Wangen.

Nie wieder hatte sie Sex für Geld gehabt, aber ihre Freundschaft zu Belgique hatte trotz deren lasterhaften Gewohnheiten überlebt. Belgique hatte eine unendliche Kette von Liebhabern gehabt, und Eden wunderte sich oft, dass sie die Namen alle behalten konnte. Aber Belgiques Freude am Sex war so offen und so voller Spaß, dass Eden sich nie getraut hätte, die Freundin deshalb zu kritisieren. Man musste Belgique so akzeptieren, wie sie war, und ihre Gesellschaft genießen.

Edens Gedanken wurden unterbrochen, als sie einen Schlüssel in der Hintertür hörte. Eden drehte sich um und sah Paul, der abrupt stehen blieb, offenbar entsetzt darüber, dass die Leiterin schon in der Galerie war. Nervös warf er einen Seitenblick in den Salon neben dem Konferenzzimmer. Er wurde blass, als er die wieder zurechtgerückten Möbel bemerkte.

»Eh ... hallo, Eden ... eh ... Miss Sinclair«, stammelte er und wurde so rot, wie er eben bleich geworden war. »Ich habe mir gedacht, ich sollte früher kommen ... ich meine, für den Fall, dass ... eh ... dass irgendwo aufgeräumt werden müsste.«

»Aufgeräumt nach welcher Veranstaltung?«, fragte Eden scharf. Die Veranstaltung, auf der die beiden Flittchen meinen MacKenzie verführt haben, gab sie sich selbst die Antwort.

»Nun ja«, murmelte Paul, senkte den Kopf und errötete noch mehr. Schließlich war sie die Leiterin der Galerie, und wenn es auch Spaß machte, zusammen mit Justin ein paar anzügliche Bemerkungen über sie loszulassen – jetzt war er allein und stand ihr gegenüber, und er stellte fest, dass aller Mut ihn verlassen hatte. Er sah ihr an, dass sie offenbar ahnte, was gestern Abend geschehen war.

Er fing noch einmal von vorn an, nachdem er sich umständlich geräuspert hatte. »Also, Justin und ich und… eh… die Mädchen, also wir hatten noch eine Party gestern Abend, als alle anderen gegangen waren.«

»Ihr und die Mädchen?«, hakte Eden nach. »Du, Justin, Claire und Lola?«

»Ja«, murmelte er und begriff nicht, warum Edens Stimme so atemlos klang.

»Ihr wart zu viert und hattet Sex? Hier in der Galerie?«, fragte sie noch einmal.

»Nun … eh … ja«, stammelte Paul. Er wich Edens stechendem Blick aus. »Es ging ein bisschen hoch her, aber alle waren gut drauf. Wir waren uns alle einig.«

Edens Gesichtszüge hatten sich entspannt, als er aufblickte und ausführte: »Ich will sagen, die Mädchen waren absolut dafür. Ich meine, wir haben uns ihnen nicht aufgedrängt oder so. Gegen halb fünf heute Morgen sind wir aufgewacht und zum Frühstücken nach Hause gefahren. Sie können mir glauben, Claire und Lola sind bester Dinge.«

Eden behielt ihr ernstes Gesicht bei, aber innerlich frohlockte sie. MacKenzie hatte in der vergangenen Nacht nicht mit den beiden Nymphen auf den Kissen gelegen. Was für eine Freude! Sie war so glücklich, dass es ihr Mühe bereitete, dem jungen Mann gegenüber ernst zu bleiben.

»Ich werde mich bei Claire und Lola erkundigen, wenn sie kommen«, sagte sie. »Ich möchte ihre Version der Geschichte hören. Wenn wirklich alles so gelaufen ist, wie du es erzählt hast, dann – Schwamm drüber.«

Paul atmete erleichtert auf und nickte schwach. Seine Wangen brannten nicht nur vor Verlegenheit, sondern auch vor Erregung, dass er dieser eleganten Frau von seinen nächtlichen Aktivitäten erzählen konnte.

Aber Eden war noch nicht fertig mit ihm. »Geh mit einer feinen Bürste durch den ganzen Salon und sieh zu, dass alles in bester Ordnung ist, bevor Mr. Raton eintrifft.« Eden fragte sich, wann der Besitzer heute in die Galerie kommen würde. An einem Tag hing er wie eine Klette an ihr und steckte seine Nase in alles, und an einem anderen Tag ließ er sich überhaupt nicht sehen. Gewöhnlich erklärte er später, dass er mit Interessenten gespeist hatte. Eden schnaufte dann nur.

Paul beobachtete sie die ganze Zeit.

»Nun geh endlich«, fauchte sie ihn an. »Und wenn du den Salon gesäubert hast, möchte ich, dass du zwei Bilder von Annalee Barrett hinüber zu Jay Jay Ritchie in Buckhead bringst. Ich habe sie im Lager schon ausgewählt. Wenn ihm eines davon gefällt, hängst du es auf und bringst den Bulgaria über dem Kamin seines Schlafzimmers zurück. Und konzentriere dich auf deine Arbeit.«

»Ja, Ma'am ... eh ... Miss Sinclair«, sagte Paul und wünschte, Justin wäre da, um ihm zu helfen. Himmel, sah Eden zauberhaft aus, wenn sie wütend war! Obwohl es der Situation nun wirklich nicht gerecht wurde, spürte er ein vertrautes Ziehen in den Lenden, und er musste sich leicht zur Seite wenden, um seine Erregung zu verbergen.

Er wurde starr vor Schreck, als er plötzlich Edens Hand auf seinem Arm spürte. Sie drehte ihn wieder herum und schaute ihm in die Augen. Überrascht sah er ein Glänzen in ihren Augen, es war nicht mehr das wütende Glühen, das er zuvor dort gesehen hatte, sondern ein Glanz, der Freude und Erleichterung verriet.

»Ist das wirklich alles, was in der Nacht hier passiert ist, Paul? Du und Justin und Claire und Lola habt euren Spaß im Salon gehabt?« Ihre Stimme klang sehr leise, aber eindringlich.

Konsterniert nickte Paul nur.

»Und sonst war keiner dabei? Nur ihr vier?«

Wieder schaffte Paul nur ein schwaches Nicken. Das strahlende Lächeln auf dem Gesicht der Chefin erstaunte ihn, und als sie ihn dann noch in den Arm nahm und auf den Mund küsste, da verstand er überhaupt nichts mehr.

»Sie sind mir nicht mehr böse, Miss Sinclair?«, fragte er, um ganz sicherzugehen, denn der dramatische Stimmungswechsel war ihm nicht geheuer.

»Aber nein, Paul«, antwortete Eden, und die Stimme klang hell wie eine Glocke. »Ich bin begeistert.«

Sie wandte sich ab und ging mit federnden Schritten die Wendeltreppe hoch in ihr Büro.

Paul begann mit seiner Arbeit im Salon. Er nahm sich vor, den anderen nichts von dieser merkwürdigen Unterredung zu sagen. Vielleicht würde er etwas sagen, wenn er begriffen hatte, was da eben geschehen war.

Warum war es ihr so wichtig, fragte sich Eden, dass MacKenzie nicht an der Orgie teilgenommen hatte? Sie gab sich die Antwort selbst.

Weil *sie* ihn haben wollte. Und weil sie nicht wollte, dass eine andere ihn vor ihr besaß.

Die Lieferung

Kaum war Paul aus dem Haus, als Justin die Galerie betrat. Obwohl er wenig geschlafen hatte, sah er fröhlich und noch ein bisschen mehr von sich selbst überzeugt aus als sonst.

Eden hörte ihn und lief hinunter, passte ihn ab und sagte scharf: »Guten Morgen, Justin.«

Er nickte kurz.

Sie sah ihm fest in die Augen und fragte: »Hast du nach der gestrigen Nacht denn noch Energie für die Arbeit?«

Justin errötete und versuchte, in Edens Gesicht zu lesen, aber die Miene blieb undurchdringlich.

»Du brauchst mich nicht so anzustarren, Justin. Ich weiß, was gestern Abend hier abgelaufen ist. Ich werde diesmal nichts unternehmen, es sei denn, ich höre Klagen von Claire und Lola. Aber von nun an gilt: Kneif die Hose zu, solange du an deinem Arbeitsplatz bist.«

Heuchlerin, schalt sie sich, während sie den jungen Mann nicht aus den Augen ließ. Hatte sie nicht erst gestern lüsterne Gedanken über diesen Justin gehegt? Unwillkürlich fiel ihr Blick auf Justins Schritt, und für einen Moment stellte sie sich seinen steifen Penis vor. Als sie wieder den Blick hob, bemerkte sie, dass er zu seiner überlegenen Macho-Art zurückgefunden hatte.

»Oh, ich glaube nicht, dass eines der Mädchen sich über letzte Nacht beklagen wird, Miss Sinclair«, prahlte er mit einem Grinsen. »Ich glaube, sie waren sehr zufrieden. Paul und ich haben heldenhaften Dienst geschoben. Wir haben ja praktisch den Schotten vertreten müssen.« Er grinste anzüglich.

Er ist nassforsch, dachte sie und fragte sich, wie er sich fühlen würde, wenn Belgique mit ihm fertig war. Aber sie sagte nur: »Ich will, dass du deine Energie auf die Arbeit konzentrierst, Justin. Claire und Lola haben heute frei, deshalb wird es heute keine Gelegenheit zum Gruppensex in der Galerie geben.« Sie wartete, um ihren Worten mehr Gewicht zu geben, aber Justin zeigte keinerlei Verlegenheit. Mit wachsender Irritation fuhr sie fort: »Paul ist schon unterwegs. Er hat den kleinen Van genommen und ist nach Buckhead gefahren. Auch für dich habe ich einen Auftrag. Du bringst diese kleinere Skulptur zu Belgique du Pont. Es ist nicht weit, aber du musst sofort los.«

Als der Name von Belgique fiel, hörte Justin genauer hin. Jeder in der Galerie kannte sie, und was nicht von ihr bekannt war, wurde erfunden.

»Um welche Skulptur handelt es sich, Miss Sinclair? Die da drüben, wo das Mädchen den Schwanz des Kerls lutscht?«

Eden wollte ihm dieses Spiel nicht allein überlassen. Sie zeigte keine Reaktion auf Justins derbe Sprache und antwortete: »Ja, genau die, Justin. Das Gegenstück von MacKenzie zeigt einen Kerl, der seiner Partnerin die Pflaume leckt.« Sie sah ihn herausfordernd an und freute sich, den Ausdruck des Schocks auf Justins Gesicht zu sehen. »Jetzt hör auf, den Klugscheißer zu spielen und begib dich an die Arbeit.«

Der so selbstsichere Justin musste einige Male schwer schlucken. Er fand es durchaus in Ordnung, dass Männer drastische Formulierungen wählten, aber er war schockiert, wenn er diese Ausdrücke von einer Frau hörte, und dann auch noch von der unnahbaren Miss Sinclair. Sein Erröten verriet seinen Gemütszustand, und Eden wusste, dass sie ihm einen Punkt abgenommen hatte.

»Lade die Skulptur in den großen Lieferwagen. Hier hast du die Adresse.« Sie reichte ihm einen Zettel. »Sobald Angela eintrifft, bin ich weg. Ich treffe mich mit einem Kunden und werde wahrscheinlich erst nach Mittag wieder zurück sein.«

Abrupt drehte sie sich um und ging hinauf in ihr Büro, um ihm jede Möglichkeit einer Replik zu nehmen.

Justin starrte ihr wütend hinterher, dann begab er sich an die Arbeit. Im Lager suchte er Tücher und Decken, um die Statue einzuwickeln. Obwohl er verärgert war, achtete er sorgsam darauf, die Skulptur für den Transport zu schützen. Er warf einen Blick auf den Zettel mit Belgiques Adresse.

Die Strecke war nicht weit, eine Meile etwa, südliche Richtung, Ecke Peachtree Street und Ponce de Leon Avenue.

Ponce de Leon, so erinnerte Justin sich an den Geschichtsunterricht, war der spanische Forscher, der Florida entdeckt hatte und dann in den Norden gezogen war, um die Quellen der ewigen Jugend zu finden.

Jetzt erinnerte er sich auch an die Adresse; der Wohnblock war renoviert worden und wartete jetzt mit Türsteher und Butlerservice für die Mieter auf. ›Zurück zum Luxus der Zwanziger Jahre‹, stand auf einem Banner über dem Eingang. Justin hatte es beim Vorbeifahren einige Male gesehen, denn es lag in der Nähe seiner bevorzugten Topless-Bar hinter dem Fox Theatre.

Bevor er abfuhr, schlenderte er über die Straße. Er wollte im neuen Caribou Coffee House eine Laugenbrezel und einen Kaffee kaufen. Trotz der Vergnügungen der letzten Nacht empfand er eine nicht genau fixierte Ablehnung gegenüber Frauen allgemein. Das Gespräch mit Eden war ganz anders gelaufen, als er sich das vorgestellt hatte. Ihm gefiel es nicht, wenn er nicht das letzte Wort haben konnte. Selbst das sexy Lächeln des Mädchens hinter der Verkaufstheke konnte seine Laune nicht heben.

Erst als er in südlicher Richtung unterwegs war und an der Brezel nagte, ließ er Erinnerungen an die süßen, lüsternen Frauen zu. Ob es eine Wiederholung geben würde? Er wollte mit ihnen reden und tippte die Nummer der Galerie ein, um von Angela die Telefonnummern zu erfragen.

Er drückte rasch den Knopf zum Abschalten, als ihm einfiel, dass Eden vielleicht ans Telefon gehen könnte. Nach dem harschen Gespräch konnte er sie wohl kaum um die Telefonnummern von Claire und Lola bitten.

Statt dessen rief er Paul an. Es war gut, dass er das Handy aufgeladen hatte, denn MacKenzie war wirklich wütend geworden, als sie gestern nicht von unterwegs in der Galerie hatten anrufen können.

Paul meldete sich nach dem zweiten Klingeln. »He, Mann, was läuft ab?«, fragte er, als er hörte, dass Justin anrief. »Was sagt dein Kleiner heute Morgen?« Grinsend setzte er hinzu: »Mann, was für eine Nacht. Aber Eden ist verdammt sauer, was?«

»Ja, ich weiß«, knurrte Justin. »Wahrscheinlich ist sie nur sauer, dass sie nicht dabei war.«

Sie lachten beide, und Paul fragte: »Wo bist du? Was hast du zu tun? Mann, ich bin vielleicht fertig.«

»Ich liefere Kunst aus, genau wie du, du Dummkopf.« Als Paul die Bemerkung nicht witzig genug für einen Kommentar fand, fuhr Justin fort: »Ich bringe eine von MacKenzies Skulpturen zu der drallen Lady. Du kennst sie, La Belgique. Das ist die, die alles vögelt, was nicht schnell genug auf dem Baum ist.«

»Klar kenne ich sie. Miss du Pont! La Belgique!« Pauls Stimme schien an Energie zu gewinnen, als er ihren Namen wiederholte. »Dann bist du besser dran als ich«, sagte er voller Neid. »Ich muss nach Buckhead zur Villa dieses schwulen Kerls, ein paar Fresken abliefern. Das letzte Mal hat der Kerl mich anmachen wollen. Diesmal werde ich die Hand auf meinem Schwanz halten.«

Justin wartete an einer roten Ampel, hielt das Lenkrad mit den Knien fest und nahm einen Schluck Kaffee. »So ist es richtig, mein Freund. Du musst dich schonen für das nächste Mal mit Claire und Lola. Mann, sind das zwei heiße Mütter.« Er stellte den Kaffeebecher auf den Nebensitz und rieb sich über den Schritt. »*Mio cojones!* Ich wette, sie sind ausgetrocknet.«

Die Ampel sprang auf Grün, und Justin legte eine Hand ans Lenkrad.

Er hörte Paul kichern, während er fortfuhr: »Ich habe alle Hände voll zu tun mit der Bronzestatue. Es ist die eine, wo die Frau den Schwanz lutscht. Ich muss die ganze Zeit an Lola denken…« Er gluckste. »He, vielleicht wird La Belgique das bei mir auch machen wollen. Das ist doch cool, oder? Du lässt dich von Jay Jay melken, und ich bringe das reiche Luder so weit, dass sie mir einen abkaut. Nimm dein Handy mit, dann können wir telefonisch vergleichen. He, ich bin jetzt da«, sagte er.

Justin legte das Handy auf den Nebensitz und fuhr den Lieferwagen in die Einfahrt der Ponce de

Leon Apartments. Im Hof sprudelte ein Brunnen.

»Bist du noch da, Paul?«, fragte Justin, nachdem er seinen Lieferwagen vor dem Haus geparkt hatte. »Ich wünschte, du wärst hier. Das Ding ist verdammt schwer.«

»Kann schon sein«, gab Paul zurück, »aber Miss du Pont hat doch ihre Burschen für solche Fälle. Sie werden dir helfen, das Ding nach oben zu schaffen. Außerdem hast du die Sackkarre auf der Ladefläche des Lieferwagens.«

»Burschen, die mir helfen?«, fragte Justin. »Ich sehe nur Kerle in feinen Uniformen.«

»Ach, der Türsteher ist wahrscheinlich verkleidet, aber die meisten anderen sehen aus wie Jogger oder so.«

»Aha.« Justin fragte: »Bist du schon mal hier gewesen, oder woher willst du das wissen? Und was weißt du über die Frau?«

»Mann, sie ist reich und schön und hat die besten Titten der Welt.«

Justin lachte. »Du fährst voll auf Titten ab, was? Ich muss immer an die beiden Mädchen denken.«

Paul stieß einen lauten Pfiff aus. »Mann, wem sagst du das? Die waren Spitzenklasse.« Gedämpft fügte er hinzu: »Aber warte, bis du Miss du Pont kennen lernst.«

»Wirklich? Aber vergiss nicht, dass du es bist, der auf Titten steht, für mich gibt es nichts Schöneres als einen knackigen Arsch.«

Justin hörte, wie Paul einen Fluch ausstieß. »Oh, verdammt, da sind Jay Jay und zwei seiner Freunde. Sie sehen so aus, als hätten sie auf mich gewartet.« Es entstand eine kleine Pause, und Justin hörte, wie Paul rief: »Ja, natürlich erinnere ich mich an Sie, Jay Jay. Ja, schön, Sie zu sehen. Hallo, Greg... hallo, Jerry.« Leiser sagte Paul: »Bis später, Justin.

Wir reden nachher miteinander, jetzt habe ich alle Hände voll zu tun.«

Das Telefon war tot.

Justin lachte über Pauls Probleme. »Besser du als ich«, raunte er ins Telefon. »Ich habe das Gefühl, dass ich mit meinem Auftrag besser dran bin als du.«

Er hielt den Lieferwagen an und stellte den Motor ab. Er sprang aus dem Führerhaus und ging auf einen Typen zu, der hinter den Holundersträuchern hervorkam, die die Einfahrt säumten, und wie ein Jogger gekleidet war. Aber dann sah er einen großen Mann, ganz in Schwarz gekleidet – offenbar der Türsteher.

»Ich habe einen Termin bei Miss du Pont«, sagte er grinsend. »Ich soll eine Statue abliefern. Sie liegt auf der Ladefläche.«

Zuerst sagte der Uniformierte in Schwarz gar nichts, er starrte Justin nur an. Sein Blick blieb an seinem Ohrring haften. Dann wies er mit dem Kopf zur Haustür. »Sie erwartet Sie. Da ist die Klingel.« Er wandte sich ab und ließ die Knöchel knacken.

Justin ging den gepflasterten Weg zum Eingang hinunter. Hohe schlanke Säulen wiesen den Weg. Er klingelte, aber nichts geschah.

Verdammt, wo blieb denn der Butler? Er hob eine Hand, um wieder auf den Klingelknopf zu drücken. In diesem Moment öffnete sich die schwere Eichentür und gab den Blick auf ein hübsches, dunkelhaariges Dienstmädchen frei. Sie trug eine schwarze Tunika und eine Seidenhose.

Er hatte noch den Arm gehoben und grinste breit, als er in die großen grünen Augen schaute. Dümmlich fiel ihm nichts anderes ein als: »Du bist nicht der Butler.« Er starrte in den tiefen Ausschnitt, und plötzlich wurde ihm wieder heiß.

Die Frau sah den gehobenen Arm, öffnete die vollen Lippen und sagte: »Du kannst die Hand jetzt wegnehmen.« Unverfroren sah sie auf seine erblühende Erektion.

Justin war immer noch verdutzt. Ihm fiel kein flotter Spruch ein, so sagte er nur: »Ich habe ein Kunstwerk für Miss du Pont.«

»Ich weiß. Ich bin hier, um dir dabei zu helfen, es in die Wohnung zu bringen.« Die Frau trat durch die Tür und schritt neben Justin zum Lieferwagen.

Justin ließ sie ein paar Schritte vorgehen, damit er die kurvenreiche Brünette von hinten betrachten konnte. Ihre schwarze Uniform war das Gegenteil von einer Kriegsbemalung, eine Aufforderung zum intensiveren Kennenlernen. »Bist du Karatelehrerin?«, fragte er.

Die Frau drehte sich um und lachte auf. »Ich, eine Karatelehrerin? Himmel, nein. Ich nehme nur Unterricht. Aber du würdest überrascht sein, was ich schon alles kann.« Sie lächelte ihn geheimnisvoll an und schaute zu, wie Justin die Ladeklappe öffnete. Er sprang hinauf und löste die Bänder, mit denen er die Statue befestigt hatte, dann streifte er die Decken zur Hälfte ab und rollte die Skulptur vorsichtig nach hinten.

»Ich kann sie auf die Sackkarre heben«, sagte er. Es sollte sich anhören, als kostete ihn das nicht die geringste Mühe. Er sprang zurück auf den Boden und legte die Arme um die Statue. Er spürte, wie seine Muskeln ächzten. Nach den Anstrengungen der Nacht, bemerkte er jetzt, befand er sich derzeit nicht in bester Form. Er würde kräftige Hilfe brauchen, das Ding die Treppe hochzuschleppen.

Das Dienstmädchen schien seine Gedanken lesen zu können. »Komm, ich helfe dir«, bot sie an. Justin sah überrascht zu, als sie die schwarze Tunika auszog und einen schwarzen Spandex-Büstenhalter enthüllte. Sie lachte ihm ins Gesicht. »So, jetzt bin ich bereit«, sagte sie und leckte sich über die Lippen.

Justin blinzelte. Seine Blicke konzentrierten sich auf ihren Oberkörper. Sie war eine Schönheit, stellte er aufgeregt fest. Ihre Nippel drückten sich durch den Stoff des Büstenhalters.

Aber sie konzentrierte sich auf die bevorstehende Aufgabe und zeigte überraschende Kräfte, als sie die Statue gemeinsam mit Justin anhob. Er roch das Parfum der Frau, während sie dicht nebeneinander arbeiteten und die Bronzestatue ins Haus schleppten. Zum Glück war es nicht weit bis zur engen Aufzugskabine.

Justins Helferin nahm die Decken und Tücher von der Statue und entblößte das sexuelle Tableau. Lächelnd strich sie über die Spitze seines Penis.

Justins Phallus war so hart wie der aus Bronze. Er konnte den Blick nicht von der Frau wenden, die sich offenbar an seiner Erregung ergötzte. Beide schwitzten.*«C'est magnifique, n'est-ce pas?«* Sie hob zwinkernd eine Augenbraue, beugte sich vor und küsste die metallene Penisspitze.

Der Büstenhalter der Frau hielt die Brüste fest umklammert. Sie sah grinsend zu, wie Justin sie anstarrte und legte die Hände unter ihre Brüste. Sie neigte den Kopf ein wenig, sah ihn verführerisch an, hob abwechselnd die linke und die rechte Brust und fragte: »Gefallen sie dir?«

Ihr forsches, freches Auftreten brachte ihn aus der Fassung. »Himmel«, stieß er zischend hervor. Sein Penis drückte gegen den leichten Stoff der Hose. Eine zusätzliche Äußerung blieb ihm erspart, weil sich die Aufzugtüren im Penthouse öffneten.

»Wir sind da, *mon cheri*«, gurrte seine Helferin.

Sie trat an ihm vorbei und überquerte den Flur, um die beiden Flügel der Eichentür zu öffnen.

Gemeinsam trugen sie MacKenzies Meisterwerk in die Wohnung. Als sie es geschafft hatten, sah Justin sich neugierig im Salon um, der mit vielen kleinen Gegenständen überfrachtet war. La Belgique selbst ließ sich nicht sehen.

»Wo möchte Miss du Pont die Skulptur haben?«, fragte er das Dienstmädchen.

»Oben im Schlafzimmer«, antwortete die Frau mit einem Zwinkern im Auge. »Das ist auch der angemessene Platz für ein solches Motiv, findest du nicht auch?«

Justin grinste und stöhnte gleich darauf, als er die elegante, aber schmale Treppe sah, die hinauf ins Penthouse führte.

»Komm schon, junger Mann, wir schaffen das schon. Es sieht schlimmer aus, als es ist.« Sie stellte sich dicht neben ihn und fuhr mit den zierlichen Fingern über seine Bizeps. »Wenn wir zu sehr ins Schwitzen geraten, gehen wir nachher unter die Dusche, ja?« Sie kicherte auf eine Art, die Justins Männlichkeit wieder anschwellen ließ.

»Also gut, Lady. Wenn sie die Statue im Schlafzimmer haben will, dann werden wir das richten. Fasse oben an, ich nehme den Sockel.«

Gemeinsam quälten sie sich die Treppe hoch und durch eine Tür in einen großen Raum, der im Gegensatz zu dem Chaos von Objekten unten nur mit einem extra großen Doppelbett und einem überladenen Sofa ausgestattet war. Durch ein großes, breites Fenster sah man das Zentrum der Stadt, in dem die hohen Türme von der Sonne angestrahlt wurden, die sich allmählich durch die Wolkendecke brach.

Wände und Boden waren farblich aufeinander

abgestimmt, ein gebrochenes Weiß wie die Bezüge von Bett und Sofa. Der Boden strahlte einen matten Glanz aus. Ob das Marmor war?, fragte sich Justin, als er die Skulptur über die letzte Stufe hievte.

Als er sich aufrichtete, um Atem zu schöpfen, bemerkte er einige eingelassene Türen und eingebaute Wandschränke, deren entzückende Verzierungen einen überraschenden romantischen Kontrast zur spartanischen Schlichtheit des Zimmers bildeten. Er legte den Kopf in den Nacken und stieß einen Laut des Staunens aus. An der Decke befand sich ein klassisches Gemälde von nackten Amoretten und Nymphen, die sich detailgenau auf luftigen Wolken liebten.

»Himmel«, rief Justin wieder aus, bevor er einen ganzen Satz herausbrachte: »Was für eine Orgie!«

»Hier, Justin!« Die Frauenstimme riss ihn hart aus seinen Fantasien. »Ich will dir zeigen, wo ich es haben will.« Sie sah ihm direkt in die Augen, als wollte sie die Zweideutigkeit ihres Satzes unterstreichen. Während sie sprach, rieb sie sich unauffällig über die Brust. »Genau hier soll die Skulptur stehen.« Sie zeigte auf einen Punkt vor einer schmucklosen Wand, dann drehte sie sich um und drückte einen Schalter. Aus einer versteckten Quelle fiel sanftes, warmes Licht in einem Keil auf den Boden und markierte den genauen Standort des bronzenen Liebespaars.

Gemeinsam unternahmen er und das Dienstmädchen eine letzte Anstrengung, bis die Statue von MacKenzie in all ihrer expliziten Glorie ihren Platz gefunden hatte. Das Licht brach sich auf der polierten Bronze, und Justin bewunderte wieder einmal das handwerkliche Geschick des Künstlers.

Erst jetzt fiel ihm ein, dass die Frau ihn mit Namen angesprochen hatte. Er hob langsam den

Blick und starrte in ihre großen grünen Augen, und plötzlich wusste er, dass diese Frau nicht das Dienstmädchen war.

Unbewusst streckte sich sein Körper. Diese Frau musste Belgique du Pont sein, der bekannte Vamp, und er stand mit ihr allein in ihrem Schlafzimmer. Er stand verlegen da. Sein forsches Auftreten hatte ihn verlassen.

Er streckte eine Hand aus und murmelte kleinlaut: »Himmel, eh … Ma'am, ich dachte, Sie wären die Fitness-Trainerin oder so etwas …«

Belgique gluckste. »Ist doch nicht schlimm«, sagte sie und lächelte ihn freundlich an, als sie ihre kleine feste Hand in seine legte.

Justin drückte die Hand und konnte sich nicht dagegen wehren, dass sein Blick wieder auf ihre Brüste fiel. »Ich freue mich, Sie kennen zu lernen«, sagte er wenig originell, wobei es so aussah, als hätte er zu ihrer Oberweite gesprochen. Die Umrisse ihrer Brüste waren unter dem schweißnassen Stoff deutlich zu sehen.

Belgique zog ihre Hand zurück und grinste ihn lässig an. Jetzt fuhr sie so provozierend über ihre Brüste, dass er nicht mehr an Zufälligkeit glauben konnte.

»Himmel«, entfuhr es Justin wieder.

»Dein Wortschatz ist ziemlich begrenzt, Justin«, sagte sie und schloss die Augen, während sie ihre Nippel durch den dünnen Stoff zwirbelte.

»Sind sie …?« Justin musste schlucken, er brachte keinen Ton mehr heraus. Er starrte fasziniert auf Belgiques beeindruckenden Busen und wies mit einem Finger darauf.

»Du willst wissen, ob sie echt sind? Oh, ja.« Dann fragte sie: »Willst du sie unbedeckt sehen? Willst du sie fühlen, damit du dich von ihrer Echtheit überzeugen kannst?« Sie reizte ihn absichtlich und hörte nicht auf, ihre Nippel zu drücken.

»Ja, ja«, stammelte Justin erstaunt. Er konnte sein Glück kaum glauben. Seine Stimme klang heiser und tief, als er sagte: »Warum nimmst du den Büstenhalter nicht ab, dass ich sie sehen kann? Bitte«, fügte er noch in ungewohnter Höflichkeit hinzu.

Sie klapperte mit den Augendeckeln und fuhr mit einer Hand unter ihre schwarze Karatehose. Er sah die Bewegungen ihrer Hand im Schritt. »Willst du, dass ich auch die Hose ausziehe?«, fragte sie, und ohne seine Antwort abzuwarten, öffnete sie den Bund und streifte sie ab. Darunter trug sie schwarze Radlershorts, die zum schwarzen Büstenhalter passten.

Sie warf die schwarze Hose aufs Sofa und murmelte: »Wir sind ganz verschwitzt, nicht wahr?« Sie zog einen Träger des Büstenhalterss über die Schulter. »Möchtest du unter die Dusche?« Dabei senkte sie schüchtern den Blick.

»Ja, ja«, gab Justin eifrig zurück. »Wo ist die Dusche?«

»Gleich nebenan«, antwortete Belgique leise und streifte den anderen Büstenhalterträger ab. Sie wandte ihm den Rücken zu und sagte: »Er drückt mich. Kannst du ihn für mich öffnen, bitte?«

»Klar.« Justin trat hinter sie und öffnete die Häkchen von Belgiques Büstenhalter.

Sie drehte sich wieder zu ihm um, hielt den Büstenhalter aber noch über den Brüsten. »Bevor ich dir meine Nippel zeige, musst du mir auch etwas zeigen.«

Justin verstand, und ohne zu zögern zog er den Reißverschluss seiner Hose auf und holte langsam den langen, wohlgeformten Penis heraus. Er hielt ihn Belgique zur Präsentation hin, und sie stieß einen Schrei des Entzückens aus.

»Oh, ja! Dein Wortschatz mag ja beschränkt sein, aber dein Penis spricht Bände.«

Himmel, dachte er und bibberte vor Lust, als sie den schwarzen Büstenhalter sinken ließ. Himmel, war sie bestückt. Die großen Brüste schwangen leicht.

»Willst du mit ihnen spielen?«, fragte sie, den Kopf ein wenig schief gelegt.

»Ja.« Seine Hände langten nach ihren Brüsten. Unter seinen Handflächen konnte er ihre steifen Nippel spüren.

Belgique trat in Justins Arme und hob sein T-Shirt bis zum Hals. Sie wollte seinen nackten Oberkörper sehen. Sie spürte den leichten Druck seines Penis an ihrem Oberschenkel und öffnete seinen Hosengurt. Sie rutschte an ihm hinunter, bis sie vor ihm kniete, zog seine Hose und Unterhose bis auf die Füße und achtete darauf, den harten Penis nicht zu berühren, der vor ihrem Gesicht auf und ab federte.

»Glaubst du, ihn zu schaffen, Lady?«, fragte Justin mit einem protzenden Grinsen.

Belgique umkreiste den Schaft langsam mit den Lippen und nahm die purpurne Eichel in den Mund. Sie hob den Blick und schaute in sein Gesicht, dann gab sie die Eichel frei.

»Ja, ich werde ihn schaffen. Du wirst überrascht sein.«

Das ist ja schon ein Teil der Wiederholung von gestern Nacht, dachte Justin. Oder eine wunderbare Ergänzung, die das Erlebnis abrundete. Er sah die Bilder von Lola und Claire vor sich und spürte voller Panik, wie er sich bereits dem Höhepunkt näherte. Verzweifelt bemühte er sich um Konzentration. Er wollte nicht schon nach zwei Minuten fertig sein.

Belgique gab den beeindruckenden Penis des jungen Mannes frei und erhob sich. Sie nahm ihn in die Hand und forderte ihn auf: »Tritt aus deinen Hosen und folge mir.«

Er stolperte hinter ihr her wie ein lechzendes Hündchen und ließ sich aufs Bett fallen, wie sie ihm befohlen hatte. »Jetzt pass gut auf, Justin«, sagte sie unnötigerweise, denn Justin folgte jeder ihrer Bewegungen. Sie rollte ihre Spandex Shorts nach unten und enthüllte den üppigen Busch ihrer Schamhaare. Sie streifte die Shorts über die Beine, ließ sie auf die Füße fallen und trat heraus. Jetzt stand sie völlig nackt vor Justin und ließ die Hüften kreisen wie früher auf der Bühne.

Justins Penis stand senkrecht, ein hoher Mast, der aus Belgiques Hand ragte, als sie zu ihm trat und sich aufs Bett kniete. Mit beiden Händen umfasste sie den Schaft. Die purpurne Krone erblühte unter ihren Händen, die sie langsam auf und ab bewegte.

Sie spürte, wie er unter ihrem Griff pochte und zuckte. »Ah, mein lieber Justin, das gefällt dir, was?«

Justin nickte nur. Alle seine Sinne schienen auf den Penis in den Händen dieser Frau gerichtet zu sein.

»Aber noch ist es nicht so weit«, neckte sie ihn, fuhr mit einem Finger über die weichen Hoden und tiefer hinein in die Kerbe zu seinem Anus.

Justin starrte sie alarmiert an, aber Belgique tat so, als hätte sie das nicht bemerkt.

»Ich sagte, wir wollten duschen, und dabei bleibt es auch. Komm mit mir.« Sie hüpfte vom Bett und zog ihren jungen Liebhaber mit sich auf eine kaum sichtbare Tür in der Schlafzimmerwand zu.

»Wau!«, stieß Justin aus, als er Belgiques Badezimmer sah. Es war fast so groß wie das Schlafzimmer, und neben einer Dusche für zwei war eine Wanne in den Boden eingelassen, in der man mit mehreren Personen eine kleine Orgie hätte feiern können. Und überall Spiegel. Justin fasste um Belgiques Taille und gab einen leisen Pfiff von sich, als er ihre nackten Körper in den goldgerahmten Spiegeln über dem Waschbecken beobachtete.

Die Wandflächen waren mit Bildern bedeckt, die eine Reihe von Nymphen und Satyren zeigten. Die meisten waren in der einen oder anderen sexuellen Aktivität verhaftet. Ein kurzer Blick auf die dargestellten Szenen bestätigte Justin, dass er die meisten Möglichkeiten der körperlichen Liebe kannte; einige aber nicht. Doch dann endete auch schon der Überblick, denn Belgique hatte die Dusche angestellt.

Langsam drehte sie ihren Körper unter den prasselnden Strahlen, während sie ihn anlächelte. Sie massierte sich den Schaum einer flüssigen Seife über Brüste und Bauch und schäumte sich auch zwischen den leicht gespreizten Schenkeln mit verführerischen Bewegungen ein.

»Wenn ich mich für dich vorbereite, mein lieber Justin, dass du mich schlecken kannst, dann musst du das auch für mich machen. Es ist Zeit, deinen wunderschönen Penis vorzubereiten, der so neckisch auf mich zeigt.«

Justin brauchte keine weitere Aufforderung. Er trat unter den zweiten Duschstrahl, und Belgique reichte ihm die parfümierte Seife. »Ich werde dir zuschauen, wie du dich wäschst, jeden Millimeter, langsam und gründlich«, wies sie ihn an.

Er befolgte ihre Instruktionen aufs Wort und seifte seine Genitalien ein, wobei Belgique seine

Bewegungen kommentierte. Sie trat hinter ihn. »Und vergiss auch nicht deinen knackigen Arsch«, sagte sie und fuhr mit ihren schaumbedeckten Fingern in die Kerbe zwischen seinen Backen.

»He«, rief Justin und ließ vor Überraschung die Seife fallen, aber bevor er noch etwas sagen konnte, spürte er Belgiques Hände überall; sie streichelte über seinen Hodensack, nahm seinen Penis in die Hand und schloss sie zur Faust, und dann hob sie den Kopf und drückte ihre Lippen auf seinen Mund zum ersten hungrigen Kuss. Ihre Zunge schlängelte sich in seinen Mund, und gemeinsam wanden sich die beiden Körper unter dem sprühenden Wasser.

Belgique zog sich wieder von ihm zurück. Sie langte nach zwei dicken Baumwolltüchern, die sich weich auf der Haut anfühlten, als sie sich gegenseitig trockenrubbelten.

»Ah, Justin«, murmelte Belgique, während sie sich die Brüste mit Aprikosenöl einrieb. Dann ölte sie auch Justins harten Penis mit dem sinnlichen Öl ein. »Ich glaube, es ist Zeit, ja?«

Justin war mehr als bereit. Er folgte Belgique zurück ins Schlafzimmer und hatte seine Lust kaum unter Kontrolle. Sein Schaft wies steil nach oben und bebte bei jedem Schritt, als wollte er den Grad seiner Bereitschaft signalisieren. Er lechzte danach, in die Muschi der älteren Frau einzudringen, aber jedes Mal, wenn er einen halbherzigen Versuch unternahm, wich Belgique geschickt in eine andere Position aus und streichelte ihn von der anderen Seite. Sie ließ nicht zu, dass er die Initiative übernahm.

»Verdammt, Lady«, grollte Justin, »bleib endlich mal still liegen, damit ich dich…«

»Ah, mein lieber Justin, du willst, dass ich mich nicht bewege?«, neckte sie ihn. Sie schlich sich hinter ihn und hob seine Hände über den Kopf, damit er ihre Brüste streicheln konnte. »Aber ich will, dass *du* dich nicht bewegst.« Mit einer flinken, geschickten Bewegung hatte sie Justins Hände durch seidene Schlaufen gesteckt, die von den Bettpfosten hingen, und zurrte sie fest.

»He!«, rief Justin und versuchte vergeblich, seine Arme zu bewegen. »Was, zum Teufel, soll das?«

»Oh, mein kleiner Lieferjunge«, gurrte die Frau. »Ich will mit dir schlafen, aber wir werden es auf meine Weise tun, wenn du nichts dagegen hast.«

Geschwind schlüpfte sie vom Bett und griff einen von Justins Fußknöcheln. Ihre Kraft erstaunte ihn erneut. Es dauerte nur einen Wimpernschlag, und schon steckte sein Fuß in der Schlaufe. Nur das rechte Bein hatte noch seine Bewegungsfreiheit.

»Nun, Justin«, schnurrte Belgique, »willst du mir Ärger machen, oder benimmst du dich wie ein braver Junge? Gib mir den anderen Fuß.«

»Hör auf damit! Lass mich los!«, zischte Justin und trat mit seinem rechten Bein um sich.

»Oh, nein, mein Junge«, murmelte Belgique lächelnd. Sie stand an seiner linken Seite und masturbierte seinen immer noch aufragenden Penis. »Er ist so dick, er wird bald platzen. Siehst du, wenn ich ihn hier streichle …« Sie fuhr mit den Fingerspitzen über die Unterseite des Schafts und dann über die Eichel und entlang des empfindlichen Bändchens. Justins Körper bäumte sich vor schierer Lust auf.

Himmel, dachte er, diese Frau hat vielleicht Tricks auf Lager, und das erste Mal fragte er sich, ob er mit ihr fertig werden würde. Was würde ihr als Nächstes einfallen?

Seine Frage wurde beantwortet, als ihre Finger, diesmal in Kokosnussbutter getunkt, wieder über seinen Schaft strichen, hinunter zu den Hoden glitten und dann in die Pokerbe bis in die Runzeln des Anus und dort leicht drückten. Seine Lenden pulsierten vor Wollust unter ihren geschickten Berührungen, und erst als es zu spät war, bemerkte er, dass auch sein rechtes Bein in der seidenen Schlinge steckte.

Und nun?, dachte er fieberhaft.

Die Kunst des Essens

Eine Stunde, nachdem sie sich von Justins überraschend gutem Service losgelöst hatte, stand Belgique im Fitness-Club und legte ihre Kleider ab – Vorbereitung für eine andere Art der Gymnastik.

Eden, die ihre Aufgaben in der Galerie im Laufschritt erledigt hatte, war mit der Clubtasche, die stets griffbereit im Büro lag, mit raschen Schritten die zwei Blocks zum Fitness-Club in der Vierzehnten Straße gegangen. Es war noch ein wenig zu früh für den Andrang um die Mittagszeit, deshalb war es im Empfangsraum noch ziemlich ruhig. Edens Absätze klackten auf dem polierten Marmor. Die Kabine des Expresslifts zum dreißigsten Stockwerk hatte sie für sich allein. Man konnte dem Gebäude ansehen, dass es neu war – alles war auf alt getrimmt.

Der Club war mit den modernsten Geräten ausgestattet, aber mehr noch schätzte Eden die freundliche Atmosphäre. Außerdem freute sie sich auf das Mittagessen mit Belgique.

Sie genoss diese Treffen mit Belgique so sehr, dass sie fast immer Gefahr lief, die Pause zu überziehen; sie selbst hatte sich ein Maximum von zwei Stunden gegeben, aber die Neigung der Südstaatler, die Siesta auszudehnen, geriet in der Gesellschaft des Abenteuers, das La Belgique hieß, zur echten Versuchung.

Durch ihren unabhängigen finanziellen Status, aus dem sie kein Geheimnis machte, kannte sie keine terminlichen Einengungen wie Eden. Belgiques kurze, intensive und katastrophale Ehe mit dem Erben einer der großen Familien von Atlanta hatte sie dank einer großzügigen Scheidungsabfindung bestens ausgestattet. Belgique sprach in diesem Zusammenhang von ›Schweigegeld‹, das die Familie gezahlt hatte, um sie daran zu hindern, über die Gewohnheiten und Neigungen eines Lieblingssohns von Atlanta zu plaudern. Abgesehen von einigen Andeutungen sprach sie nie über Einzelheiten ihrer kurzen Ehe.

In den letzten Monaten hatte Eden die Freundin öfter gesehen, denn Belgique zeigte zunehmendes Interesse an Kunst und Künstlern. Die Kunst schien Belgique einen tieferen Sinn im Leben zu geben, der ihr bisher gefehlt hatte. Sie hatte in kurzer Zeit viel gelernt und kannte sich mit zeitgenössischen Gemälden und Skulpturen so gut aus, dass Eden immer wieder erstaunt war.

Sie trat aus dem Aufzug und betrat lächelnd den Club. Wenn Belgiques verschleierte Andeutungen über ihre Pläne für Justin Scott mit der Wirklichkeit Schritt gehalten hatten, dann hatte sich ihr neues Interesse für die Kunst heute doppelt gelohnt.

Belgique stand im Ankleideraum; sie hatte sich einen grünen Sportbüstenhalter und Radlershorts angezogen, dazu schwarze Gymnastikschuhe und dicke schwarze Socken, die in scharfem Kontrast zu ihrer hellen Haut standen.

Gleich nach der Begrüßung fragte Eden: »Wie hat die Lieferung geklappt?«

»Oh, sehr gut. Dieser Justin ist ein fähiger Bursche«, antwortete Belgique. »Ich habe dir eine Menge zu erzählen. Aber du musst bis zum Mittagessen warten.«

Edens Kopf war voller Fragen, einige über die Skulptur und deren Standort in Belgiques Wohnung, und andere eher privater Natur: Wie war die Verführung abgelaufen? Wie hatte sich der junge Justin geschlagen?

Aber Eden verdrängte ihre Neugier und folgte Belgique in den Saal, wo die beiden Frauen eine halbe Stunde lang hart an den Geräten arbeiteten.

Es geschah nicht oft, dass Eden ihren Körper zweimal an einem Tag stählte, aber heute war das anders. Sie lechzte nach körperlicher Aktivität als Ventil für ihre aufgestauten Gefühle. Während sie heftig in die Pedale trat, bemerkte sie, dass ihre Freundin ebenso hart arbeitete wie sie.

Als sie sich nackt in der Sauna streckten, sagte Eden: »Das ist herrlich. Sonst hetze ich mich durch meine Mittagspause.«

»Oh, diesmal wird es eine opulente Angelegenheit«, versprach Belgique. »Wir speisen mit Xavier Zachary. In seiner Gesellschaft werden wir uns wohl fühlen – man glaubt für eine kurze Zeit, ebenso reich zu sein wie er. Komm jetzt. Ich muss dir doch noch alles über den jungen Justin erzählen. Xavier wird nichts dagegen haben.«

Bevor sie sich in ein Badetuch schlang, beugte sie sich zu Eden und küsste sie flüchtig auf die Lippen. Belgique fuhr mit den Fingerspitzen über Edens Brustwarzen, die sich sofort erregt aufrichteten, und flüsterte: »Xavier wird immer sehr zudringlich, wenn ich über Einzelheiten mit anderen Männern erzähle. Je mehr ich erzähle, desto großzügiger revanchiert er sich.«

Eden sah zu, wie die Freundin ihren Körper puderte. Belgique stand nackt vor dem Spiegel, trug Lavendelfarbe auf die Liddeckel und überzog die Wimpern mit Schwarz, ehe sie die Lippen anmalte. Überrascht sah Eden, wie Belgique auch ein wenig Rouge auf die Brustwarzen auftrug. Sie glänzten wie reife Kirschen.

Eden schlüpfte in ihre Wäsche und spürte, wie sie feucht wurde, als sie zusah, wie die Freundin ihren Körper einölte. Eden fuhr mit einer Hand in ihr Höschen und rieb sanft über die Klitoris und über die geschwollenen Lippen der Vulva. Sie spürte den ersten Schwall ihrer Säfte. Sie schaute auf und sah, dass Belgique sie grinsend beobachtete.

»Oh, Eden, Liebling«, rief sie, »du wirst noch heißer, wenn ich dir erzähle, was an diesem Morgen geschehen ist.«

Belgique liebte große Auftritte und trug häufig teure, verschwenderische Kleidung, um ihren aufreizenden Körper so geschickt wie möglich zur Schau zu stellen. Heute machte sie keine Ausnahme. Sie verzichtete auf Wäsche und zog sich eine sehr enge Hose an. Als sie den Reißverschluss hochzog, unterstrich der dünne Stoff jede Kontur der unteren Anatomie, vorn und hinten. Unterhalb der Knie weiteten sich die Hosenbeine.

Nachdem sie sich oben ohne im Spiegel betrachtet hatte, warf sie sich ein lavendelfarbenes Shirt aus Gaze über. Sie ließ den Hauch von Stoff offen, bis auf einen kleinen Perlmuttknopf etwa auf Nabelhöhe. Die Kombination erweckte den Eindruck von Nacktheit und Kleidung gleichermaßen. Für ein Mittagessen im Zentrum von Atlanta war es eine sehr gewagte Kleidung, selbst für Belgique.

Sie legte sich eine leichte Jacke in sanftem Blau über das fast durchsichtige Shirt, steckte eine Rosenknospe ins Knopfloch der Jacke und legte üppigen Schmuck an.

Sie schlüpfte mit den Füßen in zierliche Sandalen aus dunkelblauem Wildleder, dann warf sie den Kopf in den Nacken und band sich ein samtenes Band in Blau und Purpur um den schlanken Hals.

Als Eden ihre schlichte Kleidung angezogen hatte, bewunderte sie ihre Freundin; eine Sinfonie aus Lavendel und verschiedenen Blautönen. Wenn man sie zusammen sah, bildeten die beiden Frauen einen erstaunlichen Kontrast in Schönheit: Eden, groß und zurückhaltend, was durch ihren schlichten weißen Leinenanzug und das cremefarbene Seidenhemd darunter betont wurde, und Belgiques kurvenreicher und zur Schau gestellter Körper mit der breiten Blau-Palette.

Auf der Straße folgte Eden der auffälligen Gestalt ihrer Freundin und bemerkte, dass Belgiques Po ebenso entblößt schien wie die Vorderseite. Obwohl völlig vom Stoff bedeckt, war der feste Hintern mit allen Konturen deutlich sichtbar. Zu beiden Seiten des Steißes sah Eden zwei hübsche Grübchen. Die Hüften schwangen im Rhythmus ihrer Schritte.

Die beiden Frauen warteten an einer Ampel auf dem Weg ins *La Splendour*, einem beliebten Trendrestaurant in Midtown Atlanta. Als Belgique sich bewegte, öffnete sich der Knopf ihres Shirts, und eine Seite flatterte im leichten Wind und entblößte eine Brust.

Ein Autofahrer ging voll in die Bremse, dass es nur so quietschte, als er das provozierende Bild sah. Kurz vor den Frauen kam sein Fahrzeug zum Stehen. Er hupte ausgelassen.

»Was für ein Idiot!«, schimpfte Belgique. Sie ging auf das Auto zu, und zu Edens Entsetzen zog sie auch die andere Seite des Shirts auf und zeigte dem Fahrer ihre nackten Brüste.

Dann schrie sie ihn an: »Genug gesehen? Jetzt

hör auf, dich von deinem Schwanz steuern zu lassen und fahre weiter.«

Alarmiert lief Eden zur Freundin, packte sie am Arm und zog sie rasch über die viel befahrene Straße, begleitet von lauten Rufen, Pfiffen und Hupen. »Verdammt, Belgique, du sorgst noch dafür, dass wir verhaftet werden!«

Sie lachten noch, als sie die Treppe hinauf ins *La Splendour* liefen. Belgique schloss wieder den Perlmuttknopf des Shirts und lächelte dem Türsteher zu, der ihnen beide Seitenflügel aufhielt und sie in den Empfangsraum begleitete. Sie betraten das Restaurant, und Eden sah, wie sich viele Köpfe nach ihnen drehten.

Belgique war es gewohnt, Aufsehen zu erregen. Sie kultivierte solche Auftritte mit einer verblüffenden Mischung aus dunklen Haaren, bleicher Haut und sprühenden grünen Augen. Nicht zu vergessen die atemberaubende Figur. Sie liebte es, ihre Schönheit mit auffälliger Kleidung zu unterstreichen.

Sie blieben neben dem maître d' stehen und wussten, dass alle Blicke auf sie gerichtet waren. Der Chefkellner wies ihnen einen Tisch unter einem Baum auf der Terrasse zu. Ein junger, gut aussehender Kellner stand erwartungsvoll neben dem Tisch, sichtbar erfreut, dass er das Glück hatte, die beiden attraktiven Frauen zu bedienen.

Der maître d' selbst begleitete sie zu dem Tisch, und während der Kellner Edens Stuhl rückte, nutzte Belgique die Gelegenheit, mit dem Oberkellner zu flirten. Er hatte ihren Stuhl schon vorgezogen, aber Belgique trat dicht an ihn und legte wie unbeabsichtigt eine Hand auf das Revers des Dinnerjacketts. Sie drückte ihre Brust heraus und rieb mit einem Nippel über den weichen Stoff seines Smokinghemds.

Der Mann hielt die Luft an, und Eden bemerkte, wie er unruhig von einem Fuß auf den anderen trat. Als Belgique sich endlich setzte, lehnte sie sich weit genug nach hinten, um dem Mann einen tiefen Einblick auf ihre Brüste zu gewähren.

Eden und Belgique bestellten eine kalte Suppe sowie einen Salat mit heißen Speckstreifen. Man sah den Kellnern an, dass sie sich nur ungern vom Tisch entfernten.

»Das ist es, was ich an Atlanta so liebe – man kann das ganze Jahr über im Freien essen«, sagte Belgique.

Eden nickte ihre Zustimmung und sah sich um. Das frische Frühlingsgrün von Hartriegel und Azaleen war schon blass geworden, aber an den Pergolen kletterten Pflanzen mit pinkfarbenen und weißen Blüten, und Weinranken bildeten ein Dach über ihren Köpfen.

Die Kellner servierten zur Überraschung der beiden Frauen Champagner und frische Austern. Belgique klatschte begeistert in die Hände. »Ah! Das bedeutet, dass Xavier hier ist!«

Sie labten sich an den Gaben, und nachdem sie die letzte Auster geschlürft hatten, trat Belgiques derzeitiger Freund Xavier Zachary an den Tisch. Er trug Nadelstreifen, und als er sich über Belgiques Hand beugte, um sie zu küssen, öffneten sich seine Augen weit beim Anblick ihrer fast unbedeckten Brüste.

Nach außen bedächtig und konservativ, was auf viele von Belgiques Bewunderer zutraf, zeigte ihre derzeitige Nummer eins selten gewordene Manieren, ein Sohn des alten Südens. Er wandte sich Eden zu, verbeugte sich auch vor ihr zu einem Handkuss und sagte: »Ich bin mir der Ehre bewusst, heute mit Ihnen und Belgique speisen zu dürfen.«

Als er den Namen Belgiques aussprach, fuhr er sich mit der Zungenspitze über die Lippen, und sein Schnurrbart zuckte unwillkürlich.

Eden hatte Xavier in den letzten Wochen einige Male gesehen und wusste, dass er außergewöhnlich wohlhabend war. Sie fragte sich, ob ihre Freundin während des Essens das Gespräch auf Justin bringen würde. Oder sollte ihr Bericht die Untermalung zum Essen sein?

Vielleicht traf es zu, dass Xavier sich von intimen Details reizen ließ. Eden hatte schon von viel eigenartigeren Vorlieben gehört.

»Danke, das Vergnügen ist ganz meinerseits, Mr. Zachary«, sagte sie schließlich.

Er schüttelte den Kopf und drohte ihr mit einem ausgestreckten Zeigefinger. »Eden, meine Liebe, nennen Sie mich bitte Xavier.«

Sie nickte, und als er seine Lippen mit der Serviette abgetupft hatte, forderte er Eden auf: »Erzählen Sie mir von Ihrer Galerie, meine Liebe.«

Eden reagierte nicht sofort und überließ der Freundin nur zu gern, das Gesprächsthema festzulegen. Belgique griff auch gleich ein. »Oh, Xavier, sei nicht so ein Langweiler! Eden hat keine Lust, während des Mittagessens über ihre Arbeit reden zu müssen. Sie möchte viel lieber was anderes hören. Etwas Romantisches mit ein bisschen Sex.« Sie lachte, warf die schwarzen Locken in den Nacken und sah Xavier aus ihren großen grünen Augen an. Er schmolz dahin.

Eden nahm einen Schluck des ausgezeichneten Champagners und setzte sich zurück. Sie freute sich über die Tatsache, dass Belgique ausschließlich mit Männern ausging, denen es eine Freude war, sich mit gut aussehenden Frauen sehen zu lassen. Mit sexy Frauen wie Belgique, stellte sie klar. Sie selbst hatte das Thema Männer seit der Steinzeit abgehakt, so kam es ihr jedenfalls vor.

Eden fühlte sich oft sexy, aber sie lebte es in letzter Zeit nicht aus. Sie las gern freizügige Sachen und vertiefte sich in exotische Fantasien, wenn sie masturbierte. Und immer häufiger verdrängten ihre Fantasien die Themen des Alltags.

Sie wünschte, sie säße mit Belgique irgendwo in einem stillen Bistro statt mit dem lüsternen Xavier im vornehmen La Splendour. Sie wollte unbedingt von dem Abenteuer hören, das sich am Morgen in Belgiques Wohnung zugetragen hatte. Ihr wurde in diesem Moment bewusst, dass sie nicht anders war als Xavier – auch sie labte sich an Belgiques erotischen Erzählungen.

Während sie zur anderen Tischseite sah, wo die Freundin mit ihrem neuen Verehrer flirtete, rief sie sich in Erinnerung, wie lange sie schon im Zölibat lebte. In letzter Zeit war ihr Sex ein Erlebnis aus zweiter Hand oder herbeigeführt durch eigene Hand gewesen.

Belgique hingegen hatte alle möglichen Männer an der Hand, dachte sie voller Neid.

Eden sah auf ihre Uhr und riss sich aus ihren Träumereien. Sie fing einen Blick der Freundin auf, die ihr zuzwinkerte. »Und jetzt zum Hauptgericht«, verkündete sie. »Ich will euch von Justin Scott berichten.«

Belgique lieferte eine Geschichte mit allen Einzelheiten ab, der deutlich anzumerken war, dass sie anregen und erregen sollte. Zuerst war Eden so sehr schockiert, dass sie nur schweigend und ein wenig verschämt zuhören konnte, aber als die Freundin berichtete, wie sie Justin überlistet und ans Bett gefesselt hatte, da konnte sie sich nicht länger halten und prustete ihr Lachen laut heraus.

»Hat er eigentlich eine nahtlose Bräune?«, wollte Eden wissen.

Belgique sah sie verdutzt an. »Nein, nicht ganz nahtlos«, antwortete sie dann. »Sein Hintern ist hübsch braun, aber zwischen den Backen gibt es einen dünnen weißen Streifen. Ich wette, er trägt einen String-Tanga, wenn er sich auf die Sonnenbank legt. Oh, und auf einer Backe hat er eine hübsche Tätowierung, eine Comiczeichnung eines Mädchens, das einen gewaltigen Prügel im Mund hat. Das passt zu dem Sexualprotz, findest du nicht auch?« Grinsend sah sie die Freundin an.

Eden nickte, und Belgique fuhr fort: »Aber ich muss schon sagen, er hat einen wunderschönen Penis; es verwundert mich gar nicht, dass er so stolz darauf ist. Aber ich habe ihm eine Erfahrung beschert, die er nicht so leicht vergessen wird. Er ist es nicht gewohnt, dass eine Frau das Kommando übernimmt. Jetzt sorgt er sich, was du während der Arbeitszeit mit ihm anstellst, Eden. Er hat große Angst, dass alle erfahren, wie sehr er von mir gedemütigt wurde. Oder dass du ihm die Geschichte irgendwie verübelst. Aber am meisten sorgt ihn, dass es ihm so gut gefallen hat, dominiert zu werden.«

Eden schaute sich im noblen Restaurant um, überall Topfpflanzen und gepflegte Konversation, und musste darüber nachdenken, was in ihrem direkten Umfeld geschah. Alle schienen Sex zu haben, nur sie nicht. Belgique schlief sogar mit ihrem Boss Alexander Raton.

Sie schaute über die Tischdecke aus Damast und hob den Blick, bis sie in Xaviers gerötetes Gesicht sehen konnte. Seine Augen glänzten fiebrig. Er war Belgiques Erzählung hechelnd gefolgt. Eden bemerkte, dass er eine Hand unter dem Tisch hatte, und aus den ruckenden Bewegungen schloss sie, dass er sich selbst streichelte. Dann sah sie auch Belgiques Arm, der in Richtung Xaviers Schoß unterwegs war.

Eden spürte, dass ihre Stimmung sank. Sie verlor das Interesse an der Fortsetzung von Belgiques Erlebnis mit Justin. Sie überließ die beiden ihrem kleinen Geheimnis zwischen diskreten Kellnern, feinstem Porzellan und edlen Kristallgläsern. Dann hörte sie plötzlich den Namen MacKenzie, und Eden zuckte zusammen und war wieder ganz Ohr.

Eden sah das vertraute Zwinkern in den smaragdgrünen Augen der Freundin.

»Darling, ist es möglich, dass ihr mir noch eine Statue von MacKenzie liefert? Aber diesmal möchte ich, dass der Künstler sie selbst bringt.«

Eden war entsetzt. Sie traute sich kaum zu antworten. Natürlich kannte sie den sexuellen Appetit der Freundin. Konnte Belgique ihr nicht wenigstens MacKenzie überlassen?

Belgique fuhr fort: »Ich möchte den Künstler wirklich gern kennen lernen. Der junge Justin war eine nette Abwechslung, aber er ist erst vierundzwanzig, wie er mir selbst gesagt hat. Ein richtiger Künstler wäre doch mal was! Ich kaufe die erste, die Justin mir heute gebracht hat, und ich möchte eine zweite in Kommission nehmen, und wenn sie mir so gut gefällt wie die erste, kaufe ich sie auch. Aber sie soll größer sein. Lebensgroß, wenn du so willst.«

Belgique legte eine Pause ein, damit Eden Zeit hatte, über ihren kleinen Scherz zu lachen, aber Eden blieb ernst. Ihre vollen Lippen waren zu einem dünnen Strich zusammengezogen.

Ungerührt sprach Belgique weiter. »Diese beiden Stücke bringen etwa zwanzigtausend Dollar. Ich meine, dafür kann ich doch eine besondere Betreuung erwarten, oder? So einen kleinen zusätzlichen Bonus vielleicht?«

Eden stockte das Herz. Der kleine Bonus würde eine Nacht mit MacKenzie sein. Mit einem Seufzer zwischen Betteln und Ärger sagte Eden: »Es ist ja in Ordnung, wenn du mit Justin schläfst, aber bitte...«

»Ja, Darling?«

Mit zusammengebissenen Zähnen sagte Eden: »Belgique, bitte, nicht auch noch MacKenzie!«

Sinclair Solo

Zurück in der Galerie, kochte es in Eden. Sie war empört über das, was sie für den Verrat ihrer Freundin hielt. Zu ihrer schlechten Stimmung kam noch die Erkenntnis, dass sie nichts gegen Belgiques Verhalten unternehmen konnte.

Sobald sie hinter ihrem Schreibtisch saß, versuchte sie, MacKenzie zu erreichen. Aber in den Unterlagen fand sie keine Telefonnummer, nicht einmal sein Hotel in Atlanta war angegeben. Erneut richtete sich ihre Wut auf Raton, der sie absichtlich von der Verpflichtung MacKenzies ausgeschlossen hatte. Jetzt musste sie allmählich vermuten, dass Raton sie absichtlich von MacKenzie fern halten wollte.

Zu allem Überfluss war heute Angelas freier Nachmittag. Wahrscheinlich war sie Punkt zwei Uhr gegangen. Eden wünschte, sie hätte nicht so lange im *La Splendour* getrödelt. Bei Belgique und Xavier war sie sich ohnehin wie das fünfte Rad am Wagen vorgekommen.

Sie ging hinunter zu Angelas Empfangstisch und suchte nach einer Telefonnotiz, aber sie fand nichts. Angela hatte keine Nachricht für sie hinterlassen. Sie vergnügte sich jetzt wahrscheinlich in ihrem kleinen Atelier mit Fineman, dachte Eden.

Paul war mit der Leinwand von Bulgaria von Jay Jays Villas zurückgekehrt. Von Justin war nichts zu sehen, aber das überraschte Eden nicht. »Bist du gerade erst eingetroffen?«, fuhr sie Paul an. »Wieso hat es so lange gedauert?«

»Tut mir leid, Miss Sinclair. Mr. Ritchie und seine Freunde Greg und Jerry haben mich zum Mittagessen eingeladen. Er hat übrigens beide Bilder behalten, das eine fürs Schlafzimmer, das andere für das große Gästezimmer. Greg und Jerry haben mir beim Aufhängen geholfen, danach gab es das Essen am Pool. Es war so heiß, dass wir ein wenig geschwommen sind. Sie haben darauf bestanden, dass ich ihnen Gesellschaft leiste. Ich habe mich nicht getraut, ihnen das abzuschlagen.«

Es war die längste Rede, die Eden je von Paul gehört hatte. Er stand verlegen vor ihr, knallrot im Gesicht, und wich ihrem forschenden Blick aus.

Eden entschied, ihn nicht weiter zu bedrängen. Sie konnte sich denken, welche Pläne Greg und Jerry ausgeheckt hatten. Paul war ein gut aussehender junger Mann. Aber sie konnte sich nicht verkneifen, ihn ein wenig zu necken. Mit einem unschuldigen Gesicht fragte sie scheinheilig: »Hattest du denn eine Badehose im Van, Paul?«

Paul schoss das Blut in den Kopf, denn er begriff, dass Eden zwei und zwei zusammenzählte. Ja, er war nackt mit Greg und Jerry im Pool gewesen. Sie hatten ihren Spaß gehabt, aber alles war ganz harmlos gewesen.

Trotzdem, er konnte sich vorstellen, welche Rückschlüsse seine Chefin gezogen hatte. Gestern Abend hatte er an einer Orgie hier in der Galerie teilgenommen, und heute hatte er sich nackt im Pool eines guten Kunden mit zwei schwulen Männern vergnügt. Es war, als ob plötzlich alle seine Fantasien, auch diejenigen, die er niemandem erzählte, Wirklichkeit würden, und das irritierte ihn sehr.

Eden unterbrach sein Grübeln.

»Wir werden später darüber reden, Paul. Ich

glaube nicht, dass Justin am Nachmittag noch hereinschaut; ich nehme an, er ist irgendwo festgehalten worden.« Eden grinste über die Doppeldeutigkeit, obwohl sie wusste, dass Paul sie nicht verstehen konnte.

Er sah sie stirnrunzelnd an, aber dann fuhr sie fort: »Stelle den Bulgaria zurück ins Lager und vergiss nicht, in die Inventurliste einzutragen, dass er wieder da ist. Und halte fest, dass Jay Jay die beiden Barretts hat.«

Sie überlegte kurz, dann kam ihr noch ein Gedanke. »Wenn du damit fertig bist, setzt du dich auf Angelas Platz. Ich muss zu einem Treffen in die Downtown und komme heute nicht mehr zurück. Du musst also um sechs Uhr abschließen. Oh, und wenn jemand für mich anruft«, fügte sie hinzu und vermied es, MacKenzie zu erwähnen, »nimmst du eine Nachricht entgegen und sprichst sie danach auf meinen Anrufbeantworter.«

Himmel, sie hoffte, dass er anrief.

»Geht in Ordnung, Miss Sinclair«, sagte Paul, erleichtert darüber, dass es kein weiteres Verhör über seine sexuellen Abenteuer in den vergangenen achtzehn Stunden gab. »Sie können sich auf mich verlassen«, sagte er noch, aber Edens düsterer Blick trieb die Röte erneut in seine Wangen.

»Ich verlasse mich auch darauf, dass du keine Kunden verführst, die heute Nachmittag die Galerie besuchen, Paul. Sei höflich und zuvorkommend, und richte ihnen aus, dass ich mich gleich morgen mit ihnen in Verbindung setze.«

Eden lief zurück in ihr Büro und suchte die Unterlagen für ihr Treffen zusammen. Sie war froh, dass Paul die Stellung hielt; es machte keinen guten Eindruck, die Galerie während der normalen Geschäftszeiten zu schließen. Sie wünschte ihm einen schönen Nachmittag und ging zu Fuß zur U-Bahn-Station.

Zehn Minuten später verließ sie die Station in der Downtown und ging hinüber zum aufragenden Turm aus pinkfarbenem Granit, in dem die *Georgia Power Corporation* zu Hause war. In der Empfangshalle verharrte Eden vor der gewaltigen Skulptur von Louise Nevelson, ehe sie zur Downtown-Zweigstelle des *High Museum of Art* ging, einer kleinen Schatztruhe in dieser kommerziellen Umgebung. Der Hauptsitz des Museums befand sich in Midtown, aber Eden wusste, dass viele Manager sich nicht die Zeit nehmen würden, dorthin zu gehen. Hier aber, mitten in einer wirtschaftlichen Schaltstelle des Staates, begegneten sich Kunst und Kommerz.

Der Anlass, den Eden in die Downtown gebracht hatte, war die monatliche Sitzung des Komitees ›Atlanta Kunst‹, die Koordinationsstelle für alle Kunstveranstaltungen in der Millionenstadt.

Als Belohnung dafür, dass sie ihre Zeit opferten, erhielten die Teilnehmer ein kleines Essen und ein paar Cocktails. Eden verbrachte anstrengende und informative drei Stunden und bot ihre Hilfe bei der Vorbereitung des Kunst-Festivals an, das für den kommenden Herbst geplant war.

Sie fuhr zurück und stieg an der Station aus, die der Galerie am nächsten lag. Sie war eine der wenigen Fahrgäste in diese Richtung; alle Bänker und Broker aus der Downtown fuhren abends in die Vororte, nicht in die Stadt.

Erst jetzt wurde Eden bewusst, dass sie seit mehreren Stunden nicht an MacKenzie gedacht hatte. Sie fühlte sich erleichtert, denn sie hatte schon befürchtet, von ihm besessen zu sein. Kaum hatte sie diesen Gedanken abgehakt, als die vertrauten

Fantasien wiederkehrten und sie erneut in einen Zustand der erregten Spannung versetzten.

Die Galerie war dunkel und verlassen. Eden lief zuerst zum Empfangstisch, um zu sehen, ob Paul irgendeine Nachricht notiert hatte. Sie fand nichts, aber auf Angelas Apparat blinkte der Knopf des Anrufbeantworters. Eden legte ihre Jacke ab und öffnete mit einem erleichterten Seufzer ihren BH. Sie streckte sich wohlig, hob die Arme über den Kopf und sah, wie sich ihre Brüste durch die Bluse drückten.

Sie öffnete einige Knöpfe der Bluse. Entspannt schlug sie auf den blinkenden Knopf des Telefons, und plötzlich hörte sie die Stimme, auf die sie schon so lange wartete.

»Hallo, Miss Sinclair … eh … Eden.« Ja, es war MacKenzie! »Tut mir Leid, dass ich Sie verpasst habe. Ich wollte mich mit Ihnen über einige Dinge unterhalten.«

Ich hoffe, zu diesen Dingen gehört auch, dass du mit mir schlafen willst, dachte Eden erwartungsfroh.

»Vielleicht können wir uns morgen treffen. Ich muss jetzt zu einer Frau namens Belgique du Pont. Sie hat mich in meinem Hotel angerufen und gesagt, dass sie schon eine meiner Statuen bei sich aufgestellt hat. Sie will, dass ich sie mir ansehe. Sie hat mir auch gesagt, dass Sie ihr geholfen haben, das Stück auszuwählen. Ich bin Ihnen sehr dankbar, wie Sie sich für meine Arbeiten einsetzen. Danke! Ich melde mich morgen wieder.«

Eden stand völlig überrascht am Empfangsschalter. Sie legte beide Hände unter ihre Brüste und zog den Büstenhalter ab und ließ ihn in ihrer Hand baumeln.

Belgique!

Ihre Augen sprühten Funken, wenn sie an die Falschheit der Freundin dachte. Sie hatte Eden versprochen, MacKenzie nicht in ihr Bett zu zerren. Stattdessen hatte sie ihn angerufen und zu sich zitiert. Justin am Morgen, MacKenzie am Abend! Edens Gedanken überschlugen sich. Sie hatte keinen Zweifel an Belgiques Absichten, sobald sie MacKenzie im Haus hatte.

Woher hatte Belgique eigentlich MacKenzies Telefonnummer? Wie, zum Teufel, kam sie an die Nummer, wenn Eden sie nicht hatte? Am liebsten hätte Eden vor Frustration aufgeschrien.

Sie griff zum Telefon. Sie wollte herausfinden, was Belgique und MacKenzie gerade trieben, aber als ihre Finger schon auf den Tasten lagen, erstarrten sie. Was sollte sie denn sagen, wenn MacKenzie gerade mit ihr im Bett lag? ›Belgique, hör sofort auf, MacKenzie zu vögeln! Er gehört mir. Ich will ihn haben.‹

Das war es, was sie sagen wollte, aber das würde sie nicht über die Lippen bringen. Und wieder wollte sie aufschreien, diesmal über MacKenzie und seinen lasterhaften Schwanz. Aber was würde er zu ihrer eifersüchtigen, hysterischen Wut sagen? Wahrscheinlich würde er sich mit Grausen abwenden.

Eden wusste, dass sie tief in ihrem Innersten nicht glauben wollte, dass MacKenzie in den Armen der Freundin lag. Wenn sie nicht anrief, würde sie es nicht wissen, ihre schlimmsten Befürchtungen würden nicht bestätigt.

Sie legte den Hörer wieder auf und schlang die Arme um ihren Leib. Das ganze Elend ihrer Situation erfasste sie.

Sie knöpfte die Bluse wieder zu und steckte den Büstenhalter in ihre Aktentasche. Sie verließ die

Galerie durch die Hintertür und startete den kleinen Miata. Sie fuhr die Peachtree Street hinunter und steuerte eine Bar an, am liebsten eine, die sie nicht kannte. Und wo man sie nicht kannte. Sie mied die Ponce de Leon Avenue und Belgiques Apartmenthaus und fuhr über die Zehnte Straße.

Eine namenlose Neonleuchte lockte. Sie bog ab, parkte und ging hinein. Eine dunkle Nische war noch frei. Bei einer gelangweilten Kellnerin bestellte sie einen doppelten Scotch mit einem Schuss Limone und blieb steif sitzen, während sie die Papierserviette mit fahrigen Finger zerknautschte.

Sie funkelte die wenigen alleinstehenden Männer an der Bar an, und die begriffen die Warnung und ließen sie in Ruhe, so dass sie ungestört über die Unzuverlässigkeit von Freundinnen nachdenken konnte.

Sie sehr sie sich auch um Ablenkung bemühte – Edens Kopf war voll von Bildern, wie MacKenzie dem unwiderstehlichen Charme Belgiques und ihrem unersättlichen Appetit erlag. Genau in diesem Augenblick, dachte Eden, würden sie in Belgiques Bett liegen, sie oben, wild auf MacKenzie reitend.

Eden sah es genau in ihrem Kopf. Belgiques Bewegungen brachten ihren Partner zu einem explosiven Orgasmus, der auch ihren eigenen auslöste. Eden rutschte in ihrem Sessel hin und her. Ihre Vulva wurde feucht von der Intensität ihrer Gefühle. Sie blickte auf und sah, dass einer der Männer an der Bar sie neugierig studierte. Sie sprang hastig auf, legte eine Fünfdollarnote auf den Tresen und lief aus der Bar.

Ziellos fuhr sie eine Weile durch die Gegend, bis sie bemerkte, dass sie sich vor der Sportanlage im Piedmont Park befand. Sie kannte die Anlage von ihrer morgendlichen Joggingstrecke. An diesem Abend wurde auf allen Plätzen gespielt, sie leuchteten taghell im Flutlicht und dienten Frauen und Männern als Trainingsstätte.

Eden liebte Fußball; vor zehn Jahren hatte sie als Torjägerin für Tulanes erfolgreiches Frauenteam im Wettbewerb der Colleges der Südstaaten gespielt. Aber das war lange her. Trotzdem verlangsamte sie jetzt das Tempo und schaute den beiden Männerteams zu, die ein Trainingsspiel absolvierten.

Ein wenig enttäuscht erkannte sie, dass sie nicht wirklich gut spielten. Sie wollte schon weiterfahren, als ein Spieler, auf den sie bisher nicht geachtet hatte, sich den Ball erkämpfte, an zwei Verteidigern vorbeidribbelte und einen Weitschuss im langen Eck unterbrachte.

Eden ließ den Torschützen nicht aus den Augen. Er hatte rote Haare und eine durchtrainierte Figur. Sie spürte ein Ziehen im Schoß, es war wie ein Stromstoß, aber dann setzte ihr Verstand wieder ein, und ihr Atem normalisierte sich. Wie hatte sie auch nur einen Moment lang glauben können, dieser junge Mann wäre MacKenzie? Sie wusste nicht einmal, ob der Schotte überhaupt Fußball spielte.

Doch der rothaarige Spieler hatte jetzt ihre volle Aufmerksamkeit. Eden fuhr an den Straßenrand und schaltete die Scheinwerfer aus. Sie parkte im Schatten der dicken Eichen. Der Rothaarige startete einen Alleingang, umspielte zwei Gegenspieler und gab einen steilen Pass. Eden schaute fasziniert zu und ließ sich tiefer ins Polster sinken.

Sie schaltete das Radio ein. Simply Red mit *Never Never Love*. Sie sehnte sich nach Gesellschaft und lehnte seufzend den Kopf zurück. Ihr Rock rutschte die Schenkel hoch. Mit den Fingerspitzen streichelte sie die Innenseiten der Beine im Takt der Musik, während sie die athletische Eleganz des rothaarigen Fußballers mit den Augen verfolgte.

Sie suchte eine stärkere Fantasie und dachte an den anderen Rothaarigen, der ihre Gedanken dominierte. Sie schlüpfte mit einer Hand unter den Slip und fand ihre Labien glitschig und geschwollen vor. Sie schob den Slip über Hüften und Schenkel, streifte ihn von den Schuhen und spreizte die Beine. Sie stellte sich die dunklen Augen von Michael MacKenzie vor, die ihr beim Masturbieren zusahen. Sie stellte sich vor, es wären seine Finger, die in sie drangen.

Endlich! Sie schrie auf. Endlich ein Orgasmus, den ihre Gedanken an Michael ausgelöst hatten.

Nachdem sie wieder zu Atem gekommen war, öffnete Eden die Augen und wurde zurück in die Gegenwart gerissen. Sie schaute durchs offene Autofenster und sah, wie der junge Rothaarige auf sie zu rannte. Erst jetzt bemerkte sie den Ball, der über die Absperrung auf die Straße gerollt war.

Hastig zog sie den Rock hinunter und drehte das Fenster hoch. Sie setzte sich auf und startete den Motor. Sie legte den Gang ein, schaltete die Scheinwerfer ein und fuhr davon.

Zu Hause, in ihrem gemütlichen kleinen Bungalow an der Amsterdam Avenue, griff Eden zu der Routine, die immer eine Lösung war, wenn sie unter Stress stand. Sie kämpfte mit harten, intensiven Übungen gegen ihre Niedergeschlagenheit und ging dann für dreißig schweißtreibende Minuten auf ihr Rad, das sie in einer Ecke ihres Schlafzimmers aufbewahrte.

Nach den sportlichen Übungen zog sie sich aus und kühlte sich ab, indem sie zu den sanften

Klängen einer CD von Keiko Matsui tanzte. Nackt, von Turnschuhen und Söckchen abgesehen, trat sie ans Fenster neben ihrem Bett.

Im Takt der Musik rieb sie sich leicht. Sie blickte durchs Fenster und sah einen Bodybuilder im Apartmenthaus gegenüber. Eden starrte ihn an und sah, dass der unbekannte Mann sein Programm fortsetzte. Er stemmte eifrig Gewichte. Ob er sie auch sehen konnte?

Er befand sich so weit entfernt, dass Eden sein Gesicht nicht sehen konnte; sie sah im Kasten seines beleuchteten Fensters nur seine Silhouette. Sie tanzte weiter, spielte wie zufällig mit ihren Brustwarzen und spürte, wie sie sich verhärteten. Sie fühlte sich wie von einem unbekannten Impuls getrieben und zeigte sich dem anonymen Zuschauer. Sie stieß einen Finger tief in die Vagina. Eden verspürte die aufkommende Ekstase.

Ihr voyeuristisches Gegenstück – denn sie war sicher, dass er sie auch längst gesehen hatte – bewegte sich weiter zurück ins Zimmer. Das Licht strahlte seinen Körper an, nicht aber sein Gesicht, das im Schatten blieb. Er zog sein T-Shirt und die Trainingsshorts aus und präsentierte sich ihr, den steifen Penis in der Hand. Jetzt wusste Eden mit Sicherheit, dass er sie gesehen hatte.

Eden beobachtete ihn beim Masturbieren und revanchierte sich damit, ihre sexuellen Gelüste in einen sinnlichen Tanz einfließen zu lassen. Ihre Finger rieben über ihre Brüste, die Finger der anderen Hand reizten die Klitoris. Sie schob die Hüften vor, fuhr mit den Fingerspitzen über die kleine Knospe und stieß die Finger in die Vagina, pumpte sich dem Orgasmus entgegen.

Von ihrem Fenster aus konnte Eden sehen, wie ihr Partner den Rhythmus wechselte und jetzt härter und schneller an seinem Penis rieb. Sie sah zu, wie seine Knie einknickten. Er lehnte sich zurück, und sie sah, wie er mit einer Hand seine Hoden umfasste. Das einzige Licht des Zimmers schien wie ein Strahl auf seinen Phallus gerichtet zu sein.

Eden musste einige Male heftig schlucken, als sie sah, wie sein Körper zu zucken begann. Sie ahnte, dass die ruckenden Bewegungen seiner Hüften und die auf und ab huschenden Finger seiner rechten Hand zu einem heftigen Orgasmus führen würden. Sekunden später griff er nach einem Handtuch und wischte sich über Hand und Penis.

Sie standen beide still und starrten sich von Fenster zu Fenster an. Dann trat der Mann aus dem Lichtkreis und verschwand im Innern seiner Wohnung. Im nächsten Moment löschte er das Licht.

Wie in Trance bewegte sich Eden auf ihr Bett zu. Sie atmete schwer. Sie griff nach dem Vibrator in der Nachttischschublade, legte sich mit gespreizten Beinen auf den Rücken und rieb ihr zuckendes Fleisch, bis sie kam.

Sie wünschte, es wäre Michael MacKenzie, der sie mit seinem Penis penetrierte.

Belgiques Bombe

Eden lag glückselig im Bett, als die Morgensonne in ihr Zimmer leuchtete. Aber dann kehrten die Emotionen und Erinnerungen des vergangenen Tages zurück und brachten gemischte Gefühle aus Erregung, Scham und Verwirrung. Ihr lüsternes Verhalten beunruhigte sie. Sie verzog das Gesicht, als sie an ihren Exhibitionismus mit dem anonymen Nachbarn dachte.

Sie schaute auf ihren Wecker und fand, dass sieben Uhr zu früh war, um Belgique anzurufen. Außerdem konnte es sein, dass MacKenzie noch bei ihr war. Eifersucht schnürte ihr die Kehle zu. Sie sprang aus dem Bett und unter die Dusche.

Nachdem sie sich trockengerubbelt hatte, legte sie die Garderobe für den Tag zurecht. Sie entschied sich für eine schlichte Bluse mit einer Zweireiherjacke in Elfenbeinfarbe und einen dazu passenden Rock.

In der Galerie wurde auch samstags gearbeitet. Sie zog sich langsam an und versuchte, sich auf die Arbeit zu konzentrieren. Aber zur Arbeit gehörte auch Michael MacKenzie.

Das Aroma frisch gemahlenen Kaffees munterte sie auf, während sie die neue Capuccino-Maschine ausprobierte. Neugierig sah sie zu, wie die Milch schäumte. Sie toastete einige Croissants und bestrich sie mit Orangenmarmelade. Geduscht, angezogen und satt fühlte sie sich stark genug, Belgique anzurufen.

Sie drückte die Kurzwahl für ihre Freundin ein

und ging im Zimmer auf und ab. Nach dem dritten Klingeln meldete sich Belgique.

»Was hast du gestern Abend mit MacKenzie angestellt?«, fragte Eden resolut, noch bevor sie der Freundin einen guten Morgen gewünscht hatte. »Und leugne nicht. Ich weiß, dass er bei dir war. Er hat mir eine Nachricht hinterlassen. Ist er noch bei dir?«

»Nein, ist er nicht, Eden. Er ist schon seit Stunden weg«, antwortete Belgique mit einer spröden Scheu, die Edens Wut noch verstärkte.

»Vor Stunden? Also am frühen Morgen?«

»Eden«, sagte Belgique mit Nachsicht in der Stimme, »rege dich nicht unnötig auf.« Aber auf Edens Frage antwortete sie nicht. »Ja, Michael war gestern Abend bei mir. Ich habe ihn eingeladen, damit er sich die Statue in meinem Schlafzimmer ansehen konnte.« Sie betonte den Standort der Statue besonders lang gezogen. »Und ich wollte mit ihm noch über die Kommission einer weiteren Arbeit von ihm diskutieren. Natürlich würde die auch über die Galerie laufen, Eden. Du verdienst also mit.«

»Ich pfeife auf die Kommission! Und zu was hast du ihn sonst noch ›eingeladen‹, Belgique?« Edens Stimme troff vor Sarkasmus.

»Ich weiß nicht, was du meinst, Eden, meine Liebe.« Belgique gab sich als die Unschuld selbst.

»Du weißt ganz genau, was ich meine. Bei mir brauchst du dich nicht zu verstellen, Belgique, dafür sind wir schon zu lange befreundet. Bist du mit ihm ins Bett gegangen? Hast du mit ihm geschlafen?«

»Fauch mich nicht so an, Eden!«, gab Belgique scharf zurück. »Wenn du mich anschreien willst, habe ich keine Lust, mit dir zu reden.« Nach einer kleinen Pause fügte sie hinzu, plötzlich in die Verteidigung gedrängt: »Außerdem ist es meine Sache, was ich mit Michael anstelle.«

Sie weicht der entscheidenden Antwort aus, dachte Eden. Es machte sie wütend, wie besitzergreifend sie von ›Michael‹ gesprochen hatte.

»Nein, es ist nicht nur deine Sache«, fuhr Eden die Freundin an. »Er ist mein ...« Sie brach abrupt ab. Ja, welche Rolle spielte MacKenzie in ihrem Leben? Bisher war er nicht mehr als eine Obsession, dachte sie. Aber das würde sie niemandem eingestehen. »Er ... er ist mein Künstler«, sagte sie lahm.

»Oh, Eden«, murmelte Belgique, plötzlich zerknirscht. »Lass uns nicht streiten. Du hörst dich böse und verletzt an, und das stimmt mich traurig. Ich lade dich zum Essen ein. Wir gehen wieder ins *La Splendour*, aber diesmal wird kein Xavier da sein, nur du und ich. Geht zwölf Uhr in Ordnung? Bitte, sage ja. Dann können wir auch über alles reden.«

»Also gut, Belgique«, stimmte Eden zu. Sie fühlte sich ausgepumpt, leer. Das Feuer ihrer Wut war erloschen, sie empfand nur Niedergeschlagenheit. Sie mochte keinen Streit, erst recht nicht mit der besten Freundin. »Wir sehen uns um zwölf.«

Sie legte auf und warf das Telefon aufs Sofa. Sie nahm Aktentasche und Schlüssel und ging hinaus. Die Haustür fiel krachend ins Schloss.

Eden war wie gewöhnlich die Erste in der Galerie. Später würde nur noch Angela kommen, denn am Samstag gab es nicht so viel zu tun. Eden war schon froh darüber, dass sonst niemand kommen würde; sie war nicht in der Stimmung, ihren Morgen mit irgend jemandem zu verbringen.

Als sie an ihrem Schreibtisch saß, fiel ihr ein, dass

sie immer noch nicht MacKenzies Telefonnummer besaß. Sie war so wütend auf Belgique gewesen, dass es ihr nicht einmal gelungen war, diese Information zu erhalten. Dieses kleine Versäumnis deprimierte sie noch mehr.

Sie braute sich einen Kaffee und hoffte, das Koffein würde ihre Laune bessern. Sie meldete sich halbwegs gefasst, als das Telefon auf ihrem Schreibtisch anschlug. Jay Jay war am Apparat.

»Eden!«, rief ihr alter Freund fröhlich aus. »Ich bin froh, dass ich dich gleich in der Leitung habe. Ich bin begeistert von den zwei Bildern. Hat dieser entzückende junge Mann dir gesagt, dass ich beide behalten will?«

Trotz ihrer schlechten Laune musste Eden lächeln, als sie Jay Jays Beschreibung von Paul hörte. Nun, Paul war tatsächlich ein gut aussehender Bursche, und Manieren hatte er auch. Sie erinnerte sich an ihre Fantasien über seinen nackten braunen Körper. Offenbar waren ihre beiden Auslieferungsfahrer sehr gefragt, dachte sie. Aber dieser Gedanke führte wieder zu Belgique, so dass sie den Gedanken zornig verdrängte.

»Ich freue mich sehr, Jay Jay«, antwortete sie. »Ich schicke dir die Rechnung am Montag. Haben die Bilder deinem … Gast auch gefallen?«

»Natürlich. Buddy ist so begeistert wie ich. Ich glaube, wir haben denselben Geschmack. Es ist wunderbar.«

Eden war nicht sicher, ob er damit die Gemälde meinte oder sein Verhältnis mit dem Gast. Buddy?, fragte sie sich. Gab es einen Bänker, der sich Buddy nannte? Laut sagte sie: »Ich würde mir die beiden Bilder in ihrer neuen Umgebung gern mal ansehen, Jay Jay, und ich würde auch gern deinen neuen Freund kennen lernen.«

»Oh, ja, das wäre schön. Wie wäre es an einem Abend nächste Woche? Ich möchte auch gern die Künstlerin kennen lernen. Lebt sie in Atlanta?«

Eden warf einen Blick in ihren Kalender. »Nächste Woche findet die Eröffnung unserer Schau statt, deshalb werde ich sehr beschäftigt sein. Vergiss nicht, zur Eröffnung zu kommen. Wie sieht es in der Woche danach aus? Und – ja, Annalee wohnt in der Stadt. Ich rufe sie nachher an und richte ihr aus, dass du sie treffen möchtest.« Danach einigten sie sich auf einen Termin, und Eden fühlte sich ein wenig besser als vorher.

Sie hörte, wie die Eingangstür geöffnet wurde und schaute über die Balustrade hinunter in die Galerie. Angela kam herein. Sie sah hübsch aus in ihrem kurzen Sommerkleid mit den grellen Blumen und den Sandalen mit den hohen Absätzen, durch die ihre Wadenmuskeln besonders betont wurden.

»Hi, Eden«, rief Angela zur Begrüßung und setzte ihre große Schultertasche auf dem Schreibtisch ab. »Ich hole mir einen Kaffee, dann möchte ich dich um einen Gefallen bitten.«

Sie fragte sich, welches Anliegen ihre Assistentin haben könnte, als sie die Wendeltreppe hinunterging. Angela kam mit zwei Tassen Kaffee in die Galerie.

»Ich habe dir auch eine Tasse mitgebracht, Eden«, sagte sie und stellte die Tassen auf den Schreibtisch. Sie langte in ihre Tasche und holte ein mittelgroßes Portfolio, in schwarzes Leder gebunden, heraus. Dann zuckte sie leicht, griff noch einmal in die Tasche und hielt eine rosa Telefonnotiz in der Hand.

»Oh, Eden«, begann Angela. »Ich habe vergessen,

dir das gestern auf deinen Tisch zu legen, bevor ich gegangen bin.« Sie reichte Eden das rosa Papier. »Michael MacKenzie hat gestern angerufen, während du zu Tisch warst, und hat mich gebeten, dir diese Nachricht zu hinterlassen: Er will sich heute Morgen um eine Wohnung kümmern, will aber versuchen, dich später zu erreichen.«

»Hat er eine Nummer angegeben?«, fragte Eden eine Spur zu schroff. »Hat er gesagt, in welchem Hotel er wohnt?«

»Nein, das hat er nicht gesagt, und er hat mir auch keine Nummer gegeben.« Angela war besorgt wegen Edens scharfem Ton. »Es tut mir Leid, Eden. War es wichtig?«

»Ja«, sagte Eden, eine steile Falte über der Nasenwurzel. Angela sah sie verdutzt an. »Ja, es war wichtig«, sagte Eden, und sie hörte, wie ihre Stimme leicht zitterte. »Wenn du mir gestern diesen Zettel gegeben hättest ... aber jetzt ist es zu spät.« Zu ihrem großen Verdruss flossen Tränen des Ärgers und der Frustration über ihre Wangen.

Sie hörte, wie Angela tief Luft schnappte, dann spürte sie eine unsichere Hand auf ihrer Schulter. »Eden ...«, begann Angela zögernd. »Was ist los? Gibt es irgendwas, was ich tun kann?«

Statt sich der bemühten Geste zu entziehen, lehnte Eden den Kopf gegen Angelas Arm und sagte seufzend: »Nein, Angela, danke, aber du kannst nichts für mich tun. Trotzdem lieb, dass du gefragt hast.« Sie sah der Assistentin ins Gesicht und las aufrichtige Sorge in ihren Augen. Eden blinzelte die Tränen weg und versuchte ein Lächeln. »Es hat mit Sex zu tun«, sagte sie. »Wir Frauen haben fast alle Probleme damit, stimmts?«

Angela runzelte verständnislos die Stirn, aber dann hellte sich ihr Gesicht auf, als sie begriffen hatte. »Michael MacKenzie! Er ist es! Oh, Eden, was ist passiert?«

»Belgique«, gab Eden mit dumpfer Stimme zurück. »Muss ich mehr sagen?«, fügte sie ironisch hinzu.

»Oh, ich verstehe.« Angela hatte eine Menge über Belgique gehört; der unersättliche Appetit dieser männermordenden Lady war allgemein bekannt. Angela murmelte: »Haben sie ... eh ... nun ja, haben sie es getan?«

Eden fand die verbale Umschreibung der jungen Frau angesichts ihres lüsternen Treibens mit Fineman ein wenig seltsam, aber auf seine Weise fand sie es auch charmant. »Ich weiß es nicht«, musste sie zugeben. »Aber sie hat ihn gestern Abend in ihre Wohnung eingeladen, und er ist auch hingegangen. Also, was glaubst du? Claire und Lola haben versucht, ihn mit allen Mitteln zu becircen, aber es ist ihnen nicht gelungen. Ich wette, dass Belgique sich nicht so leicht abwimmeln lässt.« Eden überlegte kurz, dann seufzte sie: »Er ist so sexy, dass ich wahrscheinlich die Hälfte aller Frauen von Atlanta vertreiben muss, ehe ich an ihn rankomme.«

Angela lächelte scheu. »Selbst wenn das nötig sein sollte, wirst du am Ende gewinnen«, sagte sie liebevoll und drückte Eden kurz an sich. »Gib nicht auf, Eden. Selbst wenn Belgique mit ihm – na, du weißt schon, dann ist sie jetzt schon wieder bei einem anderen.«

Eden war beinahe versucht, ihre Freundin zu verteidigen, aber dann sah sie ein, dass Angela von der Wahrheit gar nicht so weit entfernt lag. Vielleicht sollte sie einfach nur abwarten. Schließlich hatte Belgique auch nur ein kurzes Zwischenspiel mit Justin eingelegt. »Vielleicht hast du

Recht«, antwortete sie. »Hast du schon gehört, was Belgique gestern mit Justin angestellt hat?«

Angela schaute sie mit glänzenden Augen an. »Nein, was ist denn passiert?«, fragte sie atemlos.

Eden konnte ein Kichern nicht unterdrücken. »Sie hat ihn ans Bett gefesselt und ihn so lange hingehalten, bis sie genug von ihm hatte. Der arme Junge.« Wieder kicherte sie leise.

»Von wegen armer Junge!«, rief Angela schnaufend. »Er ist ein wandelnder Phallus und erwartet, dass Frauen niederknien und ihn anhimmeln«, fügte sie wütend hinzu. »Das hätte ich gern gesehen, wie unser Macho mal ganz klein wurde.«

Eden fühlte sich schon wieder viel besser; Angelas Anteilnahme tat ihr gut. »Du hast gesagt, dass du mich um einen Gefallen bitten wolltest, ehe ich mich in Selbstmitleid erging«, sagte Eden. »Wir haben lange genug über Belgique geredet. Was kann ich für dich tun?«

»Ach ...« Angela brachte es fertig, von einer Sekunde zur anderen verlegen auszusehen; das sexuelle Funkeln in ihren Augen war erloschen. »Es ist nicht so wichtig. Vielleicht ein anderes Mal ...« Sie starrte auf den Parkettboden.

Eden gab nicht so schnell auf. »Nein, das geht schon in Ordnung, Angela.« Ihr Blick fiel auf das Portfolio. Sie wies darauf und fragte: »Hat es etwas mit deinem Zeichnen zu tun?«

»Ja, Eden«, gab Angela zu. Sie legte eine Pause ein, als wollte sie eine hohe Hürde abschätzen, bevor sie Anlauf nahm. »Ja, Eden, ich möchte mit dir über meine Arbeiten reden. Du hast einige meiner Skizzen gesehen, und auch Winston hat sie sich angeschaut. Er hält sie für gut, und auch du hast mir Komplimente gemacht. Was ich wissen möchte: Wenn ich dir einige meiner fertigen Zeichnungen zeige, und sie gefallen dir, würdest du dir wenigstens überlegen, sie in der Galerie auszustellen? Nur als Kommission natürlich. Und ich meine auch nicht für die Schau, die nächste Woche beginnt.« Die Worte sprudelten nur so aus ihr heraus. Offenbar hatte Angela ihre kleine Rede geprobt.

Eden lächelte. Jetzt war sie wieder auf vertrautem Grund, mit solchen Dingen kannte sie sich aus. »Ich sehe mir deine Arbeiten gern an, Angela. Dein Skizzenbuch hat mir gut gefallen. Ich erinnere mich besonders an die Zeichnungen eines bestimmten jungen Mannes.«

Angela errötete. »Ich hatte damals das falsche Skizzenbuch mitgebracht«, gestand sie mit einem scheuen Lächeln. »Mir war nicht bewusst, dass meine Zeichnungen von John ausgerechnet in diesem Skizzenbuch waren.«

»Was ist aus ihm geworden?«, fragte Eden neugierig und schämte sich ihrer Neugierde sofort.

Aber Angela hob nur die Schultern. »Wir haben uns getrennt«, antwortete sie. »Keine schlimme Sache.« Ihr Gesichtsausdruck widersprach ihr. »Er hat sich in eine andere verliebt und ist Hals über Kopf nach North Carolina gezogen. Nach Charlotte, glaube ich.«

»Das tut mir Leid«, sagte Eden. »Mir ist aufgefallen, dass deine Zeichnungen von John die besten in deinem Skizzenbuch waren. Sie waren wirklich gut. Mir gefiel die technische Qualität, nicht nur deshalb, weil er ...« Jetzt war es Eden, die nach Worten rang. »Du weißt schon, nicht nur, weil er ...«

Angela kicherte, als Eden ins Stocken geriet. »Weil er so einen schönen Schwanz hat?« Die Schüchternheit war aus ihrem Blick gewichen.

»Ja, genau.« Eden lächelte die junge Kollegin an. »Ist er auch Künstler? Hat er dich auch gemalt?«

»Oh, nein. Er ist Computerspezialist. Er hing entweder vor seinem Computer oder in den Bergen. Er ist begeisterter Wildwasserkanute. Er hat auch viel gelesen«, fügte Angela hinzu, als wollte sie damit betonen, dass er schon ein wenig seltsam gestrickt war.

»Komm, ich will mir mal anschauen, was du mitgebracht hast«, sagte Eden. Angela öffnete den Reißverschluss der Ledermappe und breitete einige Kohlezeichnungen vor Eden aus.

Alle Zeichnungen zeigten ein Motiv, einen entspannten nackten oder nur spärlich bekleideten Mann. Es waren gute Zeichnungen, dachte Eden, aber ihnen fehlte das Flair der früheren Skizzen, die Angela von ihrem Ex-Liebhaber angefertigt hatte.

Eden griff nach einer Bleistiftskizze, auf die ihr geübtes Auge gefallen war. »Das ist sehr gelungen, Angela. Ich würde sie gern in unserem normalen Format gerahmt sehen, dann nehme ich das Bild mit in unsere Ausstellung nächste Woche.«

Sie sah die freudige Überraschung in Angelas Augen. »Und ich möchte, dass du eine neue Serie von ihm anfertigst, die wir unseren Kunden anbieten können. Sobald du einige Variationen hast, bringst du sie mit.«

»Heißt das, ich bin eine Galeriekünstlerin?«, fragte Angela, fast atemlos vor Freude.

»Nun, so weit ist es noch nicht«, erwiderte Eden lächelnd. »Es ist ein Versuch. Wir werden sehen, wie sich die Arbeit verkauft, und dann müssen wir die Serie abwarten. Danach reden wir über einen Vertrag. Aber die Arbeit ist gut, Angela.«

Sie nahm die Kollegin in die Arme und sah ihr in die Augen. »Das bedeutet aber auch, dass du ernsthaft darüber nachdenken musst, Kunst auf eine professionelle Weise zu produzieren. Das ist kein

Freizeitjob mehr, Angela. Du hast Talent. Arbeiten wir daran.«

Angela hielt Edens Blick stand. »Ich bin bereit«, sagte sie ernst. »Winston hat mir auch seine Hilfe angeboten. Ich danke dir, Eden.« Sie umarmte die Vorgesetzte und zog sich dann verlegen zurück. »Oh, ich wollte nicht …«

»Schon gut. Ich bin froh, dass du mir deine neuen Arbeiten gezeigt hast. Kümmere dich um die Einrahmung, ja? Dann wird dein Bild nächste Woche hängen.« Sie drückte Angelas Hand, nahm ihren lauwarmen Kaffee und stellte ihn in die Mikrowelle, bis er wieder Trinktemperatur erreicht hatte. Als sie die Treppe zu ihrem Büro hinaufging, hatte Angela schon den Mann am Telefon, der die meisten Bilder für die Galerie rahmte.

Sie saß wieder an ihrem Schreibtisch und betrachtete die kurze Nachricht von MacKenzie. *Sehe mir Samstagmorgen Wohnungen an. Melde mich später wieder*, stand da.

Er suchte also eine Bleibe in Atlanta, begriff Eden nach einer Weile, und daraus schloss sie, dass er in Savannah keine Freundin zurückgelassen hatte. Es musste ihr nur gelingen, ihn aus Belgiques Klauen zu befreien.

Ihre Gedanken wurden von der Ankunft einiger Kunden gestört. Eden ging hinunter, das professionelle Lächeln im Gesicht.

Ein paar Stunden später hatte Eden ein wenig Zeit für sich. Sie blickte auf die Uhr und sah, dass es fast zwölf war. Sie machte sich im eigenen Bad frisch, schritt die Treppe hinunter und sagte zu Angela:

»Ich treffe mich mit Belgique zum Essen. Du hast alles im Griff?« Nach einem kurzen Nachdenken fragte sie noch: »Hast du Mr. Raton gesehen?«

Als ob er aufs Stichwort gewartet hätte, tauchte ihr Arbeitgeber plötzlich im gewohnten grauen Anzug auf.

»Ah, Eden, meine Liebe. Habe ich gerade gehört, dass Sie mit Miss du Pont verabredet sind? Ein glücklicher Umstand. Darf ich mit Ihnen gehen? Es ist der ideale Zeitpunkt, um den Verkauf von Michaels Statue festzuzurren.«

Er ließ ihr keine Gelegenheit, darauf zu antworten, und schob sie in Richtung Ausgang. Mit übertriebener Geste hielt er ihr die Tür auf.

Edens Atemzüge stockten. Wie konnte sie in Ratons Gegenwart mit Belgique über MacKenzie reden? Sie fing Angelas Blick auf und sah aufrichtiges Mitgefühl. Hilflos hob sie die Schultern. Eden hätte gern gewusst, welches Ziel ihr Boss verfolgte.

Belgique saß bereits im *La Splendour*, und Eden und Raton wurden zu einer Nische ganz hinten im Restaurant geführt. Heute trug sie ein raffiniertes enges T-Shirt aus Spandex. Der Kragen war hoch geschlossen. Es war so eng wie das schwarze Gegenstück, das Sharon Stone zur Oscar-Verleihung getragen hatte, dachte Eden, wobei Belgiques noch ein wenig enthüllender wirkte. Das Shirt passte wie eine sehr dünne zweite Haut und schmiegte sich um ihre erstaunliche obere Anatomie. Es zeigte auch ihre strotzenden Bizeps. Eine sehr sexy Kombination, fand Eden, auch wenn sie mit den Zähnen knirschte, als sie daran dachte, dass diese Arme MacKenzie umschlungen hatten.

Wenn Belgique überrascht oder gar verärgert war

über Ratons Rolle als ungebetener Gast, ließ sie es sich nicht anmerken. Sie war die Verkörperung des Charmes der Südstaatler, und nachdem sie Eden kurz mit einem unverbindlichen Lächeln bedacht hatte, reichte sie ihm eine Hand und küsste ihn leicht auf die Wange.

»Alexander, was für eine entzückende Überraschung«, schnurrte sie. »Womit haben wir dieses Vergnügen verdient?«

»Nun, meine liebe Belgique«, antwortete Raton ölig, »ich wollte mit dir über Michaels Arbeiten plaudern.« Eden hätte sich am liebsten in ihre Serviette erbrochen. Raton ließ sich nicht irritieren. »Du weißt schon, es geht um die hässlichen Details. Rechnungstellung, Versicherung und solche Sachen.«

Belgique nickte uninteressiert. »Das geht schon in Ordnung, Alexander. Aber ich werde beim Essen nicht über Geschäfte reden. Außerdem will Michael mir noch eine Statue liefern. Er und ich haben das gestern besprochen.«

Eden saß aufrecht auf ihrem Stuhl. Ihre blauen Augen brannten sich in Belgiques grüne. Aber diese smaragdenen Seen schienen unergründlich; Eden konnte keine Regung in ihnen entdecken. Sie wollte fragen, was sie sonst noch mit MacKenzie besprochen hatte, aber Belgiques nächste Bemerkung lenkte die Unterhaltung in eine unerwartete Richtung.

»Wirklich, Alexander, es langweilt mich, beim Essen über Geschäfte zu reden. Manchmal kannst du so spießig sein.« Aber ein verführerisches Lächeln und ein sanftes Drücken seines Oberschenkels nahmen der Aussage die Schärfe. »Es gibt doch viel interessantere Themen, über die wir sprechen können.« Dabei spreizte sie sich, fuhr mit einer

Hand durch ihre Haare und streckte ihre Brüste heraus. Die Nippel waren auf den Galeriebesitzer gerichtet.

Raton stierte gierig auf die Umrisse von Belgiques beeindruckenden Brüsten, die unter dem dünnen, fast unsichtbaren Spandex deutlich zu sehen waren. Man merkte Raton an, dass es ihn große Beherrschung kostete, seine Hände nicht auf die prallen Halbkugeln zu drücken. Tatsächlich zuckten seine Finger, als Belgique wie unabsichtlich über ihre Brüste streichelte, und als sie die Nippel mit den Zeigefingern reizte, wurden Ratons Knöchel weiß.

Obwohl sich das Trio kaum konzentrieren konnte, als der Kellner die Spezialitäten des Tages anpries, während Belgique sich durch den dünnen Stoff selbst streichelte, entschied es sich der Einfachheit halber zu einem leichten Salat mit Shrimps. Das Essen war nicht das Wichtigste in diesem Augenblick. Sie tranken ungesüßten Eistee.

Während Raton sich mit dem Kellner unterhielt, sah Eden auf und bemerkte zwei Fotografinnen, mit denen sie locker befreundet war. Liz Angelo und Vivienne Dupree schauten aus der Mitte des Restaurants zur Nische, in der sie mit Belgique und Raton saß. Sie winkten. Liz und Vivienne waren fröhlich, sehr schön und sehr lesbisch. Eden lächelte ihnen zu. Sie hatte gar nicht gewusst, dass sie wieder in der Stadt waren. Zuletzt hatte sie gehört, dass sie sich in New York aufhielten, um auf einem lesbischen Filmfestival ihren jüngsten Kurzfilm vorzuführen.

Belgique folgte Edens Blick. »Vor ein paar Tagen sind sie zurückgekehrt. Ihr kleiner Film hat einen Preis gewonnen, und natürlich sind sie begeistert darüber. Viv hat mir gesagt, dass sie an einem neuen Projekt arbeiten, das sie in Atlanta verwirklichen wollen.«

Als die Kellner sie umschwirrten, dachte Eden missmutig, dass dies eine Wiederholung des gestrigen Mittagessens war – gestern hieß der Störenfried Xavier, heute hieß er Raton. Eine Variation des endlosen Themas, dachte Eden, denn es war offensichtlich, dass Belgique und Raton die Finger nicht voneinander lassen konnten. Gespräche über Kunst und Geschäfte waren längst vergessen.

Die Atmosphäre am Tisch wurde immer erotischer. Belgique und Raton erregten sich gegenseitig. In der engen Nische rieben sie sich verspielt aneinander, sie berührten, streichelten, kosten und drückten sich.

Eden war von sich selbst überrascht, als sie sich bei dem Gedanken erwischte, wie Ratons Penis sich wohl in der Hand anfühlen würde. Sie ließ impulsiv die Serviette auf den Boden fallen, und als sie sich danach bückte, hob sie die Tischdecke an und warf einen Blick auf das Geschehen unter dem Tisch.

Wie sie erwartet hatte, befand sich Belgiques agile Hand in Ratons Schoß und spielte geschickt mit der Länge seines Penis, der noch von der Hose bedeckt war. Eden erkannte die Beule, die sich unter dem grauen Stoff abzeichnete und von Belgiques kundigen Fingern gestreichelt wurde.

Dieser Mann war nicht der elegante kühle Fisch, für den Eden ihn bisher gehalten hatte.

Sie richtete sich wieder auf und nippte an ihrem Getränk. Aber während dieser kurzen Unterbrechung hatte sich ihr der Anblick der stattlichen Männlichkeit eingeprägt, und sie spürte ein pochendes Pulsieren in der Vagina.

Eden schluckte schwer und trank einen Schluck

Eistee. Die Unterhaltung hakte. Raton erzählte einen schlüpfrigen Witz, und dann ließ Belgique die Bombe platzen, vor der sich Eden gefürchtet hatte.

»Das erinnert mich«, sagte Belgique, nachdem sie kurz über den schwachen Witz gelacht hatte, »wie sehr Michael mit dem Standort seiner Skulptur in meinem Schlafzimmer zufrieden war.«

Was hatte das zu bedeuten?, fragte sich Eden. Sie spürte, wie sie errötete. Aber im nächsten Moment wurde Belgique noch deutlicher.

»Er ist so lieb und sexy. Seit gestern Abend nenne ich ihn meine Ingwerwurzel.«

Meine Ingwerwurzel? Eden sah sie vor sich. Sie sah, wie sich MacKenzies Penis stolz aus dem Busch roter Haare erhob. Sie sah ihn in Belgiques Hand, die sanft auf und ab rieb, und sie sah, wie Belgique sich über ihn beugte, den Mund weit geöffnet.

Belgique bemerkte Edens verwirrten Blick und lachte, während sie, ein wenig außer Atem, hinzufügte: »Ich liebe rote Haare. Sie zeugen von Temperament.« Süß lächelnd wandte sie sich an Eden: »Du magst auch rothaarige Männer, nicht wahr, Liebling?«

Eden starrte die Freundin an und sah den Blick gespielter Unschuld. Ihr Geduldsfaden riss. »Entschuldigt mich«, fauchte sie und erhob sich spontan, ohne sich darum zu scheren, dass durch den heftigen Ruck nach hinten der Stuhl umkippte.

»Ich habe zu arbeiten«, sagte sie giftig. »Ich bin sicher, ihr zwei habt noch eine Menge vor, wozu ihr mich nicht braucht.«

Sie warf die Haare in den Nacken und eine Zwanzigdollarnote auf den Tisch, dann stürmte sie hinaus.

Raton und Belgique bestellten Kaffee.

Klein beigegeben

Zehn Minuten später erreichte Eden ihren Bungalow an der Amsterdam Avenue, immer noch Wut im Bauch. Zuerst lief sie im Wohnzimmer auf und ab, dann warf sie sich in einen Sessel, der im Bereich der Klimaanlage stand. Sie ließ sich abkühlen und spürte, wie sie sich allmählich beruhigte. Sie stellte Musik an und kurz darauf wieder ab. Mit einem lang gezogenen Seufzer warf sie sich aufs Bett.

Sie fand zurück zu viel geübten Gewohnheiten und begann ein hartes Training. Sie zog sich aus und ersetzte ihre Kleidung durch einen Sport-Bustier, Shorts und Laufschuhe. Den Hausschlüssel steckte sie in die Tasche ihrer Shorts, ehe sie die Tür hinter sich zuknallte.

Sie verdoppelte ihre tägliche Laufstrecke und fügte ihrer üblichen Parkroute noch ein paar gewundene Straßen durch ihre Nachbarschaft zu. Es war die heißeste Zeit des Tages, die Temperatur näherte sich den vierzig Grad im Schatten, und die Luftfeuchtigkeit erreichte fast einhundert Grad.

Eden war der Erschöpfung nahe, als sie wieder vor ihrer Haustür stand. Schweiß tropfte von ihrem Körper, und alle Muskeln protestierten. Doch mit Erleichterung stellte sie fest, dass ihre Stimmung sich gehoben hatte.

Gemächlich schlenderte sie durchs Haus. Sie warf ihre schweißgetränkte Kleidung in den Wäschekorb und stand unbeweglich unter den prasselnden Strahlen der Dusche. Das Wasser wusch nicht nur den Schweiß ab, sondern vertrieb auch ihre düsteren Gedanken.

Sie schlang ein Badetuch um ihren tropfenden Körper und hörte, wie jemand an die Haustür klopfte. Sie schaute durchs Guckloch. Zu ihrer völligen Verblüffung stand Belgique da. Eden vergaß, dass sie unter dem Badetuch nackt war, zog die Haustür weit auf und fragte: »Was, zur Hölle, willst du denn hier? Mit dir habe ich nun wirklich nicht gerechnet.«

Sie sah die Freundin mit verengten Augen an. Es war das erste Mal, dass sie Belgique ohne Make-up sah. Aber sie schob diese Beobachtung gedanklich beiseite und fuhr fort: »Nach allem, was du dir bei Tisch geleistet hast …« Bevor sie das weiter ausführen konnte, wurde sie vom Badetuch abgelenkt, das zu rutschen begann. Hastig griff sie danach und fing es auf, kurz bevor es auch noch die Scham entblößen konnte. Sie schlang das Tuch um die Hüften und ließ die Brüste unbedeckt.

»Du solltest mich ins Haus bitten«, sagte Belgique und starrte lustvoll auf den unerwarteten Anblick. »Ich finde, du siehst zum Anbeißen aus, aber die Nachbarn könnten das kritischer sehen und die Polizei rufen.« Dann wurde sie ernster. »Bitte, Eden, lass mich ins Haus. Ich will mit dir reden und mich entschuldigen.«

Wortlos trat Eden beiseite und ließ Belgique eintreten. Sie folgte der Freundin ins Wohnzimmer. Sie und Belgique hatten sich schon oft nackt gesehen, deshalb machte sie sich nicht die Mühe, das Badetuch hochzuziehen. Eden setzte sich aufs Sofa, das Tuch noch um die Hüften geschlungen, die Arme auf dem Sofarücken ausgestreckt. Bewegungslos wartete sie darauf, dass ihre Besucherin etwas sagte.

Ihre kleinlaute Freundin wusste offenbar nicht, wie sie beginnen sollte, denn Belgique saß nachdenklich da und versuchte erst gar nicht, so zu tun, als hätte sie die Situation im Griff. Eden konnte sich nicht erinnern, Belgique schon einmal so verunsichert gesehen zu haben. Aber sie traf keine Anstalten, der Besucherin aus der Verlegenheit zu helfen.

Schließlich brach Belgique das Schweigen. »Eden«, sagte sie mit höchst ungewohnt gedämpfter Stimme, »ich habe mich schlecht benommen, und ich habe dich verletzt. Es tut mir sehr Leid. Ich will es dir erklären.«

Eden stand nicht der Sinn danach, die Freundin so leicht davonkommen zu lassen. »Ja, du hast mich verletzt, Belgique, und das ist noch untertrieben. Ich war ... nein, ich bin wütend auf dich. Du hast gewusst, dass ich es auf MacKenzie abgesehen habe. Warum hast du ihn in dein Bett locken müssen? Was willst du wem beweisen?« Ihre Stimme hatte sich nicht gehoben, aber Belgique sah verdutzt auf, als sie die nur mühsam unterdrückte Emotion in der Stimme der Freundin hörte.

»Aber deshalb bin ich doch hier, Eden! Ich habe es nicht getan!«, rief sie. »Ich meine, ich habe ihn nicht in mein Bett gelockt. Ich habe nicht mit MacKenzie geschlafen.« Sie hielt inne, atmete durch und gestand: »Ich habe das alles nur erfunden.« Sie klang ganz elend und senkte den Blick. »Kannst du mir verzeihen?«

In Edens Kopf überschlugen sich die Gedanken. Sie richtete sich auf und nahm ihre Nacktheit gar nicht wahr. Das Badetuch rutschte durch ihre Bewegung vom Schoß auf den Boden. Mit dieser Wende hatte sie niemals gerechnet, und sie wusste auch nicht, ob sie der Freundin glauben sollte.

Wann hatte Belgique schon einmal die Gelegenheit ausgelassen, einen attraktiven Mann zu verführen?

»Ich will die Einzelheiten hören, Belgique«, sagte sie entschieden. »Ich bin nicht sicher, ob ich dich richtig verstanden habe.« Sie bückte sich nach ihrem Badetuch und legte es über ihren Schoß.

»Nun, sobald ich Xavier nach dem Mittagessen losgeworden war, rief ich Michael an. Alexander hatte mir schon am Donnerstag seine Telefonnummer gegeben, als er mich besuchte, nachdem er Michael vor seinem Hotel abgesetzt hatte. Ich wollte ihn wirklich kennen lernen, und ich wollte auch, dass er sich seine Statue in meiner Wohnung ansieht. Ich möchte nämlich noch eine Statue von ihm haben. Ich schwöre, nur deshalb habe ich ihn zu mir nach Hause eingeladen.«

Sie legte eine Pause ein, um zu sehen, wie Eden auf ihr Bekenntnis reagierte. Aber Edens Miene verriet nichts, deshalb fuhr Belgique rasch fort: »Er kam also gegen sechs Uhr, und wir haben uns eine Zeit lang unterhalten. Ich habe ihm einige andere Stücke meiner Sammlung gezeigt, und dann habe ich ihm das erotische Portfolio vorgelegt, das ich voriges Jahr von Alexander gekauft habe. Ich brauche diese Bilder nur anzuschauen, und schon prickelt es überall.«

Ein leises Schnaufen von Eden ließ Belgique aufschauen. Sie erkannte tiefe Skepsis im Gesicht der Freundin.

»Spiel mir nicht die Unschuldige vor«, sagte Eden scharf. »Du brauchst keine erotischen Bilder, um scharf zu sein.« Eden erinnerte sich, wie erregt sie selbst gewesen war, als sie nur neben MacKenzie gestanden hatte, aber das wollte sie Belgique nicht beichten. »Und weiter?«, fragte sie streng.

»Nun, ich habe mich ihm ein wenig aufgedrängt«, gab Belgique zu. »Es war mir bewusst, dass ich nicht fair handelte, denn du hast mir gesagt, dass du es auf ihn abgesehen hast. Aber dieser Mann ist so sexy, dass ich ihm nicht widerstehen konnte. Weißt du, wirklich einmalig an ihm ist, dass er nicht weiß, welche Wirkung er auf Frauen hat. Er prahlt nicht wie dieser dumme Junge Justin, der sich für ein Geschenk Gottes an die Frauen hält. Dabei hat er nur einen schönen Schwanz.«

Eden schwieg, und Belgique fuhr fort: »Du kennst mich, Eden. Es geschieht nicht oft, dass mir ein Mann einen Korb gibt, wenn ich beschlossen habe, ihn zu angeln. Also, es ist mir peinlich, dass ich in deinem Revier wildern wollte, und es ist mir auch peinlich, dass meine Verführung gescheitert ist.« Sie verdrehte die Augen. »Ich habe ihm genug Gelegenheiten gegeben, über mich herzufallen«, sagte sie. »Ich hätte das nur noch steigern können, wenn ich mich vor seinen Augen ausgezogen und ihm dann in die Hose gegriffen hätte.« Sie grinste breit und fügte hinzu: »Als ich seinen Rücken massierte, schnurrte er wie eine Katze. Er sagte, ich hätte kräftige Hände. Das hat ihm gefallen.«

Eden gewahrte, dass sie instinktiv ins Fleisch ihrer Schenkel griff und sich ihre Hände auf MacKenzies Rücken vorstellte.

Belgique erzählte ihre Geschichte weiter. »Aber er lächelte nur und fuhr mir durch die Haare. Er hat mich wie ein Kind behandelt.« Der letzte Satz klang leise, und Schamröte stieg ihr ins Gesicht. »Er sagte, ich sei süß. Süß!« Plötzlich kam ihr eine Idee, die Trost für sie gewesen wäre. »Hältst du ihn für schwul? Also, meistens habe ich eine Antenne dafür, aber bei ihm hat sie nichts signalisiert. Es ist nur so, dass er an meinem Körper überhaupt nicht interessiert schien.« Sie zog eine Grimasse, lachte aber dabei. »Da kann man ja Minderwertigkeitskomplexe kriegen.«

Eden wusste, dass Belgique nichts mehr hasste, als klein beigeben und zu Kreuze kriechen zu müssen. Lange würde sie ihre demütige Haltung nicht durchhalten können. Diese Entschuldigung musste sie eine Menge Überwindung gekostet haben. Aber noch wollte sie den Druck auf die Freundin nicht wegnehmen. Sie glaubte auch nicht, dass Michael MacKenzie schwul war. Unter ihren Freunden und Freundinnen gab es einige Homosexuelle, daher glaubte auch sie, ein Gespür für sie zu haben.

»Nein, Belgique, ich glaube bestimmt nicht, dass MacKenzie schwul ist. Du weißt es, und ich weiß es. Ich meine, wir beide kennen uns in solchen Dingen aus.«

Belgique grinste sie an.

»Hat er mit dir über die Galerie gesprochen?«, fragte Eden. »Hat er … hat er mich erwähnt?«

»Er wollte deine private Telefonnummer haben, weil er sie im Telefonbuch nicht finden konnte. Du seist nicht registriert, sagte er. Ich habe ihm die Nummer nicht gegeben – wahrscheinlich aus Eifersucht, und auch dafür entschuldige ich mich. Es war dumm von mir. Aber ich war verärgert, dass es mir nicht gelungen ist, ihn zu verführen. Ich hatte mich schon auf ihn gefreut.«

Sie sah die Freundin forschend an, und als Eden ihre distanzierte Haltung beibehielt, lächelte sie reumütig.

»Der Ausspruch von der ›Ingwerwurzel‹ ist eine bloße Erfindung von mir. Ich wollte dich verletzen, obwohl ich eigentlich ihn treffen wollte. Inzwischen habe ich begriffen, dass er mehr an dir interessiert ist als an mir. Ich weiß ja nicht einmal, ob seine Schamhaare überhaupt rot sind. Wirklich, du musst es mir glauben, Eden, ich habe seine Schamhaare nicht gesehen.«

Immer noch sagte Eden kein Wort.

Belgique sah ihr tief in die Augen. »Ich bedaure zwar, dass ich nicht mit ihm geschlafen habe, aber trotzdem entschuldige ich mich, weil ich es versucht habe. Das tut man seiner besten Freundin nicht an.«

Sie legte den Kopf auf Edens Knie und schlang die Arme um Edens nackte Hüften. Sie fuhr mit der Zunge über Edens Haut. »Tut mir Leid«, sagte sie. »Ich will es mir nicht mit dir verderben.«

Eden war erst jetzt bewusst, dass sie fast nackt war, aber sie fühlte nicht den Drang, sich zu bekleiden – im Gegenteil, sie spürte ein vertrautes Zittern tief in ihrem Schoß. »Himmel und Hölle, Belgique, du kannst einen auf eine harte Probe stellen!«, rief sie aus. »Wenn es dir gelungen wäre, MacKenzie zu verführen, könnte ich es nicht so leicht oder überhaupt nicht über die Lippen bringen, aber jetzt ist alles in Ordnung.«

Sie strich über die dunklen Haare der Freundin und massierte sanft die Kopfhaut. Belgique murmelte lustvoll und fuhr fort, mit den Fingern über die Innenseiten von Edens Schenkeln zu streicheln.

Dann verharrten Belgiques Finger auf Edens Muskeln. Die Freundin murrte: »Oh, bitte nicht aufhören, es fühlt sich so gut an.« Eden lehnte sich tiefer in die Polster, und Belgique ließ die Hand wieder im sinnlichen Rhythmus kreisen. Die Finger suchten sich langsam einen Weg zu Edens Delta …

Eden rutschte unruhig auf ihrem Sitz herum. Sie war zu sehr auf MacKenzie fixiert, um sich Belgiques Streicheln ganz hinzugeben, auch wenn es Teil der Entschuldigung sein sollte. Sie drückte die Hand der Freundin, froh darüber, dass auch dieser Streit das Band ihrer Freundschaft nicht hatte zerschneiden können.

»Komm, wir trinken ein Glas Wein, und dann ziehe ich mich an. Dabei kannst du mir erzählen, wie es mit dir und Raton nach dem Essen weitergegangen ist.«

Gemeinsam gingen sie in die Küche, wo Eden eine Flasche Kendall Jackson Chardonnay aus dem Kühlschrank holte und öffnete. Sie schenkte zwei Gläser ein. »Komm mit ins Schlafzimmer«, sagte Eden. »Wir unterhalten uns, während ich mich anziehe.«

Eden öffnete den Kleiderschrank und überlegte, was sie anziehen sollte. Belgique setzte sich aufs Bett und betrachtete ausgiebig die nackte Gestalt der Freundin. Belgique war mehr als erleichtert, dass die Freundschaft ihre riesengroße Dummheit überlebt hatte. Jetzt genoss sie Edens lockere Zurschaustellung, die ihr deutlicher als Worte sagte, dass zwischen ihnen die alte Vertrautheit herrschte.

»Ich habe gesehen, wie du mit Raton unter dem Tisch gespielt hast«, verriet Eden. »Was hast du sonst noch mit dem armen Kerl angestellt?«

»Oh, Alexander kann manchmal ganz spaßig sein«, antwortete Belgique. »Wir sind anschließend zu mir gegangen. Er hat einige bestimmte Vorlieben, aber Fesselungen gehören nicht dazu.« Sie grinste. »Aber natürlich hat er auch die Statue gesehen – du bist jetzt die Einzige, die sie noch nicht an ihrem Standort gesehen hat.«

Eden wandte sich der Freundin zu und lächelte. »Ich werde so bald wie möglich zu dir kommen, aber ich hoffe, dass ich an diesem Wochenende ausgelastet bin.«

Belgiques Grinsen vertiefte sich. »Ich bin sicher,

dass er auf dich abfährt«, sagte sie. »Aber du musst mir alles erzählen, was zwischen euch geschieht. Ich will jede Einzelheit hören. Vielleicht kann ich ja nach meinem *faux pas* noch was lernen, wie man so einen Mann ins Bett zieht.«

»Ganz sicher werde ich dir sagen, welche Farbe sein Schamhaar hat«, sagte Eden lachend. »Aber ich glaube nicht, dass ich dir noch was Neues sagen kann, was den Sex anbelangt. Es ist eher umgekehrt, schätze ich.« Sie sah die Freundin strahlend an. »Ich bin wild entschlossen, meinen alten Grundsatz zu vergessen, mich von Künstlern und Kunden privat fern zu halten. MacKenzie ist zu einzigartig, um ihn zu ignorieren. Wer weiß, was sich daraus noch alles ergeben kann...«

Sie drehte sich wieder um und betrachtete ihren Körper im Spiegel. Sie war zufrieden mit ihrem Aussehen. Ihre Quälereien im Fitness-Center hatten sich gelohnt, dachte sie und strich sich über die Brüste. Sie können mit Belgiques nicht mithalten, dachte sie, aber trotzdem hatte MacKenzie ihr widerstanden. Sie redete sich Zuversicht ein.

Als ob sie ihre Gedanken gelesen hätte, stand Belgique auf und stellte sich hinter die Freundin. Sie schob Edens Hände nach unten und ersetzte sie durch ihre eigenen. Sie lehnte den Kopf gegen Edens nackten Rücken.

»Du hast wunderschöne Brüste, Baby. Ich habe dir die ganze Zeit zugesehen und kann meine Hände kaum noch bei mir halten.«

»Das spüre ich«, sagte Eden. Sie lachten beide. Ihre Freundschaft war gerettet. »Wir sprachen eben über Raton.« Eden kam zum vorigen Thema zurück. Sie drehte sich um, sah Belgique in die Augen und legte die Hände auf ihre Schultern. »Noch hast du mir überhaupt nichts erzählt.«

Belgique kuschelte sich in Edens Arme und genoss die verzeihende Intimität von Edens Körper.

»Weißt du, er ist ein guter Liebhaber. Sehr geschickt. Ich glaube, das liegt an seinen langen Fingern, die kommen überall hin.« Sie lächelte und setzte sich wieder aufs Bett.

Während Eden ihre Wäsche aussuchte, fuhr Belgique fort: »Er lässt sich auch Zeit, ans Ziel zu kommen. Er hat es nie eilig und versteht es, einer Frau Lust zu verschaffen.« Sie schnaufte. »Es gibt so viele Männer, die das nicht schaffen. Es gefällt mir, in seiner Gesellschaft zu sein, wenn er nur nicht ständig Fragen über Kunst stellen würde.«

Eden stieg in ihr Höschen, dann blieb sie vor dem Spiegel stehen und bürstete ihre Haare.

»Wirklich, Eden, ich habe im letzten Jahr von dir mehr über Kunst erfahren, als Raton in seinem ganzen Leben als Galerist gelernt hat. Er kennt die Namen und die gewissen Fachausdrücke, aber ich glaube nicht, dass er was von Kunst versteht. Und erst recht nicht von Künstlern. Ich glaube, er weiß nicht einmal, mit welchem Ende des Pinsels man malt. Trotzdem – im Bett ist er gut.«

Eden drehte sich zu ihr um und ließ ein skeptisches Gesicht sehen.

»Aber irgendwas ist merkwürdig mit ihm«, sagte Belgique und sah Eden fragend an. »Ich kenne Alexander seit einigen Jahren; er hat immer mit Geld um sich geworfen. Ich habe nie gewusst, woher er das Geld nimmt, es war mir auch egal. Aber in letzter Zeit hält er sich stark zurück. Hast du schon mal erlebt, dass er zum Mittagessen Salat nimmt und Eistee trinkt?« Belgique raufte sich die Haare. »Eistee! Ich werde verrückt. Sonst kam nichts anderes als Champagner in Frage. Oder der beste Scotch.«

Eden sah die Freundin nachdenklich an.

»Ist dir in der Galerie irgendwas an ihm aufgefallen?«, fragte Belgique.

Eden schüttelte den Kopf. »Nein. Unser Geschäft läuft ganz gut, es hat zwar in letzter Zeit keine spektakulären Verkäufe gegeben, aber erst gestern hat Jay Jay Ritchie zwei Bilder von Annalee Barretts gekauft. Die bringen zehntausend Dollar in die Kasse. Aber warum fragst du?«

»Nun, seine Sparsamkeit passt so gar nicht zu Alexander«, antwortete die Freundin. »Er hat immer mit seinem Geld geprotzt, aber jetzt hat er offenbar nichts mehr zu protzen. Eine gute Freundin von mir hat ihn in einem Casino gesehen, in dem Topless-Club an der Piedmont Avenue. Zum Spielen muss er also noch Geld haben.«

»Ich habe keinen Schimmer«, murmelte Eden. »Wenn er spielt, muss er damit rechnen zu verlieren. Und das Geld, das er verliert, kann er nicht für neue Künstler ausgeben. Ich werde die Augen offen halten und überprüfen, ob in der Galerie etwas in die falsche Richtung läuft. Danke für die Info, Belgique.«

»Jetzt haben wir aber genug von Alexander geredet«, sagte Belgique. »Ich will wissen, was du für MacKenzie geplant hast. Oh, warte mal einen Augenblick.«

Sie ging zurück ins Wohnzimmer und kam mit ihrer Handtasche zurück. Sie öffnete sie und hielt ein kleines Stück Papier in der Hand. »Da steht der Name seines Hotels drauf«, sagte sie, »außerdem hast du hier Adresse und Telefonnummer. Das Hotel liegt nördlich von der Galerie auf dem Peachtree.«

Eden hielt das Stück Papier hoch, als hätte sie einen Preis gewonnen. Ihr Herz klopfte wie bei einem Teenager. »Ich werde ihn sofort anrufen!«, rief sie aufgeregt. Sie lief, immer noch nur mit dem weißen Satinhöschen bekleidet, zum Telefon.

Sie wählte die Nummer und wurde verbunden, aber es dauerte eine endlos lange Zeit. Ungeduldig und voller Spannung lief sie im Schlafzimmer auf und ab. In Gedanken versunken schob sie die rechte Hand unter ihr Höschen und strich sich die kurzen krausen Schamhaare glatt.

»Hallo?«

Selbst in dem einen Wort klang der schottische Akzent durch. Eden war so überrascht, dass ihr das Telefon beinahe aus den Händen gefallen wäre, in letzter Sekunde konnte sie es noch auffangen.

»Mr. MacKenzie, Michael, hier ist Eden Sinclair.« War es Einbildung, oder hielt MacKenzie tatsächlich die Luft an? Sie sprach, wie es ihre Art war, knapp und geschäftsmäßig – ein krasser Gegensatz zur verletzlichen Nacktheit ihres Körpers, als sie in der klassischen Pose einer Marmorstatue im sanften Frühabendlicht stand. »Ich bin froh, dass ich Sie erwischt habe«, fuhr sie fort. »Da gib es noch einige Einzelheiten zur Ausstellung, über die ich mit Ihnen sprechen möchte. Könnten Sie heute Abend in die Galerie kommen?« Sie fügte rasch hinzu: »Ich werde lange da sein.«

MacKenzie legte seinen ganzen Charme in die Antwort. »Nichts, was ich lieber täte, Eden. Ich darf doch Eden sagen? Ich habe bisher einen frustrierenden Tag gehabt, und freundliche, intelligente Gesellschaft wäre genau das, was ich jetzt brauche.« Er legte eine kurze Pause ein, ehe er fragte: »Wie lange werden Sie arbeiten? Ich meine, vielleicht könnten wir später zum Essen gehen. Oder auch nur zu ein paar Drinks. Werden Sie dafür Zeit haben?«

Edens Gesicht strahlte vor Freude. Sie legte eine Hand über die Muschel und rief Belgique ein triumphierendes »Ja« zu. Die Freundin lächelte breit.

»Ich hab's dir doch gesagt!«, war ihre Antwort.

Eden nickte, nahm ihre Hand weg und sagte: »Das ist sehr freundlich von Ihnen, Michael. Aber ich weiß jetzt noch nicht, wann ich mit der Arbeit fertig sein werde.«

»Zicke!«, zischte Belgique.

»Das sagt ausgerechnet meine Freundin Belgique«, flüsterte Eden, nachdem sie wieder eine Hand über die Muschel gelegt hatte.

Sie behielt ihre kühle Art bei, als sie sich erneut dem Gesprächspartner zuwandte. »Sagen wir, um halb acht treffen wir uns in der Galerie?«, schlug Eden vor. »Haben Sie einen Mietwagen? Okay, dann sehen wir uns um halb acht.«

Sie legte den Hörer auf und starrte Belgique an. »Oh, der Himmel möge dafür sorgen, dass alles gut geht.« Sie verdrehte die Augen, als wollte sie auch noch optisch den Beistand von oben herbeiflehen. »Ich bin ja so nervös«, stöhnte sie.

Belgique stand auf und umarmte die Freundin. »Sieh zu, dass du dir ein paar Sachen anziehst, auch wenn du sie nicht lange anbehalten wirst«, ergänzte sie grinsend. Mit einem innigen Kuss und einem kurzen Streicheln über Edens Brüste verabschiedete sie sich.

Eden hatte das Gefühl, dass alle ihre Wünsche in Erfüllung gehen würden.

Das feine Kostüm

Es war sieben Uhr am Abend, als Eden vor dem Haus stand, in dem die Galerie untergebracht war. Fast alle Geschäfte hatten schon geschlossen, nur O'Hara's Bar und Grill auf der anderen Straßenseite war noch geöffnet, eine kleine Oase der Fröhlichkeit in einer ansonsten steifen Umgebung der Postmoderne.

Das charakteristische Haus aus der Gründerzeit, das die Galerie beherbergte, lag im Dunkel. Angela hatte wahrscheinlich um sechs Uhr abgeschlossen und war ins Wochenende gegangen. In einer halben Stunde würde MacKenzie hier sein.

Eden schloss die Tür auf und schaltete die Lampen ein. Sie betrachtete liebevoll die drei Statuen, die sie für die Schau nächste Woche ausgewählt hatte. In den folgenden Tagen würden Justin und Paul damit beschäftigt sein, Stellwände aufzubauen, damit die Bilder aufgehängt werden konnten, die sie als Ergänzung der Ausstellung präsentieren wollte. Sie ging die Wendeltreppe zu ihrem Büro hinauf, drückte die Schreibtischlampe an und setzte sich.

Für die Begegnung mit MacKenzie hatte sie ihre sexy Unterwäsche und das vornehmste Kostüm ausgewählt. Am längsten hatte sie über die Wäsche nachgedacht, auch wenn sie hoffte, dass sie sie nur kurz tragen würde. Antoine selbst von Chez Antoine, der anspruchsvollsten Wäscheboutique der Stadt, hatte die Garnitur für sie ausgesucht.

Der Büstenhalter war fast durchsichtig, und der

Slip bestand nur aus einem Stofffetzen, der knapp das Dreieck bedeckte und von einem dünnen weißen Band gehalten wurde, das sich in die Kerbe schmiegte, so dass ihr muskulöser Po ganz entblößt blieb. Sie trug dazu passende Strapse, und als sie sich darin im Spiegel betrachtet hatte, hatte sie sich wie ein elegantes, sexy Model aus dem Versandkatalog von *Victoria's Secret* gefühlt.

Zum Kostüm aus feinstem Leinen trug Eden die richtigen Schuhe, die passenden Strümpfe und – farblich abgestimmt – eine Bluse von Charmeuse in Zimtfarbe, die so gut zu den eleganten Pumps passte. Ihre kastanienbraunen Haare hatte sie hochgesteckt.

Sobald sie an MacKenzie dachte, spürte sie ein heftiges Ziehen in den Brustwarzen. Sie genoss das Gefühl, wie sie härter wurden und sich gegen die Seide der Bluse rieben. Sie erinnerte sich an seinen Geruch und den Apfelduft seiner Haare. Edens Labien schwollen an und wurden feucht. Ihre Vorfreude wuchs.

Dann stellte sie sich ihn nackt vor.

Edens Herzschlag beschleunigte sich, als ihre üppige Fantasie ihr den nackten MacKenzie vorgaukelte. Ihr erster Blick fiel auf den feurig roten Busch, aus dem der stolze Phallus ragte, der auf und ab hüpfte, als er ihr entgegenkam.

Ruhelos stand Eden auf und drückte auf den Schalter für die Deckenbeleuchtung, die den Zustand der Dämmerung beendete und das Büro in gleißende Helligkeit tauchte. Genau in diesem Augenblick schwang sich Michael MacKenzie die Wendeltreppe hoch und blieb auf der Schwelle zu ihrem Bereich stehen.

Eden zuckte zusammen. Er war fast eine Viertelstunde zu früh dran.

»Wie sind Sie hereingekommen?«, fragte sie, ganz benommen von der Wirkung, die er auf sie hatte. Sie bewunderte sein Auftreten. Ihre Knie wurden schwach.

Er sah sie einen Moment verdutzt an, stand neben dem niedrigen Kaffeetisch und hielt einen Ordner mit Dias in der Hand. Dann erklärte er: »Die Tür stand offen. Ich dachte, Sie hätten sie für mich offen gelassen. Ich hoffe, ich störe Sie nicht.«

Eden schüttelte den Kopf. Seine Stimme hörte sich noch männlicher an, als sie in Erinnerung hatte. »Überhaupt nicht«, sagte sie und streckte eine Hand zur Begrüßung aus. »Ich dachte nur, ich hätte abgeschlossen.«

Es ärgerte sie, dass sie wegen ihrer Erregung vergessen hatte, die Haustür zu verriegeln, aber sobald er ihre Hand in seine nahm, schien ihre Haut zu brennen, genau wie bei der ersten Begrüßung. Als ob sie von einem elektrischen Stromschlag getroffen worden wäre. An seinem Blick erkannte Eden, dass auch er von der Berührung bewegt war.

»Oh«, sagte sie und trat auf ihn zu, um die Distanz zwischen ihnen zu überbrücken. Die sexuell aufgeladene Atmosphäre, in der sie sich seit achtundvierzig Stunden befand, schien in ihr zu explodieren.

Sie nutzte einen stillen Augenblick, um ihn genauer zu betrachten. Er trug frische Jeans und Reeboks, dazu ein weißes Hemd, das seine helle Hautfarbe noch unterstrich. Zum ersten Mal bemerkte Eden einen hellen Bogen von Sommersprossen auf MacKenzies Wangen und unter dem Kinn.

Sie strich mit den Händen über ihre Hüften, um den Rock zu glätten, und verrückter Weise schoss ihr durch den Kopf: Das ist ein feines Kostüm.

Tatsächlich passte das edel gewebte Leinen wie angegossen.

Das Verlangen, ihn zu berühren, setzte ihr körperlich zu, und wieder strich sie über ihren Rock. Ja, sie trug ein feines Kostüm, aber was half ihr das? Was half ihr das feine Leinen, das so gut zu ihrer Haut passte und so einen auffälligen Kontrast zu ihren Haaren bildete?

Sie hatte von ihren breiten Wangenknochen mit zwei großen silbernen Ohrringen ablenken wollen und sah fast wie eine Zigeunerin aus. Aber was nützte ihr der polierte äußere Rahmen, wenn er nicht anbiss?

Seufzend dachte Eden, dass sie zwar ein feines Kostüm und sexy Unterwäsche trug, dazu silbernen Schmuck und einige kostbare Edelsteine, aber trotzdem hatte sie keinen Mann, keinen ständigen Freund.

Sie rieb mit einem Finger über die Reihe winziger Diamanten, die in den schlanken inneren Kreis der Ohrringe eingelassen waren, dann schob sie den Bogen durch das Ohrloch, hielt den Ohrring in der flachen Hand und zählte die Diamanten. Die silbernen Ohrringe waren ein Geschenk eines früheren Liebhabers. Es war lange Zeit her, dass sie zuletzt an ihn gedacht hatte, aber Reue wollte nicht aufkommen.

Sie spielte mit dem Ohrring, legte ihn von einer Hand in die andere. MacKenzie beobachtete sie. Spontan warf sie ihm den Ohrring zu. Er fing ihn auf. Seine Reflexe sind gut, dachte Eden.

Er lächelte verlegen und legte den Ordner mit den Dias auf den Tisch.

MacKenzie sah auf den Ohrring in seiner Hand. Er sah auf und fing Edens Blick auf. Sie erinnerte sich; beim letzten Mal war es auch so gewesen.

Eden hoffte, dass er die Frage stellen würde, auf die sie schon so lange wartete.

Aber er wies nur auf die Dias, die er mitgebracht hatte. »Mir ist eingefallen, dass ich sie Ihnen noch nicht gezeigt habe.«

Eden nickte. »Setzen wir uns«, sagte sie und führte ihn an der Hand zum Sofa. »Lassen Sie uns noch ein wenig reden. Danach schaue ich mir gern die Dias an.«

Sobald sie nebeneinander saßen, stieg die sexuelle Spannung zwischen ihnen, und als sie auf die Dias schauten, berührten sich aus Versehen ihre Knie. Eden wäre fast aus der Bluse gesprungen. Sie drückte die Knie zusammen und spürte, wie angenehm nass sie war. Ja, sie begehrte ihn. »Wollen Sie ein Glas Wein?«, fragte sie.

»Das wäre großartig«, antwortete er und erhob sich. »Sagen Sie mir, wo ich die Flasche finden kann.« Er legte ihren Ohrring auf den Tisch.

»Unten in der kleinen Küche neben dem Konferenzraum«, antwortete Eden. »Der Wein steht im Kühlschrank, die Gläser sind im Schrank, und der Korkenzieher liegt in der Schublade.«

»Bin sofort zurück.« MacKenzie lief die Treppe hinunter. Augenblicke später kündeten ein gedämpftes Plopp und ein Klirren der Gläser seine Rückkehr an. Lächelnd präsentierte er die geöffnete Flasche und die beiden Weingläser.

Er schenkte ein und hob sein Glas. »Zum Wohl. Auf eine lange, fruchtbare Zusammenarbeit.«

»Darauf trinke ich«, murmelte Eden und ließ die Gläser klingen. Der helle Ton des Kristalls jagte ihr einen wohligen Schauer über den Rücken. Sie nahm einen kräftigen Schluck des kühlen Weins und missachtete die Etikette, die besonders einer Frau vorschrieb, am Wein zu nippen. Ihre Augen trafen sich, und Eden sagte: »Ich freue mich darauf, Sie besser kennen zu lernen, MacKenzie. Gibt es schon jemanden, der Sie MacKenzie nennt?«

»Nein. Freunde nennen mich allgemein Michael oder Mike.«

»Darf ich Sie MacKenzie nennen? In meinen Gedanken nenne ich Sie so.«

»Ich höre mit Begeisterung, dass Sie an mich denken«, sagte er lachend. »Ich fühle mich geehrt, wenn Sie mich MacKenzie nennen. Das ist was Besonderes zwischen uns.«

Eden hob wieder ihr Glas. »Auf das Besondere zwischen uns«, sagte sie. MacKenzies Augen strahlten ebenso wie ihre, und dann leerten sie beide ihr Glas.

Er langte hinüber, um Edens Glas nachzufüllen, aber zu seinem Entsetzen musste er feststellen, dass er seine Bewegung nach dem Nachschenken falsch eingeschätzt hatte und stieß gegen das gefüllte Glas in Edens Hand. Wie erstarrt sah er zu, wie sich die goldene Flüssigkeit über ihren Rock ergoss.

Eden sprang auf und rief: »Mein Kostüm! Schnell, ein Tuch! Im Badezimmer!« Sie wies mit der Hand.

Während MacKenzie in ihr Badezimmer stürzte, zog Eden ihren Rock aus, der eine wahre Dusche abbekommen hatte. Er kam mit dem Tuch aus dem Bad zurück und blieb wie angewurzelt stehen. Vor sich sah er Eden, höchst ungewöhnlich gekleidet; oben die Kostümjacke und Bluse, unten ein winziges schwarzes Höschen mit Strapsen und Strümpfen und eleganten Pumps.

MacKenzie riss sich gewaltsam von diesem Anblick los, ging einen Schritt auf Eden zu und reichte ihr das Tuch. Das schwarze Höschen ließ die Haut noch ein wenig gebräunter aussehen, als sie war. Er blieb reglos stehen, gebannt von Edens Schönheit.

Sie wischte sich die Nässe, die durch den Stoff gedrungen war, von den nackten Schenkeln, und dabei fiel ihr auf, dass auch die Kostümjacke ein paar Spritzer aufwies. So flink, wie sie den Rock ausgezogen hatte, entledigte sie sich jetzt der Jacke.

MacKenzie starrte unentwegt auf die Frau, und dann gab es noch mehr zu sehen, als die Galerieleiterin wie selbstverständlich auch die Bluse auszog und seinen starren Augen ein noch üppigeres Bild bot. Eden hatte eine betont schlanke Taille, und der Büstenhalter aus schwarzer Spitze zeigte einen atemberaubenden Ausschnitt.

Er wollte nicht zu auffällig stieren, aber es war ihm unmöglich, den Blick nicht nach unten zu richten, zu dem Delta zwischen den Schenkeln, das nur von einem winzigen schwarzen Stück Seide bedeckt wurde.

Wie sie so vor ihm stand, betrachtete Eden ihre abgelegten Kleider, die verstreut auf dem Boden lagen. MacKenzie sah sie an, verlegen lächelnd. Sie bückte sich, hob die beiden Teile des feinen Kostüms und die Bluse auf und öffnete eine Schranktür, offenbar, um neue Kleider herauszuholen. Als sie sich dem Schrank zuwandte, präsentierte sie MacKenzie den wundervollen Anblick ihres nackten Pos, mal abgesehen von dem schmalen Bändchen, das aber bald zwischen den Backen verschwand.

Eden, durch die Anwesenheit des Mannes und ihre eigene Fast-Nacktheit intensiv erregt, blieb für eine Weile reglos stehen. Ihre Brust hob und senkte sich, ihr Herz pochte. Sie genoss es, MacKenzie ihre sexy Wäsche zu zeigen. Sie warf ihm durch den hohen Spiegel neben der Schranktür einen flüchtigen Blick zu. Es war lustig zu sehen, wie er völlig gebannt und ratlos schien. Eden konnte ein leises Kichern nicht unterdrücken, als sie die gegensätzlichen Emotionen von Lust und Scham auf seinem Gesicht entdeckte.

Sie wandte sich um und sah ihn an, und wieder kicherte sie leise, als sie die wachsende verräterische Beule sah, die gegen seine Jeans drückte. Ihre Lachen schüchterte ihn nicht ein, auch wenn ihm bewusst war, dass die Erektion unter der Hose ein Zelt formte. Eden genoss ihre Macht, diese harte Beule verursacht zu haben.

»MacKenzie?«, fragte sie arglistig, »ihr Männer seid doch an Nacktheit gewöhnt. In den Umkleideräumen und so. Und Ihnen müssten auch nackte Frauen nichts Neues sein. Die ganzen Mädchen, die Ihnen Modell stehen…«

Er bemühte sich um Lässigkeit, hob die Schultern und steckte beide Hände in die Taschen. »Nun ja, Eden, aber…« Er brach ab und schluckte. »Aber das hier ist anders…«

Sie nutzte die Gelegenheit und stolzierte in schwarzem Büstenhalter und Höschen vor den Spiegel. Sie hob die Arme und zog die Nadeln aus den Haaren. Es fiel locker über ihre Schultern.

»Eden?«

»Ja, MacKenzie?«

»Oh, Himmel, Eden…« Er wollte noch eine Menge mehr sagen, aber die Worte vertrockneten in seiner Kehle.

Sie lachte wieder leise und fragte: »Was ist denn los, MacKenzie?«

Er hatte sie bisher nur als die professionelle Leiterin der Galerie kennen gelernt, und er hatte sich nicht vorstellen können, sie jemals so zu sehen, fast nackt in Spitzenunterwäsche, wie sie vor dem

Spiegel stand und vor seinen Augen die kastanienbraunen Haare wie eine wunderschöne exotische Tänzerin über die Schultern warf.

Er musste sich erst räuspern, ehe er flüsterte: »Mein Gott, Eden, du bist so schön, so sexy. Ich liebe deine Brüste, ich liebe deinen ganzen Körper.«

Im Spiegel sah Eden den dreieckigen Streifen ihrer Schamhaare durch den dünnen Stoff. Ihr Mund war so trocken, dass sie nicht sprechen konnte. Sie stand nur da und lächelte seinem Spiegelbild zu. Ihre Blicke wanderten an seinem Körper hinunter. Sie sprach ihn an, ohne sich nach ihm umzudrehen.

»Komm her, MacKenzie«, sagte sie mit sanfter Stimme. Als er hinter ihr stand, fuhr sie fort: »Ich weiß nicht, was ich anziehen soll. Ich bitte um ästhetischen Beistand.«

Er stand so dicht hinter ihr, dass sein Penis, immer noch im Gefängnis seiner Jeans, nur Millimeter von der Wölbung ihres nackten Hinterns entfernt war. Im nächsten Moment berührte er sie so leicht wie eine Feder. Leise flüsterte er: »Was fangen wir denn damit an?«

Sie bewegte die Füße unauffällig nach hinten und griff mit einer Hand nach seinem Penis. Sie drückte ihn und hielt ihn in der Hand. Sie spürte seinen Körper an ihrem, und vor Wonne rieselte ein Schauer über ihren Rücken.

Mit einem Seufzer, der tief aus seiner Brust kam, fasste MacKenzie sie an den Schultern und drehte sie zu sich um. Eden presste ihren Schoß gegen seinen und hätte am liebsten gejauchzt, als sie seine Härte spürte. Sie stieß mit beiden Händen in den Bund seiner Hose und öffnete seinen Gürtel.

Sie beobachtete ihre Bewegungen im Spiegel, als sie langsam den Reißverschluss seiner Jeans aufzog.

Sie rieb sich an seinem Körper und spürte, wie eine Flut des Verlangens über sie hereinbrach, als sie die muskulöse Kraft spürte. Sie langte in seine Unterhose; sie fühlte sich wie Seide an. Sie zog sie zur Seite und zuckte, als der Phallus ihr entgegen sprang.

MacKenzie stöhnte leise in ihr Haar und drückte die Lippen auf ihre Schläfe. Seine Hände strichen über ihre Schultern und Arme. Er schob die Träger des schwarzen Büstenhalters von ihren Schultern und zog sie von ihren Armen. Er beugte sich hinunter, leckte über ihren Hals, schmeckte die heiße Haut und spürte ihre starke Reaktion auf seine Berührungen

Eden krümmte den Rücken, so dass ihre halb nackten Brüste gegen seinen Brustkorb drückten, als er den Verschluss ihres Büstenhalters aufhakte. Einen Moment lang wurde er von den Spitzen gehalten, denn ihre Nippel, die sich nach seinen Fingern sehnten, standen steif und starr hervor wie dicke Beeren.

Sie schüttelte den Büstenhalter ab, und ihre Brüste schwangen hin und her. Ihr Körper bebte vor Lust. Schauer der Ekstase durchliefen sie, als er ihre Brüste in seine warmen, feinfühligen Hände nahm und liebevoll koste. Er drückte ihre Warzen, bis Eden am liebsten aufgeschrien hätte.

Langsam bewegte MacKenzie die Hände an ihrem Körper nach unten. Er löste die Strümpfe von den Strapsen und kniete sich vor Eden hin, um die Strümpfe genüsslich über ihre Beine zu streifen, bis sie auf den Knöcheln lagen. Eden trat aus ihren Pumps. Er zog die Strümpfe von ihren Füßen, blieb knien und massierte ihre Waden und Schenkel.

Sie stieß einen Schrei aus, in dem sich ihre Spannung entlud, als seine Finger unter ihr Höschen fuhren. Er zog die dünne Seide zur Seite und küsste die kurzen krausen Härchen, ehe seine Zunge das neue Terrain erforschte und eroberte. Unter seinen leichten Liebkosungen begann ihre Klitoris zu prickeln.

Gemeinsam glitten sie auf den Teppich.

Eden zerrte an seinen Kleidern, bis er nur noch die Unterhose trug, die von seinem kräftigen Penis an einer Seite gehoben wurde. Sie zog die Hose über seinen Hintern und dann die Beine hinunter.

Eden griff nach ein paar Kissen vom Sofa und schob sie unter ihre verschlungenen Körper. Sie streckte sich auf den Kissen aus und sah ihren neuen Geliebten an.

Sie bewunderte seine starken Muskeln an Armen und Brust und fuhr mit gespreizten Fingern durch seine weichen Brusthaare. Ihre Hände glitten tiefer, und zu ihrer Verwunderung wurden die Haare immer rötlicher. Die Löckchen rund um seinen steifen, ungeduldig zuckenden Penis waren feuerrot. Der Penis selbst war beschnitten.

»Jetzt habe ich die Antwort auf meine zwei Fragen«, sagte Eden, während sie langsam am Schaft auf und ab rieb.

MacKenzie hob fragend die Augenbrauen.

Eden errötete leicht ob ihrer sexuellen Spekulationen und gestand dann: »Ich habe mich gefragt, ob auch deine Schamhaare rot sind. Und ich habe noch nie mit einem Nichtamerikaner geschlafen. Fast alle Amerikaner sind beschnitten, und ich habe gehört, dass das in Großbritannien nicht so ist. Deshalb habe ich mich gefragt, wie dein Penis ist.«

Als ob sie es nun für angebracht hielt, dem Objekt ihrer Betrachtungen ihre ganze Aufmerksamkeit zu widmen, beugte sie sich vor und nahm langsam die ganze Eichel in den Mund.

Mit der Zunge fuhr sie um die purpurne Spitze. Sie freute sich, als sie MacKenzie stöhnen hörte.

MacKenzie lag ausgestreckt auf den Kissen und hatte Muße, Edens nackten Körper zu betrachten, der sich geschmeidig über seinen sprungbereiten Phallus beugte. Ihre Figur war ein Schmaus für die Augen; schlanke Taille, flacher Bauch, gebräunte Haut mit blassen Brüsten und Pobacken.

Er hatte noch die Konturen ihrer hoch angesetzten Brüste vor Augen, die so perfekt aussahen, als wären sie modelliert. Wunderschön auch die großen Aureolen mit den spitzen Nippeln. Mit einem zunehmend stärker werdenden Kribbeln schaute er Eden zu, die gerade den Kopf hob, den Rücken aufrichtete und über seine muskulösen Schenkel grätschte.

Sie hob sich leicht an, und im nächsten Moment nahm sie seinen aufgeregt zuckenden Schaft in sich auf. Langsam und stöhnend ließ sie sich sinken.

Die schlanke junge Frau ritt ihn, und MacKenzie spürte, dass seine ganzen Gefühle sich in seinem Schaft stauten. Er war hart und heiß und nass und stieß in die Enge von Edens Schoß. Er musste sich darauf konzentrieren, nicht sofort zu kommen. Er packte ihre festen Backen und wiegte sie sanft hin und her. Dann stieß er kräftig von unten zu, langsam, wuchtig und tief.

Es kam ihr sofort. Sie jammerte glücklich, als die Wellen dieses ersten Orgasmus sie erschütterten. Sie warf sich in seine Arme und war glücklich, als er ihr Gesicht mit Küssen übersäte.

Die Bürowände warfen das Rufen und Schreien der beiden Liebenden zurück, als er sich nach weiteren zügigen Stößen in ihr entlud.

»Hast du heute Abend wirklich mit mir über die

Ausstellung sprechen wollen, Eden?«, fragte er einige Zeit später, als sie sich zum dritten Mal geliebt hatten.

»Nein. Ich habe dich angelogen. Ich wollte dich nur nackt sehen.«

Man lernt sich kennen

Eden öffnete die Augen und schaute gegen die schräge Holzdecke ihres Büros, obwohl da eigentlich die hellblaue Decke ihres Schlafzimmers sein sollte. Ein paar Sekunden lang war sie verwirrt. Im Zimmer war es seltsam still, nichts von dem Wirrwarr der Geräusche, an die sie sonst beim Aufwachen in ihrer vertrauten Umgebung gewöhnt war. Jetzt hörte sie nur die tiefen, langsamen Atemzüge eines Mannes, der neben ihr schlief.

Ihre Erinnerung kehrte zurück und vertrieb den letzten Schlaf aus dem Gehirn. Sie legte sich auf die Seite und kuschelte sich an den warmen Körper des Mannes.

MacKenzie regte sich, wachte aber nicht auf. Eden stützte sich auf einen Ellenbogen, um den neuen Geliebten in Ruhe betrachten zu können. Sie lagen noch zusammen auf den Sofakissen. Ihre nackten Körper bildeten einen deutlichen Kontrast zu den kräftigen Farben der Kissen. MacKenzie lag auf dem Rücken, einen Arm von sich gestreckt, den anderen auf seiner Brust. Der Penis sah auch im schlaffen Zustand beeindruckend aus; er schien in einem Nest roter Haare zu ruhen.

Die Sonntagmorgensonne fiel durch das Oberlicht über Edens Schreibtisch und warf einen goldenen Streifen über MacKenzies Lenden, als hätte jemand mit einem dünnen Pinsel gemalt, um die kurzen roten Schamhaare mit einem weiteren Hingucker zu ergänzen.

Eden wurde plötzlich voller Entsetzen klar, dass

es fast schon Mittag sein musste, aber dann beruhigte sie sich wieder, denn sonntags war die Galerie geschlossen. Sie wollte ihre Freiheit genießen und fuhr mit den Fingern über MacKenzies Bauch, über seine Hüftknochen und schließlich zu seinem Penis. Langsam strich sie über die Länge seines weichen Schafts und über die samtene Eichel. Sie freute sich, mit dem Penis ihres Liebhabers spielen zu können, sie nahm ihn in die Hand, beugte sich über ihn und küsste die Spitze, wobei sie die Reste ihrer Lust schmeckte.

Sie lächelte in der Erinnerung an die Nacht voller Liebe. Sie fühlte den Widerhall dieser Lust in ihrer Vagina und erschauerte, als sie an MacKenzies geschickte Berührungen dachte. Aber während sie neben dem gut aussehenden Mann im warmen Morgenlicht lag, wurde ihr der Beginn eines anderen und nicht so vertrauten Gefühls bewusst – der Beginn einer zarten Leidenschaft.

Eden verdrängte die Warnungen, die sich in ihrem Kopf meldeten. Seit Peter ihr vor einem Jahr das Herz gebrochen hatte, war sie entschlossen gewesen, sich nicht wieder zu verlieben. Oder war MacKenzie der Mann, auf den sie gewartet hatte? Oder hatte ihr der beste Sex des Lebens die Fähigkeit genommen, objektiv urteilen zu können?

Ihre aufgestauten Lüste und ihre gemeinsamen Emotionen hatten sie zu einer neuen Ebene der Ekstase geführt. Es war, als ob all die kleinen Tricks, die sie bei ihren früheren Liebhabern gelernt hatte, nur dazu hatten dienen sollen, die erotischen Explosionen der vergangenen Nacht auszulösen.

Sie wollte ihn fragen, mit wem er vorher geschlafen hatte, wer ihm das Gefühl für die Sehnsüchte einer Frau beigebracht hatte. Ihre Klitoris pochte in der Erinnerung an seine Zunge und Finger. Seine

Bewegungen waren stark und kräftig gewesen, und doch sehr zärtlich.

»Ich wusste sofort, dass ich mit dir schlafen wollte, Mr. MacKenzie«, murmelte sie vor sich hin. »Aber ich weiß nicht, ob ich mich in dich verlieben will. Jedenfalls noch nicht.«

Die gedämpften Geräusche des Sonntagsverkehrs – hauptsächlich waren es Mitglieder der Baptistenkirche auf der anderen Straßenseite – drangen in die Galerie. Man hörte, wie Autotüren geöffnet und zugeschlagen wurden, Stimmengemurmel und in der Ferne eine Alarmsirene.

Eden schaute in MacKenzies offenes, freundliches Gesicht. Ihre Absicht, eine emotionale Distanz zu ihm zu halten, schmolz in der Wärme, die sie durchflutete.

»Oh, MacKenzie, du bist wirklich ein Schatz. Ich lechze nach dir, ob ich will oder nicht.« Sie leckte seine Haut und küsste den Penis. Sie spürte ein sanftes Zittern in der Hand, als sich der Penis zu versteifen begann. »Ich lechze nach dir, und ich will, dass du es mir immer wieder besorgst.«

MacKenzie bewegte sich und öffnete ein schläfriges Auge. Er sah Eden, dann weckte ein jungenhaftes Grinsen sein Gesicht.

»Ich hatte einen Traum, Eden«, raunte er. »Ich war in dieser fremden Stadt, und ein wunderschönes Mädchen streichelte meinen Körper und flüsterte mir zu, es wollte mit mir schlafen. Dann bin ich aufgewacht, bevor wir zum besten Teil des Traums gekommen sind.«

Eden lächelte. »Du hast nichts versäumt«, versicherte sie ihm und küsste ihn auf den Mund. Sie rollte ihn auf die Seite und rutschte über seine Hüfte. Sie spürte, wie sich sein Glied in ihrer Hand noch mehr versteifte. Langsam fuhr sie mit der

Hand auf und ab, während sie ihre Klitoris an seinem muskulösen Schenkel rieb.

Plötzlich war ihre Geduld aufgebraucht, sie drückte ihren Geliebten flach auf den Rücken und grätschte über ihn. Sein steifer, harter Penis drang tief in sie ein.

»Das hier ist kein Traum, Darling«, sagte sie lachend und ritt im rhythmischen Bocken auf ihm. Ihre Haare fielen nach vorn und streiften über sein Gesicht.

MacKenzie grunzte, aber seine Augen leuchteten. Nach einer Weile fand er seine Stimme wieder. »Ah, Eden, du bist so glitschig. Wenn deine Muskeln mich quetschen, muss ich mich zusammenreißen, sonst würde ich sofort kommen.« Er packte ihre Pobacken mit seinen kräftigen Händen und unterstützte die hüpfenden Bewegungen ihres Körpers.

Eden richtete sich auf und lehnte sich ein wenig zurück, wobei sie das Gleichgewicht hielt, indem sie sich auf den ausgestreckten Armen stützte.

Sie spürte, wie MacKenzie noch tiefer in sie eindrang, aber jetzt rieb der Schaft nicht mehr gegen ihre Klitoris. Sie zog seine Hand zu ihrer gierigen Knospe. »Reibe mich, MacKenzie! Reibe mich, dann kommt es mir!«

Er bearbeitete den vorwitzigen, starren Kopf mit der Daumenkuppe und überließ Eden den Rhythmus. Er schaute fasziniert auf Edens hüpfende Brüste, während sie ihn zunehmend heftig ritt. Er spürte, wie sein Samen stieg; jetzt konnte er die Ejakulation nicht mehr kontrollieren.

»Oh, Eden, jetzt …«, rief er ächzend. Im nächsten Moment schoss es aus ihm heraus und badete Edens Vagina mit seinem Saft.

Genau in diesem Moment spürte Eden, wie sich der Orgasmus tief in ihrem Inneren ankündigte. Sie labte sich an dem warmen Schwall, der sich mit ihrer eigenen Flüssigkeit mischte, hervorgelockt durch MacKenzies unermüdliche Reizung ihrer Lustknolle.

Mit einem Aufschrei der Ekstase wurde sie vom Orgasmus durchgeschüttelt. Dann brach sie auf MacKenzie zusammen und warf sich über seine Brust. Ihr heißer Atem blies gegen seinen Hals.

»Oh, das ist so gut, MacKenzie, so gut ...«, rief sie schluchzend, dankbar für die Erlösung. MacKenzie streichelte über ihre Haare, und den anderen Arm legte er über ihren Rücken. Sie stöhnte auf, als ein erneutes Zittern ihren Körper durchlief. MacKenzie stöhnte ebenfalls auf, denn ihre vaginalen Muskeln quetschten die letzten Tropfen aus ihm heraus.

Erschöpft lagen sie einige Minuten aufeinander, und nur ihr Atem war zu hören. Dann spürte Eden, wie MacKenzies Penis schlaff wurde und aus ihr rutschte. Sie wälzte sich von ihm und bemerkte, wie er sie ernst anschaute.

»Ja?«

Sie hob fragend eine Augenbraue und spürte, wie ihr Herz stockte. Wollte er etwas Wunderbares oder etwas Entsetzliches sagen?

Aber dann grinste MacKenzie nur. »Ich habe Hunger«, erklärte er. »Wir sollten dein Büro aufräumen, zum Brunch hinüber zu O'Hara's gehen und dann zu dir nach Hause fahren, wenn du mich einlädst. Und dann, glaube ich, ist es an der Zeit, dass wir uns wieder lieben.«

Eden prustete los, erleichtert darüber, dass ihre Befürchtungen unbegründet gewesen waren.

Wie alle anderen Galerien blieb auch die Galerie Raton am Montag geschlossen. Manchmal gab es etwas Wichtiges zu tun, dann gingen einzelne Mitarbeiter hin, aber weil der Samstag ein normaler Arbeitstag war, freuten sich die Angestellten über den freien Montag. Und an diesem Montag, beschloss Eden, würden keine zehn Pferde sie in die Galerie ziehen können.

Sie wandte sich ihrem neuen Mann zu, der ihre Welt wahrscheinlich aus den Angeln heben würde, streichelte über seine Haare und gab ihm einen Kuss. MacKenzie ließ sein jungenhaftes Lächeln sehen und murmelte: »Guten Morgen, Liebling. Du siehst wunderbar aus.«

Er erwiderte ihren Kuss und schob die Zunge weit in ihren Mund. »Mm, du schmeckst und riechst fantastisch. Aber du hast auch ein Frühstück verdient. Ich werde Eier und Schinken in die Pfanne geben, und ich setze Kaffee auf.«

Bevor Eden protestieren konnte, war MacKenzie schon aus dem Bett gesprungen und ging, nackt, wie er war, in die Küche.

Einen Moment lang sorgte sie sich über die unaufgeräumte Küche, aber dann verdrängte sie diesen Gedanken. Wenn sie diesem Mann ihren Körper gab, war es gut, dass er sie so schnell wie möglich so kennen lernte, wie sie war. Und sie wollte alles über ihn erfahren.

Wie fühlte er sich an diesem Morgen? Unruhe tobte in ihr. Sie konnte doch nicht zu einem fast fremden Mann sagen: »Ich will dich immer und immer wieder haben. Es kann sogar sein, dass ich dich liebe.« Die Emotionen überschlugen sich in ihr, deshalb war es ihr wichtig zu erfahren, was er für sie empfand.

Eden erhob sich aus dem Bett und warf sich

einen kurzen roten Seidenumhang um. Sie hastete in die Küche. MacKenzie kam ihr auf halbem Wege mit der Kaffeekanne in der Hand entgegen. Er blieb stehen und bestaunte ihre fast nackte Gestalt. Sie spürte, wie sich ihre Nippel unter seinem Blick verhärteten. Ihr Blick fiel auf seinen Schoß. Ja, natürlich, mitten in diesen süßen roten Locken erhob sich sein Penis.

»Wir haben keine Milch«, sagte er, nachdem er einige Male hart geschluckt hatte. »Ich meine, für den Kaffee.«

»Oh«, antwortete Eden, »ich nehme keine Milch, deshalb habe ich auch nie welche im Haus. Trinkst du viel Milch?«

MacKenzie lachte. »Ja, eigentlich schon.« Er schüttelte den Kopf. »Komisch, was?«

»Was denn?«

»Hier stehen wir nun. Und sind ein wenig ratlos. Wir waren so intim miteinander, wie zwei Menschen es nur sein können, und jetzt wissen wir nicht, worüber wir reden sollen. Und wir wissen so gut wie nichts voneinander.«

Eden errötete. MacKenzie hatte Recht. So intim, wie zwei Menschen es nur sein können. Sie konnte ihn noch auf den Lippen schmecken und roch ihn auf ihrem ganzen Körper. Aber sie wusste auch, dass dies anders war als bei einem Mann für eine Nacht. Ihr Gefühl sagte ihr, dass sie darüber mit ihm sprechen sollte.

Tapfer begann sie. »MacKenzie, ich möchte dir was sagen. Wir haben uns in der Nacht geliebt, und heute Morgen fühle ich mich großartig.« Sie legte ihre Hände auf seine warmen nackten Schultern. Sie murmelte: »Ich fühle mich seltsam, ängstlich und euphorisch, alles gleichzeitig. Ich weiß, dass ich vernarrt in deinen Körper bin, aber ich finde dich auch wunderbar. Ich möchte hören, wie du dich fühlst, denn das ist mir sehr wichtig.«

Erst als sie ihre kleine Rede beendet hatte, spürte Eden, dass sie am ganzen Körper zitterte. Sie riss sich zusammen und bekam sich wieder in den Griff.

»Ich bin verzaubert«, sagte MacKenzie, denn stellte er die Kaffeekanne auf den Tisch, nahm ihre Hand und führte sie zum Sofa im Wohnzimmer. Er stand nackt und ehrlich vor ihr, hielt ihre Hände und streichelte mit den Fingerspitzen über ihren dünnen roten Umhang.

»Eben in der Küche«, sagte er, »habe ich mich gefragt, ob ich die letzten köstlichen Stunden nur geträumt habe.« Er legte eine Pause ein und lächelte sie an. »Als ich dich am ersten Tag in der Galerie gesehen habe, spürte ich sofort, dass du etwas Besonderes bist. Du hast so cool und gefasst ausgesehen, so professionell und doch so ... so sehr sexy. Ja, anders weiß ich es nicht zu beschreiben. Diese zwei jungen Dinger, Claire und Lola, haben mich fast angefleht, mit ihnen ins Bett zu gehen, aber ich konnte nicht aufhören, dich anzusehen. Und dann musstest du zu dieser verdammten Verabredung.«

Als ob er MacKenzies Ausführungen bestätigen wollte, hob sich sein Penis.

Er fuhr fort: »Nachdem Raton mich an diesem Abend vor dem Hotel abgesetzt hatte, bist du mir nicht mehr aus dem Kopf gegangen. Ich habe es mir selbst besorgt und dabei nur an dich gedacht.« Er nahm seinen dicken Schaft in die Hand und rieb ihn vor Edens gierigen Augen langsam auf und ab.

Sie leckte sich die Lippen. »Bitte, mach weiter, MacKenzie, bitte.« Ihre Stimme klang leise und tief, sehr verführerisch. Sie ließ den Umhang von den Schultern gleiten und presste sich gegen ihn, bis ihre Nippel sich gegen seinen Brustkorb quetschten. Sie schob seine Hand weg und umfasste seinen stark pochenden Penis, während die Hände des Geliebten ihren Körper streichelten.

»Zur Hölle mit dem Frühstück«, verkündete MacKenzie. »Komm, wir gehen wieder ins Bett.«

MacKenzie wachte zuerst auf und ging in Edens Haus auf Entdeckungsreise. Das sanfte Licht, das durch die Jalousien ins Zimmer fiel und die warmen, weiß getünchten Wände waren eine willkommene Abwechslung zu den grellen Ausstellungsflächen in der Galerie.

Während er vom Schlafzimmer ins Wohnzimmer schlenderte, stellte er fest, dass sie aus dem knapp bemessenen Wohnraum das Beste gemacht hatte. Eine hohe Theke trennte die Küchenzeile vom Frühstücksplatz, und von dort hatte man einen Blick in den wunderschönen Garten. Dahinter lag der eigentliche Wohnraum, abgetrennt vom Esszimmer, beide hell und mit vielen Bildern und Büchern ausgestattet. In jedem Zimmer gab es einen Ventilator an der Decke.

MacKenzie betrat die kleine Küche und holte zwei Gläser von einem Regal, das geschickt an der Decke befestigt war. Die einzelnen Regalbretter befanden sich in Griffhöhe.

Während er mit zwei Gläsern Limonade über den polierten Parkettboden zurück ins Schlafzimmer ging, bewunderte er die beiden Barcelona-Sessel, die im Wohnzimmer zusammen mit einer stromlinienförmigen Couch standen, beladen mit ockerfarbenen Kissen.

Edens Einrichtung war schlicht, ganz im Gegensatz zu Belgiques überfrachteten Salon. Dass die beiden so unterschiedlichen Frauen befreundet waren, verwunderte ihn immer mehr.

Ihr Schlafzimmer war ebenso elegant eingerichtet, wenn es im Augenblick auch ziemlich verwüstet aussah. Auf der einen Seite des bequemen Doppelbetts stand eine Batterie von Teddybären, die ihn grimmig anstarrten, als verübelten sie ihm, dass er Edens Bett so abrupt verlassen hatte.

Eden wachte sofort auf, als er sie sanft berührte. Sie nahm das Glas Limonade und trank es aus, danach bereiteten sie sich ein spätes Frühstück am Nachmittag zu.

MacKenzie hatte seine Arme um Eden geschlungen. Sie fühlte sich ihm sexuell und emotional näher, als sie sich einem Mann seit langem gefühlt hatte. Es fiel ihr nicht schwer, ihrem neuen Liebhaber von vergangenen Affären und Eskapaden zu erzählen. Zu ihren Geschichten gehörten auch einige bisexuelle Erfahrungen. Sie sagte ihm offen: »Es ist mir lieber, du erfährst diese Geschichten von mir als von Belgique. Sie kann nämlich keine Geheimnisse für sich behalten.«

»Hat Belgique dir erzählt, was in ihrem Apartment geschehen ist?«, wollte MacKenzie wissen.

Eden nickte, aber es gelang ihr nicht, ein gleichgültiges Gesicht zu zeigen.

MacKenzie las ihre Regungen. Er strich über ihre Schultern und sagte: »Im Vergleich zu dir ist sie sehr blass.«

Eden atmete erleichtert auf. Sie lehnte den Kopf gegen seine Schulter und hielt ihren Mann fest umschlungen.

MacKenzie war zurückhaltender, was seine Vergangenheit anging. Er fürchtete Edens Reaktion auf seine sexuellen Abenteuer. Aber Eden ließ sich nicht hinhalten.

»Ich will nicht die Namen aller Freundinnen hören«, sagte sie. »Erzähle mir nur von den Frauen, die eine wichtige Rolle in deinem Leben gespielt haben. Und was sie mit ihm hier angestellt haben.« Sie griff dabei an seinen Schaft, beugte sich über ihn und nahm ihn tief in den Mund. Sie fuhr mit der Zunge über die Eichel und rieb den Schaft zwischen Daumen und Zeigefinger. Dann hob sie den Kopf und blinzelte ihm zu.

Er genoss es, auf diese Weise von ihr verwöhnt zu werden, und er fühlte, wie seine Verschwiegenheit über vergangene Romanzen verflog. Er legte beide Hände auf Edens Schultern und sah tief in ihre Augen.

»Die einzige Frau, die ich ein wenig mit dir vergleichen kann, ist Stephanie Pope. Sie war meine einzige ernsthafte Freundin hier in Amerika. Wir haben uns vor sechs Monaten getrennt, nachdem wir zwei Jahre zusammen waren. Man kann sagen, es war Lust auf den ersten Blick und wurde dann ernster.«

Er sah Eden an, um zu erkennen, ob er weitererzählen sollte. Sie nickte. »Stephanie und ich sind gleich am ersten Abend zusammen ins Bett gegangen.«

»Wir haben drei Tage gewartet«, unterbrach Eden ihn lächelnd. »Da siehst du mal, wie langsam ich bin.«

»Für mich warst du schnell genug«, gab MacKenzie zurück und grinste breit. »Ich war gerade dabei, mit einer anderen Freundin Schluss zu machen, aber Stephanie wollte nicht warten, bis es endgültig aus war. Sie hat mich auf einer Party abgeschleppt. Obwohl um uns herum Leute standen, hat sie sich an mich gekuschelt, mich geküsst und meinen Schwanz durch die Hose gerieben. Zu diesem Zeitpunkt war ich hellwach, und bevor ich auch nur einen klaren Gedanken fassen konnte, standen wir auf einer Straßenecke in Savannah, eng umschlungen, und suchten einen Weg durch die Kleider zur nackten Haut. Ich wohnte ganz in der Nähe, aber bevor wir bei mir zu Hause waren, liefen wir halb nackt über die Straße.«

Eden spürte, wie MacKenzies Penis in ihrer Hand zuckte, als er die Geschichte von Stephanie aus Savannah erzählte. Sie hauchte einen Kuss auf die Spitze des langen, harten Schafts und lächelte bewundernd zu MacKenzie hoch.

»Erzähle mir mehr von dir und Stephanie.« Sie gab der Eichel wieder einen Kuss. »Erzähle mir eine besondere Erinnerung, aber mit allen Einzelheiten.«

Er atmete schwerer unter Edens sinnlichen Liebkosungen, aber er brachte noch ein Lächeln fertig, bevor er seine Geschichte fortsetzte. »Eine meiner liebsten Erinnerungen ist ein Erlebnis während eines Wochenendes in Atlanta, und das war typisch für Stephanies Hemmungslosigkeit. Wir übernachteten im Peachtree Plaza, dem hohen Turm in der Downtown. Draußen gibt es Aufzüge aus Glas. Wir hatten uns den ganzen Nachmittag in unserem Zimmer geliebt und zogen uns schließlich an, weil wir in der Hotelbar was trinken wollten. Als ich aus dem Badezimmer trat, war Stephanie schon angezogen – sie trug Stiefel und einen Pelzmantel. ›Es ist wegen der Klimaanlage‹, erklärte sie, als ich sie auf ihre Kleidung ansprach. ›Sie ist viel zu hoch eingestellt.‹

Wir haben in der Bar einige Gin Tonic getrunken,

dann schlug Stephanie vor, wir sollten im *Pinnacle* zu Abend essen, das ist der Name des sich drehenden Restaurants im siebzigsten Stockwerk des Hotels. Es müsste ein Erlebnis sein, sagte sie, wenn sich die ganze Stadt um einen dreht.

Wir nahmen den Aufzug, der aus der Halle ohne Zwischenhalt in den obersten Stock fährt. Man ist in der Kabine nur von Glas umgeben, aber dass man in einem Außenaufzug ist, merkt man erst, wenn er nach zwölf Etagen durchs Dach des Vorbaus stößt. Nicht jeder kann die Geschwindigkeit und die Höhe ertragen, deshalb gibt es auch einen roten Knopf für einen Nothalt.

Stephanie achtete darauf, dass wir die einzigen auf unserer Fahrt waren, und sobald sich die Türen schlossen, öffnete sie ihren Pelzmantel. Sie war splitternackt darunter, mal abgesehen von den Stiefeln. Ich bekam sofort einen Steifen, und Sekunden später hatte Stephanie ihn im Mund. Nach etwa der Hälfte der Strecke zog sie ihren Mantel aus und legte in der Glaskabine, die von der ganzen Stadt eingesehen werden kann, ihre Reize bloß.

Sie drückte ihre Brüste gegen das Glas, drückte mit einer Hand den Knopf für den Nothalt und führte mit der anderen meinen Schwanz in sich ein. Das war ein Bild, sage ich dir, Stephanie, völlig nackt, hoch über Atlanta. Nur einen Block entfernt steht ein Bürohochhaus, und wir konnten Lichter sehen und Leute, die sich hinter den Fenstern bewegten.

Stephanie schaute über die Stadt. ›Komm, besorg's mir, Michael. Alle Leute sollen sehen, wie du es mir besorgst!‹

Und genau das habe ich getan. Einige Kerle in den Büros haben uns gesehen und wollten es kaum glauben. Sie winkten uns zu und feuerten uns an. Ich wurde verlegen, aber Stephanie hat zurückgewunken und drehte sich um neunzig Grad, damit die Leute besser sehen konnten, was in der Kabine geschah. Was uns in diesem Moment an Finesse fehlte, haben wir durch Eifer wettgemacht – und durch Stephanies tollkühnen Exhibitionismus.

Ihr kam es Sekunden vor mir. Es sprudelte wie eine Quelle aus mir heraus, und mittendrin schrillte das Telefon in der Aufzugskabine. Ich steckte noch in Stephanie, während ich den Hörer hob. Jemand vom Hotel wollte wissen, warum wir den Aufzug angehalten hatten. Ich murmelte was von Schwindelgefühl, musste dabei aber eine Hand auf Stephanies Mund drücken, weil sie ihr Kichern nicht mehr zurückhalten konnte. Ich versicherte dem Mann, dass wieder alles in Ordnung sei, wir würden jetzt weiter nach oben fahren.

Stephanie verstaute meinen abgeschlafften Penis zurück in meine Hose und zog sich wieder den Pelzmantel an. Als wir das Restaurant betraten, verriet nur ein verstecktes Lächeln unsere einmalige Leidenschaft.«

Eden fragte sich, ob sie sich traute, so etwas zu tun. Sie spürte, wie MacKenzies Phallus auf ihrer Zunge vibrierte. Sie erinnerte sich an ihr exhibitionistisches Verhalten am Fenster, als sie dem Bodybuilder zugeschaut und sich dann revanchiert hatte. Aber das war ein anonymer Akt gewesen, viel unspektakulärer als Stephanies Auftritt.

»Warum habt ihr euch getrennt?«, fragte sie.

»Es hatte eher mit Kunst zu tun und nicht mit Sex«, antwortete MacKenzie. »Stephanie hat nie begreifen können, wie wichtig mir meine Arbeit ist. Für sie war es eine Arbeit wie jede andere, ich hätte auch Computerfachmann oder Börsenmakler sein können, für sie bestand da kein Unterschied. Wir konnten uns nicht wirklich über Kunst unterhalten, auch nicht über Kunstgeschichte. Dabei ist sie ein intelligentes Mädchen, sie ist in der Öffentlichkeitsarbeit beschäftigt. Aber diese Hürde konnte ihr Kopf nicht überspringen, und irgendwann einmal glich auch der großartigste Sex dieses Manko nicht mehr aus.«

Er lächelte mit einem Anflug von Traurigkeit. »Der Sex hat unsere Gegensätze eine Zeit lang zugedeckt, aber am Ende haben wir aufgegeben. Eigentlich war ich es, der aufgegeben hat. Ich war egoistisch genug, mehr zu wollen. Ich will jemanden haben, der das mit mir teilen kann, was für mich am wichtigsten ist.«

Eden zögerte einen Augenblick, als ihr ein Gedanke gekommen war, aber dann raffte sie allen Mut zusammen. »In der Galerie habe ich einige alte Zeichnungen, die ich mal gemacht habe. Wenn du möchtest, kann ich sie dir morgen zeigen.«

MacKenzies Ausdruck verriet so etwas wie Hunger, als würde sein Verlangen nach Eden noch größer. Er war so überwältigt von ihr gewesen, sowohl von ihrem sexuellen wie auch ihrem persönlichem Charme, dass er bisher keinen Gedanken daran verschwendet hatte, seine neue Geliebte könnte auch eine Künstlerin sein.

»Ich würde sie wahnsinnig gern sehen!«, rief er begeistert. Diese Entwicklung würde ihre Beziehung auf eine noch höhere Ebene stellen. »Hast du denn überhaupt noch Zeit, ins Studio zu gehen?«

»Nein«, gab sie wehmütig zu. »Ich scheine immer mit was anderem beschäftigt zu sein.«

MacKenzie lächelte sie an, diesmal mit einem Ausdruck des Glücks in den Augen. »Vielleicht lässt sich das ändern«, sagte er leise.

Doppeltes Misstrauen

Am Dienstagmorgen fand eine willkommene kühle Brise ihren Weg durch die Schlitze in den blassen Holzjalousien vor Edens Schlafzimmerfenstern und schlich sich in den wenigen Stunden vorm Tageslicht ins Haus, bevor der Wind in der Sommerhitze ersticken würde.

Eden wurde wach und kuschelte sich an MacKenzie. Während sich die Körper der Liebenden verschlangen, dachte Eden, dass dieser Morgen vielleicht der beste ihre Lebens war, denn neben ihr lag der Mann, der ihre Lust wieder entfacht hatte.

Das Objekt ihrer romantischen Überlegungen regte sich und öffnete die Augen.

»Guten Morgen, mein Liebling«, murmelte er. »Was für eine Art aufzuwachen«, fügte er hinzu, als er Edens Streicheln und seine eigene Erregung bemerkte. Sie neckte sein Glied, bis es steif war, und er revanchierte sich, indem er eine Hand zwischen die Schenkel der Partnerin schob, mit den Fingern die Labien teilte und mit dem Daumen streichelnd über die Klitoris fuhr. In den zwei Tagen, die sie meist im Bett verbracht hatten, war er ein Experte geworden, was die Reizung ihrer Klitoris anging. Er schob einen Finger in sie hinein und spürte, wie nass sie schon war.

Er schlüpfte hinunter und kniete sich auf das hellblaue Laken zwischen ihre Schenkel. Er ersetzte den Finger durch die Zunge und hörte ein zufriedenes Schnurren von seiner Geliebten. Eden spreizte die Beine breit und hob die Hüften an, ruckte sie vor und zurück. Sie spürte, wie ihre Säfte flossen, und sie hörte MacKenzies entzücktes Seufzen, als er sie schmeckte.

Während die Wellen der Lust sich von ihrer Mitte ausbreiteten, spürte Eden das Anschwellen des Orgasmus. Sie hob die Hüften noch höher und ruckte mit schnell nacheinander folgenden Stößen vor und zurück, wie sie es im Fitness Center beim Aerobic geübt hatte. Sie spürte das leichte Kratzen seines zwei Tage alten Barts auf den Labien und zitterte vor Wonne.

»Oh, MacKenzie!«, seufzte sie, »mach weiter so, ja, ja! Von jetzt an brauchst du dich nur noch alle drei Tage zu rasieren.«

MacKenzie passte sich ihrem ruckenden Rhythmus an. Er rutschte herum und brachte seinen Penis in die Reichweite von Edens lüsternem Griff. Seine Hüften bewegten sich jetzt ebenso wie ihre, weil er den Druck ihrer Hand verstärken wollte. Er genoss ihre Finger, die an seinem Schaft entlangglitten, und dann spürte er, wie sich sein Samen auf eine Weise hob, dass er ihn nicht länger zurückhalten konnte. Er konzentrierte sich darauf, Eden zum Höhepunkt zu bringen, aber dann explodierte er über den Brüsten der Geliebten.

»Oh, MacKenzie, mach weiter«, bettelte sie, denn sie war ganz nah dran.

MacKenzies Orgasmus lenkte ihn nicht von seinem Ziel ab, er behielt den Rhythmus bei und züngelte ihre Klitoris, die sich blutvoll erhoben hatte. Er schob zwei Finger in ihre Vagina und spürte, wie sich ihr Geschlecht zusammenzog, wie die Muskeln seine Finger quetschten. Er umfing Edens Hüften mit dem freien Arm und presste sie gegen sein Gesicht, und im nächsten Augenblick spürte er das wilde, unbeherrschte Aufbäumen ihres Unterleibs, das unkontrollierte Zittern ihres ganzen Körpers.

Einige Momente später hob er sein Gesicht, sah zu ihr hoch und lächelte wie die sprichwörtliche Katze, die den Kanarienvogel gefressen hat. Der Anblick ihres glühenden, glücklichen Gesichts erfüllte ihn mit einem überwältigenden Gefühl der Glückseligkeit. Er warf sich über sie und küsste sie. Er wollte, dass sie sich selbst schmecken sollte.

»Können wir das jeden Morgen so machen?«, fragte er mit ernstem Gesicht.

»Das hoffe ich, Liebling«, antwortete Eden lächelnd. »Und mittags und abends auch. Ach, warum treiben wir es nicht den ganzen Tag?« Ihr Blick richtete sich auf den Wecker. »Oh, nein«, rief sie verdutzt. »Heute ist Dienstag. In einer halben Stunde muss ich in der Galerie sein.«

Sie gingen gemeinsam in die Dusche und kicherten, während sie trotz der Eile jeden Vorwand nutzten, sich gegenseitig zu berühren. Eden war rasch angezogen, sie wählte einen schwarzen Rock und eine weiße Bluse aus, dann trug sie Make-up im Schnelldurchgang auf.

MacKenzie zog sein altes zerknautschtes Hemd wieder an und hielt seine Unterwäsche naserümpfend auf Armeslänge von sich. »Wenn ich zurück im Hotel bin, werde ich mir ein paar frische Sachen besorgen.«

»Du siehst auch in alten Sachen gut aus«, tröstete Eden ihn und betrachtete seinen nackten Hintern und den ruhenden Penis. Sie griff danach und drückte ihn leicht. Er pulsierte in ihrer Hand. »He! Wie macht er das?«

»Er wird radargesteuert«, behauptete Michael MacKenzie. »Er hat gerade die schönste Frau Atlantas gefunden.«

Eden errötete. »Ich muss rennen«, sagte sie. »Ich kaufe mir unterwegs ein Frühstück. Wenn du zum Umziehen ins Hotel gehst, sehen wir uns später. Ich muss zuerst zum Flughafen, weil dort ein Bild eintrifft, das für die Bibliothek von Clayton County bestimmt ist. Aber zu Mittag bin ich spätestens in der Galerie.«

»Aber ja, Ma'am, gewiss, Ma'am«, antwortete MacKenzie und salutierte spöttisch vor ihr.

»Dummkopf«, sagte Eden. »Komm her, damit ich dich küssen kann, du wunderbarer Mann.«

MacKenzie nahm sie in seine Arme und hielt sie während des langen Kusses umschlungen. »Ich bin dabei, mich in dich zu verlieben, Eden«, flüsterte er.

»Und ich in dich, MacKenzie«, sagte sie und befreite sich widerwillig aus seiner Umarmung. Sie griff nach ihrer Tasche. »Wir sehen uns später in der Galerie. Zieh die Haustür zu, wenn du gehst, sie verriegelt sich automatisch.«

Dann war sie weg und überließ MacKenzie ihr Haus. Das Vertrauen seiner neuen Geliebten erfreute ihn ungeheuer. Es zeigte ihm, wie stark das Band zwischen ihnen schon war.

Eden schaute kurz in der Galerie vorbei, um sich vom Fortgang der Arbeiten für die neue Ausstellung zu überzeugen. Angela hielt Edens Skizzen in der Hand und wies Justin und Paul an, die Stellwände genau nach den Plänen unterzubringen. Eden freute sich, dass ihre Assistentin alles im Griff hatte.

Angela sah die Chefin und ging auf sie zu. »Hallo, Eden. Ich habe mein Bild gerahmt, aber ich weiß nicht, wo du es haben willst. Ich habe ein paar Vorschläge aufgezeichnet, vielleicht schaust du sie dir mal an.« Sie reichte Eden ein paar Skizzen, dann diskutierten die beiden Frauen über den am besten geeigneten Platz für Angelas erstes Ausstellungsbild.

Justin und Paul hatten schon einige Bilder an die Stellwände gehängt, aber an diesem Morgen wurde ihre Arbeit nicht von den üblichen Scherzen und Sprüchen begleitet. Eden erwischte sie einige Male dabei, dass sie verdeckt zu ihr blickten. Man merkte besonders Justin an, dass er sich nicht wohl fühlte in seiner Haut.

Angela und Eden grinsten sich an.

Eden klopfte der Assistentin auf die Schulter. »Es sieht alles sehr gut aus, Angela. Bis heute Abend sollten alle Wände stehen. Dann können wir morgen vielleicht noch ein paar Veränderungen vornehmen und die Texte anbringen. Übrigens«, fügte sie hinzu, »MacKenzie wird nachher kommen. Ich will vor Mittag zurück aus der Bibliothek sein.«

Angelas gehobene Augenbrauen kündigten ihre Frage an. »Habt ihr … eh … hast du …?« Sie brachte die entscheidende Frage nicht über die Lippen.

Eden lachte. »Ja, wir haben. Und wie! Das Leben sieht heute Morgen viel rosiger aus.« Sie ging zur Tür.

»Oh, Eden!«, rief Angela ihr nach. »Mr. Raton sagte, er würde später in die Galerie kommen. Er will mit MacKenzie sprechen. Soll ich ihm etwas ausrichten?«

»Sage ihm, dass ich gegen Mittag zurück bin«, sagte Eden und ging zu ihrem Auto.

Sie fuhr Richtung Schnellbahn durch die Downtown von Atlanta. Dabei kam sie am Peachtree Plaza Hotel vorbei und musste mit einem leichten

Schauder an die nackte Stephanie im gläsernen Außenaufzug denken. Sie empfand eine Mischung aus Eifersucht und Neid, aber sie beschloss, sich die gute Laune nicht verderben zu lassen. Sie drückte aufs Gaspedal und hielt auf ihr Ziel zu, Atlantas Hartsfield International Airport.

Als Eden in die Galerie zurückkehrte, war vom geschäftigen Treiben nichts mehr zu sehen. Angela saß am Empfangstresen, aber Raton war nirgendwo zu sehen, und Justin und Paul hielten wahrscheinlich gerade ihre Mittagspause. Angela bedachte sie mit einem seltsamen Blick, den Eden nicht deuten konnte, als sie auf den Konferenzraum zu ging.

Dort fand sie MacKenzie vor, den Kopf in beide Hände gestützt. Er blickte nicht hoch, als sie eintrat.

Ihre Alarmfühler blähten sich auf, aber sie konnte sich keinen Grund für MacKenzies schlechte Laune vorstellen. Trotz ihrer sexuellen Intimität, begriff sie in heller Panik, kannte sie diesen Mann so gut wie gar nicht.

»MacKenzie, was ist los?«, fragte sie unsicher.

»Wie konntest du mir das antun?«, fragte er nur.

Das ergab keinen Sinn. »Was habe ich dir angetan?«

»Wie du mit mir umspringst!« MacKenzie hatte die Stimme gehoben. Seine Gesichtsfarbe passte jetzt zu seinen Haaren. Das Gesicht war angespannt vor mühsam zurückgehaltener Emotion, aber da war nichts von Liebe oder Lust zu sehen, sondern nur von Zorn und Verachtung.

»Dir liegt nicht viel an Künstlern, was?« Damit begann eine Tirade, wie Eden sie noch nie erlebt hatte. »Für dich sind wir nur Wesen, die du nach deiner Pfeife tanzen lässt. Auf ihren Rücken willst du zu Ruhm kommen. Alexander hat mir alles über dich erzählt. Du hast quasi die Galerie an dich gerissen und brichst die Verträge, die er mit den Künstlern verhandelt hat, damit du Ausstellungen nach deinem *gusto* zeigen kannst. Und nur, um dein Ego zu füttern!

Das ist dir das Wichtigste, was? Deinen Namen in den Kunstmagazinen gedruckt zu sehen. Alexander hat mir auch gesagt, wie du ihm mit einer Klage wegen sexueller Belästigung gedroht hast, falls er sich deinen Plänen in den Weg stellen sollte. Der arme Mann ist Wachs in deinen Händen. Aber so lasse ich mich nicht behandeln!«

Während MacKenzies Wut überkochte, wurde sein schottischer Akzent immer stärker, und obwohl Eden zumute war, als wollte sie sich am liebsten übergeben, schoss ihr durch den Kopf, wie attraktiv dieser Akzent war. Aber sie begriff noch nicht ganz, was er ihr alles an den Kopf warf.

Er ließ ihr keine Gelegenheit, sich zu äußern, und setzte seine Angriffe fort.

»Hast du in diesem Jahr Platz für eine Ausstellung meiner Stücke? Ja oder nein? Und ich rede nur von meinen Stücken.«

Eden schluckte einige Male und ging im Geiste den Kalender und die Termine bis Ende des Jahres durch. Sie musste an laufende Verträge und Abmachungen mit ihren neuen Künstlern denken. »Nun, nein, habe ich nicht, aber …«

Mit lauter Stimme unterbrach er sie. »Kein verdammtes Aber! Du hast mir alles gesagt, was ich wissen muss. Alexander hat Recht! Er sagte, du würdest mich hinhalten wollen.« Er stand auf und ging im Zimmer auf und ab wie ein Tier im Käfig.

Ohne Eden anzuschauen ritt MacKenzie eine weitere Attacke und ließ seine ganze Frustration heraus. »Ich habe mein Herz und meine Seele in die Arbeit gesteckt, und mein einziges Ziel war eine Alleinausstellung hier in Amerika. Es ist nicht leicht, dass die Leute meine Art Arbeiten ernst nehmen. Sie sehen nur den Sex, ähnlich wie dieser sexbesessene Paradiesvogel Belgique du Pont. Sie will sich daran nur aufgeilen. Aber ich will mit meiner Arbeit viel mehr erreichen. Ich will die Menschen weiter führen als bloß zu den Abbildungen von Sex. Sie sollen die komplexen menschlichen Tragödien hinter der Lust sehen. Ich habe mich in New York und Chicago vorgestellt, in Los Angeles und San Francisco, aber die Galerien waren nicht interessiert. Sie haben ihre Absagen nicht einmal höflich verbrämt. ›Neoklassizismus ist nicht gefragt‹, haben sie höhnisch gesagt. ›Die Skulpturen sind nicht ironisch genug‹. Und einige Frauen meinten: ›Das ist männlicher Chauvinismus.‹«

MacKenzie äffte die Aussagen seiner Kritiker nach.

»Nun, sie können mich am Arsch lecken!«, donnerte er. »Was wissen sie schon?« Er schien zur leeren Wand zu sprechen, als nähme er Edens Anwesenheit überhaupt nicht wahr. Er ging vor ihr immer noch auf und ab und fuhr fort: »Ich ende also in Savannah und unterrichte dort an der kleinen Kunstschule. Und da habe ich Alexander getroffen, als er vor ein paar Wochen einen Vortrag über den Kunstmarkt gehalten hat. Ihm gefielen meine Arbeiten, und er hat mir eine Alleinausstellung mit allem Drum und Dran in seiner Galerie versprochen. Die Hauptausstellung des Herbstes, hat er gesagt. Und er würde für eine Berichterstattung in den wichtigsten Kunstmagazinen sorgen.«

Eden stand wie benommen da. Sie spürte, wie ihr

Innerstes nach diesem Mann schrie, der so schreckliche Dinge sagte.

»Raton hat mir heute gesagt, er hätte alles mit dir abgestimmt gehabt, aber am Freitag hättest du ihm mitgeteilt, meine Arbeiten seien nicht so gut, und außerdem seien alle Wochen bis Jahresende ausgebucht. Also keine Alleinausstellung.«

»Was hat er dir gesagt?« Eden schüttelte ungläubig den Kopf.

»Das ist aber noch nicht das Schlimmste«, fuhr MacKenzie fort. »Danach hat er mir von der Drohung wegen sexueller Belästigung erzählt, als er sich bei dir durchsetzen wollte.«

Eden starrte ihn sprachlos an. Sie war zu entsetzt, um etwas sagen zu können.

MacKenzie bemerkte ihren Zustand nicht. Er wurde von seiner eigenen Wut verschlungen.

»Alexander hat mir gesagt, du und Angela macht gemeinsame Sache gegen ihn. Du würdest ihn der sexuellen Belästigung beschuldigen, und sie würde deine Zeugin sein. Er sagt, du würdest ihn ruinieren. Verdammt, Eden Sinclair, was bist du für ein hinterhältiges Luder! Alexander hat mir gestanden, er traute sich nicht in deine Nähe, wenn du wütend wirst. Er sagt, du jagst ihm Angst ein.«

MacKenzie war nicht zu stoppen.

Eden ließ sich wie ein nasser Sack auf einen Stuhl fallen, die Hände vors Gesicht geschlagen.

Er goss seinen Monolog über sie aus.

»An diesem Wochenende hast du mich ganz schön genarrt. All das schöne Gerede und der wunderbare Sex. Was wolltest du damit erreichen? Wolltest du mich gefügig machen, wenn ich erfahre, dass ich keine Alleinausstellung bekomme? Oder wolltest du mich nur so benutzen, wie du all deine Künstler benutzt? Gehst du mit allen ins Bett?

Teilst du alle deine Künstler mit deiner Freundin Belgique?«

Er legte nur eine Pause ein, wenn er Luft schnappen musste. »Du glaubst wohl, du kannst die ganze Kunstszene an dich reißen, was? Aber ich lasse das nicht mit mir machen, ich gehe sofort zurück nach Savannah.«

Er stürmte hinaus und knallte die Tür hinter sich zu. Kurz darauf hörte Eden das Knallen der Galerietür, und dann röhrte auf dem Parkplatz ein Motor auf.

Eden konnte sich kaum rühren.

Die Tür zum Konferenzraum öffnete sich Sekunden später. Eden sah auf. Angela stand da, bleich wie Schnee. »Was hatte das denn alles zu bedeuten?«, fragte sie. »Ich hörte ihn schreien, ich habe auch gehört, wie mein Name fiel, aber ich konnte nicht verstehen, was er sagte. Eden, du siehst entsetzlich aus. Was hat er getan?«

»Ich verstehe es auch nicht«, antwortete Eden. Sie zitterte am ganzen Körper, und sie wurde von einer Verzweiflung erfasst, gegen die sie sich nicht wehren konnte. »Er sagt, Raton hätte behauptet, ich reiße die Galerie an mich, und wenn er das nicht geschehen lässt, verklage ich ihn wegen sexueller Belästigung, und du bist meine Zeugin dafür.«

Angelas Kinnlade klappte nach unten.

Eden blieb sitzen, als ihre Assistentin wieder aus der Tür ging und Sekunden später mit zwei Tassen Kaffee zurückkam. »Hier«, sagte sie, »ich brauche jetzt einen Kaffee, und du wahrscheinlich auch.« Sie setzte sich neben Eden. »Sage mir das noch einmal, aber langsam, damit ich es auch verstehen kann. Das ergibt bisher überhaupt keinen Sinn. Warum sollte Mr. Raton so etwas gesagt haben? Diese Dinge stimmen doch nicht, und das weiß er auch.«

Eden nippte dankbar an ihrem Kaffee. Die heiße Flüssigkeit half ihrer Konzentration auf die Sprünge, als sie MacKenzies Vorwürfe noch einmal sortierte. Warum erzählte Raton diese haarsträubenden Geschichten?

»Raton hat MacKenzie eine Alleinausstellung in diesem Herbst versprochen, ohne mit mir zu reden oder auch nur auf den Plan zu schauen. Das war zwar dumm von ihm, wäre für sich aber noch kein Unglück gewesen. Ich hätte irgendwas arrangieren können. Aber daran scheint Raton gar nicht gelegen zu sein, sonst hätte er ja heute Morgen noch mit mir reden können.«

Sie blickte in Angelas besorgtes Gesicht und fuhr fort: »Raton muss MacKenzie gesagt haben, ich nutzte die Künstler nur aus, um mir in der Kunstszene einen Namen zu machen. Und der Höhepunkt war dann die angebliche Drohung der sexuellen Belästigung, wobei wir unter einer Decke stecken.« Sie schüttelte den Kopf. »Was will er damit bezwecken?«

Angela sagte mit grimmigem Gesicht: »Ich weiß nicht warum, aber für mich steht fest, dass Raton versucht, einen Keil zwischen dich und MacKenzie zu treiben. Kurz bevor du gekommen bist, ist er wieder gegangen, aber er muss damit spekuliert haben, dass MacKenzie dir alles an den Kopf wirft, was er ihm an Märchen aufgetischt hat, verstehst du?«

Eden nickte. »Weiter.«

»Nun, das bedeutet, es ist Raton völlig egal, dass du erfährst, welche Lügen er MacKenzie erzählt hat. Ihm geht es in erster Linie darum, deine Beziehung zu MacKenzie zu sabotieren. Und er will, dass du gehst. Und ich gleich mit«, fügte sie düster hinzu.

Eden dachte über das Ende ihrer Karriere in der Galerie Raton nach. »Ja, das ist es wahrscheinlich, was er erreichen will«, sagte sie langsam. »Aber ich habe einen Vertrag, und leise werde ich auch nicht gehen. Ich verstehe nicht, warum er so agiert, aber ich werde es herausfinden.«

Sie stand auf. »Und dann«, fuhr sie fort, Feuer in den Augen, das Kinn vorgereckt, »werde ich MacKenzie zurückholen und so lange auf ihn einreden, bis er wieder zu Verstand gekommen ist. Wie, zum Teufel, konnte er all den Schrott glauben, den Raton über mich geredet hat?«

Eden seufzte ihre Enttäuschung hinaus. Ihre trotzigen Worte sollten das flaue Gefühl in ihrem Magen überlagern, aber das half leider nur ein paar Augenblicke lang. Diese beiden Tage mit MacKenzie waren so wunderbar gewesen, und sie hatte gehofft, sie könnten der Beginn einer langen Beziehung sein.

Aber mehr noch beschäftigte sie das Motiv für Ratons derbes Vorgehen. Plötzlich kam ihr ein Gedanke. Sie sah Angela an. »Raton war in letzter Zeit oft bei Belgique. Ich rufe sie an und höre, was sie dazu meint.«

Heimlichkeiten

Eine Stunde später bog Eden in die Einfahrt zu Belgiques Apartmenthaus. Ein junger uniformierter Mann hielt ihr die Wagentür auf, half ihr beim Aussteigen und parkte ihr Auto. Wie so oft schon betrachtete sie die beiden Bronzestatuen, die den Eingang des Hauses flankierten. Die eine Plastik zeigte eine Sphinx, die andere einen Greif. Sie fragte sich, welchen Ursprung sie hatten. Ihr Gefühl sagte ihr, es müsste europäische Kunst sein, die irgendein Millionär in die Staaten gebracht hatte.

Nachdem sie vom Wachmann überprüft und eingelassen worden war, begleitete er sie zum Aufzug und drückte auch den Knopf zu Belgiques Penthouse. Die Tür stand offen, und Eden hörte die Freundin rufen, sie sollte einfach hereinkommen. Im exotischen Salon lag Belgique auf dem leicht geschwungenen Sofa, über sich eine große Kaschmirdecke.

Eden warf einen Blick zur Treppe, die hinauf ins Schlafzimmer führte, wo MacKenzies Statue stehen musste, aber sie hatte nicht die erforderliche Neugier, um jetzt hochzugehen und sich den Standort anzusehen.

Belgique streckte sich wohlig auf dem Sofa. »Komm, setz dich«, sagte sie zur Freundin. »Ich habe den Butler schon gerufen. Er ist neu«, fügte sie hinzu und schob die Kaschmirdecke ein wenig nach unten. Ihre Schultern waren nackt.

Eden ließ sich auf das zweite Sofa nieder, Belgique gegenüber. Sie ahnte, dass die brünette

Freundin, die jede Gelegenheit wahrnahm, die Kleider abzulegen, unter der Decke nackt war, und sie war überrascht, dass Belgique sich bedeckt hielt, als der neue Butler eintrat. Er stellte sich als ›Henri‹ vor und brachte ein Tablett mit Drinks herein.

Der junge Mann errötete, als er verkündete: »Ihre Mimosa Cocktails, Madame.« Er war noch sehr jung, dachte Eden, höchstens einundzwanzig Jahre alt. Wahrscheinlich ein Student, der sich zum Studium etwas hinzuverdienen wollte.

Belgique lächelte, ließ die Decke noch ein wenig tiefer sinken und fragte: »Henri, Darling, kennst du Miss Sinclair?«

Henri wandte sich Eden zu und schüttelte den Kopf. »Ich habe die Lady noch nicht gesehen, Madame. Hallo.«

»Nett, Sie kennen zu lernen, Henri. Arbeiten Sie schon lange hier?«, fragte Eden.

»Nein, Madame. Dies ist erst mein zweiter Tag bei Madame du Pont.« Er warf einen Blick auf Belgiques nackte Schultern.

Eden konnte sich gut vorstellen, dass die Dienste des Butlers nicht am Tischrand aufhörten. Aber sie verschwendete keinen weiteren Gedanken daran und sagte: »Belgique, ich muss mit dir über Raton reden. Ich habe dir am Telefon schon gesagt, was heute Morgen in der Galerie geschehen ist. Du kannst mir vielleicht helfen, die ganze Sache zu verstehen.«

Belgique setzte ihre hochnäsige Miene auf. »Henri, lass uns eine Weile allein, ja?«, befahl sie. »Ich rufe dich, wenn wir bereit sind. Dann kannst du uns Tee bringen.«

Der junge Butler nickte, setzte das Tablett auf den niedrigen Tisch zwischen den Frauen und wandte sich ab, aber vorher sah Eden noch die leichte Beule in seiner Hose. Er schien seinen Service sehr ernst zu nehmen, dachte Eden.

Nachdem er den Salon verlassen hatte, sagte sie: »Belgique, er ist noch so jung! Wirklich, du bist unverbesserlich.«

Belgique sah die Freundin liebevoll an, während sie an ihrem Mimosa Cocktail nippte. »Ich habe über das nachgedacht, was du am Telefon erzählt hast«, begann die brünette Frau. »Ich habe beschlossen, dir alles zu berichten, was ich über Alexander Raton weiß. Ich überlege schon seit Tagen, was ich tun soll. Es ist keine schöne Geschichte, aber ich glaube, sie hilft dir, MacKenzies Ausbruch zu verstehen.«

Eden sah sie durchdringend an. Es geschah nicht oft, dass sie ihre Freundin so ernst sah. Dann fiel sie fast von der Couch, als Belgique sie nun fragte: »Ich schätze, du hast das ganze Wochenende mit MacKenzie im Bett verbracht?«

»Was hat das damit zu tun?«

»Das wirst du noch sehen«, sagte Belgique. »Also warst du mit ihm im Bett.«

Eden nickte.

Belgique platzte heraus: »Raton will mich mit einspannen, die Künstler der Galerie zu betrügen. Er will dich loswerden, damit er seinen Schwindel ungehindert beginnen kann.« Obwohl ihre Stimme ruhig klang, funkelten ihre Augen.

Trotz aller extravaganten Albernheiten, die sich Belgique immer wieder leistete, wusste Eden, dass sie einen hohen Respekt vor Künstlern hatte – wenn auch manchmal eher aus fleischlichen Gründen.

»Während du und MacKenzie euch in den letzten beiden Tagen die Seele aus dem Leib gevögelt habt«, sagte Belgique spöttisch, »hat Raton fast den ganzen Tag bei mir verbracht. Er wollte dort fortfahren, wo wir im *La Splendour* aufgehört hatten, und das haben wir dann auch eine Weile getan. Er ist immer schon ein geschickter Liebhaber gewesen.«

Sie veränderte ihre Position auf dem Sofa, fuhr mit einer Hand über ihre Schulter, als wollte sie sich an Ratons Streicheln erinnern, aber dann fuhr sie entschlossen fort: »Wir hatten uns einige Male geliebt, kosten uns gegenseitig, und dann machte er mir wie aus heiterem Himmel diesen völlig unerwarteten Vorschlag.«

Trotz der Sommerhitze lief Eden ein kalter Schauer über den Rücken, als ihre Freundin die Einzelheiten des verruchten Vorschlags verriet.

»Er hat sich einen Plan ausgedacht, der ihm eine Menge Geld einbringen wird. Und mir auch, wenn ich auf seinen Vorschlag eingehe«, fügte sie hinzu, als wollte sie auf Edens gehobene Augenbrauen antworten. »Er möchte, dass ich eine Scheinfirma gründe, die Kunstwerke der Galerie zu Vorzugspreisen kauft. In Wirklichkeit verkauft er diese Arbeiten heimlich an andere Interessenten zu einem viel höheren Preis. Mit den Künstlern rechnet er natürlich nur den Preis ab, den ich ihm zahle, und nur der steht auch in den Büchern. Den Profit teilen wir uns – er fünfundsiebzig Prozent, ich fünfundzwanzig.«

Eden spürte, wie sich in ihrem Bauch vor Wut ein Knoten bildete. »Ich will mal sehen, ob ich das alles richtig verstanden habe«, sagte sie. »Nehmen wir mal an, du kaufst ein Bild von Martin Bulgaria für zweitausend Dollar. Das ist weniger, als er bisher erzielt hat, aber Raton würde dem Künstler sagen, mehr gäbe der Markt im Augenblick nicht her. Schließlich sind die meisten Künstler überhaupt froh, etwas verkaufen zu können. Zwischen Galerie und Künstler wird der erzielte Preis hälftig geteilt, deshalb würde der Künstler in unserem Fall nur eintausend Dollar erhalten.«

Belgique nickte. »In Wirklichkeit wird Raton das Bild an einen ganz normalen Kunden zu einem ganz normalen Preis verkaufen und wahrscheinlich fünftausend Dollar erhalten. Da er dem Künstler seinen Anteil von eintausend Dollar bezahlt hat, beträgt sein Gewinn viertausend Dollar, davon würde er fünfundsiebzig Prozent erhalten, also dreitausend Dollar. Und die kassiert er auch noch steuerfrei.«

Eden bemerkte, dass ihr Mund offen stand, während sie der Freundin zugehört hatte. Sie klappte den Mund zu, und Belgique fuhr fort: »Ich kassiere in diesem Fall eintausend Dollar – für nichts. Ich muss für den Betrug nur meinen Namen zur Verfügung stellen. Und ab und zu meine Beine für ihn öffnen«, fügte sie trocken hinzu. »Du musst zugeben, dass der Plan von raffinierter Einfachheit ist.«

Belgique lächelte, aber das Lächeln erreichte ihre Augen nicht.

»Siehst du, deshalb muss Raton dich als Galerieleiterin loswerden. Er weiß, dass du seinem miesen Plan nie zustimmen würdest.«

»Aber wieso glaubt er, dass du mitspielen würdest, Belgique?«, fragte Eden streng.

»Das ist sein großer Irrtum. Alexander verwechselt Dekadenz mit Unehrlichkeit. Er sieht nicht den Unterschied zwischen einem Bruch der Konventionen, für den ich immer zu haben bin, und einem Gesetzesbruch.«

Eden schwieg.

Belgique war noch nicht am Ende. »Er will dich nicht feuern, denn das könnte bei den Kunden und in der Öffentlichkeit Misstrauen erregen, schließlich bist du das Aushängeschild der Galerie, und die Geschäfte laufen gut. Ich glaube, er will, dass du kündigst, damit er auch noch in Selbstmitleid verfallen kann – du hättest ihn im Stich gelassen, würde er den Kunden erzählen können.«

»Aber warum macht er das?«, fragte Eden.

»Das weiß ich nicht genau, aber ich glaube, es hat etwas mit seinen Spielschulden zu tun«, antwortete Belgique. Ich habe dir schon gesagt, dass er ein Spieler ist. Ich schätze, er hat viel verloren. Er braucht Geld, um seine Spielsucht zu finanzieren oder um die Kredithaie zu befriedigen.«

»Deshalb hat er MacKenzie diese entsetzlichen Lügen aufgetischt. Er wusste, MacKenzie würde sie mir an den Kopf werfen, und er setzte darauf, dass ich voller Zorn kündige. War das sein Plan?«, fragte Eden.

»So ungefähr.«

»Dieses hinterhältige Schwein.« Eden schüttelte den Kopf. »Warum hat er MacKenzie mit hineinziehen müssen?«, flüsterte sie, während ihr bewusst wurde, dass sie alles verloren hatte, was ihr lieb war: Den Mann und den Job.

»Aber das liegt doch auf der Hand, meine liebe Eden«, sagte Belgique seufzend. »Raton weiß von eurer blühenden Beziehung, und sie gefällt ihm nicht. Er will nicht, dass du Einfluss auf seinen neuen Künstler nehmen kannst, von dem er sich viele Verkäufe erhofft. Außerdem – wenn es Raton gelingt, deine neue Beziehung zu zerstören, wirst du ihn noch mehr hassen. Du wirst ihn nicht mehr sehen wollen – und kündigen.« Belgique machte eine Pause und sagte dann fast feierlich: »Raton, die Ratte.«

»Aber Himmel, Belgique«, rief Eden aus, »das

hört sich ja alles so entsetzlich an! Bist du sicher, dass er ein solches Komplott geschmiedet hat?«

Belgique nickte sorgenvoll. »Ich fürchte ja, *ma chérie*. Aber das ist noch nicht alles.« Mit einer flüssigen Bewegung schob Belgique die Decke von sich und entblößte sich bis zu den Hüften. Sie streckte einen Arm aus und zeigte darauf. Da waren einige rote und blaue Flecken zu sehen.

Eden ahnte sofort, woher diese Flecken stammten. »Das war Raton, nicht wahr?«

Belgique nickte.

Eden schaute auf die geschundene Haut und schüttelte den Kopf. »Oh, Belgique, wie konntest du nur?«

»Ich habe es nicht gewollt«, verteidigte sich Belgique. »Er hat plötzlich meinen Arm gepackt und zugedrückt.« Sie zeigte den Griff am anderen Arm. »Danach hat er beteuert, er hätte mir nicht wehtun wollen, seine Leidenschaft wäre mit ihm durchgegangen. Aber ich spürte, dass er perversen Spaß daran hatte. Er hat viel Kraft, und ich hatte in diesem Moment wirklich Angst vor ihm. Deshalb habe ich auch alles mit mir machen lassen.« Sie sah die Freundin ratlos an. »Oh, Eden, was sollen wir tun?«

Eden hob beide Hände. »Ich weiß es nicht. Es gibt so viel zu bedenken. Wieso war MacKenzie so dumm, die lächerlichen Lügen zu glauben, die Raton ihm erzählt hat?«

»Oh, unser Alexander kann sehr überzeugend sein, wenn er will«, antwortete Belgique. »Er ist seit Jahren der erfolgreiche Galeriebesitzer, so etwas wird man durch Charme und Überzeugungskraft. Und nur weil MacKenzie ein wunderbarer Künstler ist, bedeutet das noch nicht, dass er einem cleveren Mann wie Raton nicht auf den Leim geht. Aber ich glaube, du gewinnst ihn zurück, wenn du deine Karten richtig spielst.«

Belgique schaute auf ihre nackte Haut, während sie sprach, und mit einem unbekümmerten Schulterzucken streichelte sie über ihre schönen weißen Brüste und zupfte an den Nippeln inmitten der kirschroten Aureolen.

Sie sah die Unterhaltung über das unglückselige Thema für beendet an und sagte: »Wir sollten uns ein wenig entspannen, Liebling. Vielleicht sagt uns das Unterbewusstsein, was für uns am besten ist.«

Eden glaubte nicht an das Aussitzen von Problemen. Sie wollte etwas tun, wollte irgendwie aktiv sein. Aber sie musste einräumen, dass sie nicht wusste, worin diese Aktivität bestehen sollte, deshalb folgte sie dem Rat der Freundin und ließ sich in die Kissen sinken.

Sie wollte MacKenzie hinterherjagen, aber sie wusste nicht, wohin er gegangen war. Sie wollte Raton den Hals umdrehen und ein Geständnis aus ihm herauspressen, aber das schien ein kindischer Plan zu sein. Sie nahm nur am Rande wahr, dass Belgique nach Henri klingelte und ihm auftrug, Eistee mit frischer Minze zu bringen.

»Ich sehe, dass du mit deinen Gedanken weit weg bist, Eden«, sagte Belgique und stellte sich hin, wobei die weiche Decke zu Boden glitt. Sie stand völlig nackt da.

Es gab ein lautes Krachen, als Henri das leere Tablett fallen ließ, nachdem er die Gläser auf den Tisch gestellt hatte.

»Bleib hier, meine Liebe, so lange du willst. Ich gehe mit Henri nach oben«, sagte Belgique. »Ich muss mich mit ihm über den Umfang seines Service unterhalten.«

Grinsend fasste Belgique den jungen Butler am

Arm und führte den errötenden Mann die Treppe hinauf. »Du weißt, wo du uns finden kannst, Eden, wenn dir nach Gesellschaft zumute ist«, sagte sie über die Schulter.

Als sie sich selbst überlassen war, traf Eden eine Entscheidung. Sie griff zu einem der vielen Telefone im Salon und rief die Galerie an. Angela war am Apparat. »Ist Raton da?«

»Nein«, antwortete Angela. »Tut mir Leid. Seit er mittags rausgelaufen ist, hat er sich nicht mehr sehen lassen. Außer mir ist nur noch Winston hier. Er will seinen Vorbericht zur Ausstellung abrunden. Willst du mit ihm am Telefon sprechen? Er hat einige Fragen und will die Antworten in seinem Artikel zitieren.«

Die Tatsache, dass sie in ihren Gedanken an MacKenzie zwischen Lust und Verzweiflung schwankte, hielt Eden nicht davon ab, sich professionell zu verhalten. Sie ließ sich mit Fineman verbinden und sprach druckreif über die Ausstellung und lobte die Skulpturen des neuen Künstlers. Sie hoffte, MacKenzie würde den Artikel zu Gesicht bekommen, dann würde er wissen, was sie wirklich über seine Kunst dachte.

Fineman sagte: »Dieser Artikel wird am Freitag erscheinen. Angela hat mir ein Dia von einer der Statuen von MacKenzie gegeben. Sie ist nicht ganz so erotisch wie die meisten, deshalb hat der Chefredakteur zugestimmt, eine großformatige Illustration auf der Kulturseite zu bringen. Ich bin sicher, dass unsere Leser beim Frühstück ihre Cornflakes vergessen.«

Trotz ihrer düsteren Stimmung musste Eden lächeln, als Fineman das sagte. Sie hörte, wie der

Kritiker sich von seiner Geliebten verabschiedete, dann war Angela wieder am Telefon.

»Eden, ich will die Dinge nicht noch verkomplizieren, aber ich glaube, ich muss dir von einigen Gerüchten erzählen, die Winston in einigen anderen Galerien aufgeschnappt hat. Die hat er mir gerade berichtet, bevor du angerufen hast. Aber er sagte auch, er könne nicht glauben, dass an den Gerüchten was dran sei.«

Eden hob die Schultern. »Nun, schlimmer kann es nicht mehr kommen. Was hat unser geschätzter Kritiker denn aufgeschnappt?«

»Einige Leute haben ihm erzählt, du hättest eine Affäre mit dem Boss. Deshalb hättest du so ein schönes Büro und all die teuren Klamotten.«

»Was?« Eden wusste nicht, was sie sagen sollte. »Raton und ich?« Selbst vor dieser unerfreulichen Entwicklung hatte sie ihn eigentlich nicht leiden können. Sie richtete sich auf dem Sofa auf und hielt sich am Arm des Möbelstücks fest. Sie soll mit Raton im Bett gewesen sein? Oh, Schreck!

Ihre Wangen glühten. »Woher kommen diese Gerüchte?«, fragte sie Angela. Aber noch bevor Angela antwortete, wusste sie, dass nur Raton selbst sie verbreitet haben konnte. Wahrscheinlich hatte er bei seinen Kollegen die eine oder andere Andeutung fallen gelassen. »Danke, dass du es mir gesagt hast, Angela. Jetzt reicht es mir. Es ist höchste Zeit, dass ich mir den Bastard mal vorknöpfe. Ich wette, er versteckt sich in seiner Villa.«

Sie legte auf, atmete tief durch und drückte Ratons Privatnummer ein. Der Anrufbeantworter war eingeschaltet. Eden hinterließ eine simple Nachricht. »Mr. Raton, ich komme zu Ihnen und werde ein paar Fragen stellen. Ich weiß, dass Sie zu Hause sind.«

Raton war tatsächlich zu Hause. Er hörte den Anrufbeantworter ab, während er in seiner Bibliothek mit den in Leder gebundenen Büchern saß. Er freute sich auf die Ankunft der lieblichen Eden Sinclair, die sich genau so verhielt, wie er sich das vorgestellt hatte. Insgeheim beglückwünschte er sich zu seinem Plan.

Frauen waren so leicht zu durchschauen. Er hatte Eden Sinclairs Reaktion mit derselben Sicherheit vorausgesehen, die ihm auch eingegeben hatte, wie er sich Belgique gefügig machen konnte.

Er grinste vor sich hin und betrachtete sich zufrieden im Spiegel. Um für den Anlass entsprechend gekleidet zu sein, hatte er sich ein protziges Dinnerjacket, mit Metallfäden durchwirkt, angezogen, dazu trug er die Hose seines Pyjamas aus schwerer Seide. Auf Shorts hatte er verzichtet.

Während er an der Zigarre zog, hörte er das dritte Mal die Nachricht der hübschen Leiterin seiner Galerie auf dem Anrufbeantworter ab.

»Mr. Raton, ich komme zu Ihnen und muss Ihnen ein paar Fragen stellen. Ich weiß, dass Sie zu Hause sind …«

Die Worte schallten durch den Raum, während Raton ein Buch mit erotischen Stichen betrachtete, das auf seinem Schoß lag. Langsam und genießerisch blätterte er die Seiten um und fuhr mit den Fingerspitzen über das feine Büttenpapier. Er legte die Zigarre in den Aschenbecher aus Elfenbein, als er zu den Seiten mit den Folterszenen kam. Die gefielen ihm am besten, und auf der nächsten Seite fand er das Bild der jungen Frau, die Eden Sinclair so ähnlich war.

Er spürte, wie sich seine Erektion unter der kostbaren Seide regte. Langsam langte er in die Hose hinein und holte den dicken, langen Penis heraus.

Raton legte sich im Sessel zurück und schloss die Augen.

Als er die Hunde bellen hörte, setzte er sich auf und versteckte den steifen Penis wieder in der Hose. Sein Gast musste eingetroffen sein.

Auch Eden hörte das Bellen der Hunde, als sie am Tor der Villa Raton stand, einem großen Haus, weitab von der Straße, auf einem riesigen Grundstück im noblen Roswell. Hohe schlanke Bäume schützten das Haus vor Blicken von der Straße, und eine weiße Mauer schützte es vor unbefugtem Zutritt. Vor einem schmiedeeisernen Tor hielt Eden an.

Sie stieg aus dem Miata und ging auf das Telefon zu, das in einen der Torpfeiler eingelassen war. Der feine Kies knirschte unter ihren Schritten.

Nur einmal vorher hatte sie die Villa Raton betreten, damals hatte Raton eine Party für Künstler und potenzielle Käufer gegeben. Aber jetzt war sie allein, und plötzlich empfand sie ein wenig Angst. Ungeduldig schüttelte sie den Kopf. Das Gespräch mit Raton würde schon schwer genug werden, auch ohne zusätzliche Komplikationen.

Eden hob den Telefonhörer ab und sah die Hunde am Tor schnüffeln und schnaufen. Bevor sie etwas ins Telefon sagen konnte, hörte sie eine Stimme, die sie begrüßte, und dann trat auch schon ein Mann aus den Büschen.

Obwohl er ganz normale Kleidung trug, sah man ihm den Wachmann an. Er beruhigte die Hunde und fragte: »Wer sind Sie?« Er tastete sie mit den Augen ab, während sie noch mit dem Telefonhörer in der Hand dastand.

»Ich bin Eden Sinclair, und ich bin hier, um mit Alexander Raton zu sprechen.«

Der Mann kam näher, und sie konnte seine Gesichtszüge erkennen, die bis jetzt im Schatten geblieben waren. Er kam ihr vage bekannt vor, und als sie ihren Namen genannt hatte, schien er auch zu wissen, wer sie war. Er band die Leinen der Hunde an Haken, griff durch das Tor und nahm ihr den Telefonhörer aus der Hand. Er sprach knapp, dann hörte sie Ratons Stimme am anderen Ende der Leitung.

»Er scheint auf Sie gewartet zu haben.« Der Wachmann öffnete das Tor. Nachdem er es hinter ihr geschlossen hatte, nahm er Eden am Arm und führte sie über den langen Kieselsteinweg zum Haus. Eden gewann den Eindruck, dass die riesigen Garten- und Parkanlagen einige Nachhilfe in Pflege benötigten; es fehlte die ordnende Hand, die sie bei ihrem ersten Besuch bemerkt hatte.

Bedauernd blickte sie zurück zu ihrem kleinen Sportwagen, der weit weg stand, viel zu weit für eine rasche Flucht, falls sich eine hastige Verabschiedung empfehlen sollte. Sie hatte das Gefühl, dass ihr die Initiative aus der Hand genommen wurde.

Ihr Begleiter drückte die schwere, von gewaltigen ionischen Säulen flankierte Haustür auf.

Eden und der hoch gewachsene Wachmann betraten die mit Spiegeln ausgelegte Eingangshalle. Auf dem Marmorboden klackten ihre Absätze, während seine Gummisohlen absolut keinen Laut verursachten. Sie überlegte sich ihre Strategie. Sie wollte Raton ernst und entschlossen begegnen, aber auch höflich. Sie wollte ihre Emotionen beherrschen. Sie sagte sich, dass sie mehr Kraft ausstrahlte, wenn sie kühl und zurückhaltend blieb.

Die meisten Türen, an denen sie vorbeigingen,

waren geschlossen, aber eine stand einen Spalt weit offen. Eden wollte hineinsehen, aber sie spürte einen festen Druck an ihrem Ellenbogen. Ihr Begleiter führte sie vorbei und zog die Tür zu, aber Eden hatte trotzdem gesehen, dass der Raum völlig leer war.

Vor einer offenen Tür am Ende der Halle blieben sie stehen. Der Wachmann kündete betont feierlich an: »Mademoiselle Sinclair.« Er zog sich unauffällig zurück.

Als sie das Zimmer betrat, erhob Raton sich, um sie zu begrüßen. Eden bewertete flüchtig die Kunstgegenstände, mit denen ihr Chef sich umgeben hatte. Sie sah die klassische Einrichtung eines ›Herrenzimmers‹, eine Garnitur aus dunklem Leder, die Bücher in Leder gebunden, die Regale bis zur Decke. Sarkastisch dachte sie, dass nur noch die ausgestopften Köpfe erlegter Tiere zu einem vollkommenen Herrenzimmer fehlten. Sie bemerkte einige leere Stellen an den Wänden, und die hellere Tapete verriet, dass dort Ausstellungsstücke fehlten.

Als er ihr einen Platz inmitten Satinkissen auf dem breiten Sofa zuwies, sog sie den Lavendelduft seiner Haut auf. Seine übertriebene Höflichkeit erhöhte Edens Wachsamkeit. Er sah sie begehrlich an. »Darf ich Ihnen etwas zu trinken anbieten?«

Kühl sagte sie: »Einen Martini, bitte.«

Sie hatte ihr ganzes Leben lang noch keinen Martini getrunken.

Während er ihre Getränke an einer Bar aus Onyx vorbereitete, überlegte Eden noch einmal ihre Taktik. In diesem Stadium war es angezeigt, ihre Kenntnisse über seine kriminellen Absichten nicht zu erwähnen. Sie wollte sich auf MacKenzie und die Ausstellung konzentrieren.

Raton stellte den silbernen Shaker ab und präsentierte ihr den Drink in einem rubinroten Kristallglas.

Er setzte sich in seinen majestätisch aussehenden Sessel aus Leder und Mahagoni. Er blickte sie an und fragte: »Nun, meine Liebe, was führt Sie zur Villa Raton?«

Sie hielt das große Martiniglas in der Hand und kam sofort zum Thema. »Ich habe eine Frage, die unsere Galeriepolitik betrifft und meine Rolle bei Entscheidungsfindungen.«

Raton verhehlte seine Enttäuschung nicht. »Oh, Miss Sinclair, ist dies ein geschäftlicher Besuch?«

»Natürlich, das habe ich Ihnen doch am Telefon gesagt.« Er spürte, wie ihr Ärger anschwoll. Sie versuchte sich mit einem Schluck des kalten Martini zu beruhigen. Sie bemerkte, dass er auf den tiefen Ausschnitt ihrer Bluse starrte und nahm einen neuen Anlauf. »Es geht um Michael MacKenzie.«

»Oh, meine Liebe, hat es einen Streit unter Liebenden gegeben, Miss Sinclair?« Raton wusste, dass er sie mit seinem Sarkasmus zur Weißglut bringen konnte. »Es ist ganz offensichtlich, dass Sie und er … nun, wie soll ich es formulieren?«

Eden hätte ihn wegen seines arroganten Grinsens ohrfeigen können, aber diesen Gefallen wollte sie ihm nicht tun. Sie sah ihn herausfordernd an: »Sie wollten fragen, ob wir gevögelt haben?«

»Ja, ja, richtig«, gab er zu und betrachtete sie über den Glasrand hinweg. »Ich dachte immer, es gehörte zu Ihren Prinzipien, sich nicht mit den Künstlern und Kunden einzulassen«, fügte er hinzu.

Bevor sie ihre Zunge zügeln konnte, platzte es aus ihr heraus. »Das ist ein eigenartiges Prinzip, wenn sich unter den Kollegen offenbar herumgesprochen hat, dass ich mit Ihnen schlafen soll.«

Raton hob nur kurz eine Augenbraue. »Oh, meine Liebe, ich fühle mich geschmeichelt.«

Sie wurde rot. »Sie selbst haben dieses Gerücht in die Welt gesetzt«, beschuldigte sie ihn. Sie spürte, wie sie die Kontrolle zu verlieren begann. Sie nahm einen Schluck Martini.

»Liebe Eden«, sagte er einschmeichelnd, »seien Sie mir nicht böse.«

Eden zwang sich zu schweigen.

»Und wenn alle schon glauben, dass wir zusammen schlafen, dann können wir es auch tun.« Raton sah ihr in die Augen und blinzelte ihr zu, ehe er den Blick auf die offene Tür hinter ihm richtete. Dort war das Schlafzimmer.

Sie war entsetzt und wusste, dass sie darauf nicht antworten sollte. Sie atmete ein paarmal kräftig durch und wechselte abrupt das Thema. »Warum haben Sie Michael MacKenzie zur Galerie gebracht, ohne mich nach meiner Meinung zu fragen?«

Er drückte sich vor einer direkten Antwort. »Aber, meine Liebe, ich wusste doch, dass Sie von seinen Arbeiten begeistert sein würden.«

»Mr. Raton!«

»Nennen Sie mich Alexander, meine Liebe. Es war nur ein Versehen ...«

Es fiel ihr zunehmend schwerer, ihren Ärger zu beherrschen. »Soll ich also annehmen, dass Ihr Versprechen, MacKenzie eine Alleinausstellung zu garantieren, ohne mich auch nur zu informieren, nur ein Versehen war?«

»Aber ist nicht der springende Punkt der, dass ich Michael zu uns gebracht habe? War das nicht ein glänzender Schachzug? Auch Sie müssten zu schätzen wissen, einen Mann seines Könnens nun in meiner Galerie zu haben. In *meiner* Galerie, möchte ich noch betonen.«

Eden begriff, dass Raton ihre Auseinandersetzung wie ein Schachspiel betrachtete, das sie mit verbundenen Augen spielen musste. Natürlich war MacKenzie ein Künstler, der für die Galerie wichtig war, aber das war nicht der entscheidende Punkt. »Als Ihre künstlerische Leiterin hätten Sie mich allerdings an der Entscheidung teilhaben lassen sollen, Mr. Raton.«

Er versuchte, die ganze Episode runterzuspielen und drehte seinen ganzen Charme auf. »Meine liebe Eden, das alles ist nicht mehr als ein kleines Missverständnis. Sie wissen so gut wie ich, dass man Termine verschieben kann. Ich musste Michael nach Atlanta locken, bevor er von anderen Galerien entdeckt werden konnte. Hätten Sie ihm gegenüber nicht ein wenig mehr flexibel sein können?«

Himmel, dachte Eden, jetzt beschuldigt er mich für die ganze Misere! Trotz des Vorsatzes kochte ihre Wut über. Lauter als bisher sagte sie: »Ich hatte keine Chance mehr, ›flexibel‹ zu sein, wie Sie es nennen. Sie haben MacKenzie mit so vielen Lügen eingedeckt, dass er keinen klaren Gedanken mehr fassen konnte.« Zu ihrem Schreck erkannte Eden, dass sie ihren Geliebten, der sie so schmählich beschimpft hatte, nun auch noch verteidigte.

Ihr Arbeitgeber lächelte sie nur an und sagte neckend: »Sie sind noch schöner, wenn Sie zornig sind.«

»Ich kann kaum glauben, dass so ein sexistischer Schrott aus Ihrem Mund kommt!«, fauchte sie.

Aber Raton ließ sich davon nicht beeindrucken. »Wie Ihre Augen sprühen, wenn Sie so kämpferisch sind. Das ist ungeheuer erregend.« Seine Stimme klang nur noch wie ein Flüstern.

Als sie eine Hand hob, um ihn zum Schweigen zu bringen, stand er auf und trat auf sie zu. Sie hörte das Rascheln der Seide seiner Pyjamahose, als er sich vor ihr auf ein Knie niederließ. Eden war so perplex, dass sie wie erstarrt stehen blieb. Er griff ihre Hand, die sie wegzuziehen versuchte, aber das gelang ihr nicht. Eden erinnerte sich an die blauen Flecken auf Belgiques Armen.

Er blickte auf ihre Brüste und murmelte: »Meine Liebe, wir sollten uns besser kennen lernen, dann würden diese kleinen Meinungsverschiedenheiten gar nicht erst entstehen. Sie sind so unerfreulich.«

Eden fand sich gefangen in der Kraft seines entwaffnenden Lächelns. Ihre Sinne registrierten Alarm, aber ihr Körper reagierte nicht rasch genug.

Aus seiner demütigen Position vor ihr fuhr Raton fort: »Sie wissen doch, wie wichtig Michael für die Zukunft der Galerie ist. Sie und ich könnten wirklich zu einem fruchtbaren Miteinander kommen. Das sollte doch nicht so schwer sein, oder?« Er streichelte mit seinen langen Fingern über ihren Unterarm.

Sie schüttelte heftig den Kopf, um sich aus seinem Bann zu lösen. Ehe sie Ratons durchsichtigen Verführungsversuchen erlag, stellte ihr Glas ab und befreite sich aus seinem Griff. Sie schob ihn zurück und stand auf.

Mit mehr Selbstsicherheit, als sie empfand, sagte sie: »Ich gehe.«

Er sprang auf die Füße. »Nein, das tun Sie nicht!«

Sie wandte sich ab. Ihr Herz klopfte wie wild.

»Spielen Sie bei mir nicht die Unschuldige, meine Liebe«, rief Raton ihr nach. Irgendwas in seiner Stimme ließ sie verharren. »Drehen Sie sich um, Eden«, sagte er und legte seine Hände auf ihre Schultern.

Sie zuckte unter der Berührung, dann fuhr sie wütend herum und starrte ihm ins Gesicht. Sie öffnete den Mund, aber sein lüsterner Blick ließ sie verstummen, ehe sie etwas sagen konnte.

Seine Augen waren auf ihre Brüste gerichtet. Mit schnurrender Stimme sagte er: »Ihre Nippel verraten Ihre Erregung.« Er berührte sie, fuhr mit der linken Hand über ihre Brüste und zwickte einen Nippel durch Bluse und Büstenhlter.

Eden holte mit einer Hand aus, aber er packte ihr Gelenk, ehe die Hand sein Gesicht erreicht hatte. Er beugte sich vor, um sie zu küssen. Er hielt sie jetzt an der Hüfte gepackt und streichelte von dort hoch zu den Brüsten.

Sie bündelte ihre ganze Kraft und riss sich los. Sie fühlte sich beschmutzt und schüttelte sich voller Ekel, als sie sah, dass Raton mit beiden Händen den Penis aus seiner Hose holte. Er war lang und steif und hüpfte auf und ab.

Adrenalin schoss durch ihre Adern, Wut blitzte in ihren Augen auf. »Handelt es sich dabei auch wieder nur um ein Missverständnis, Mr. Raton?«, fragte sie sarkastisch.

Sie bewegte sich rasch von ihm weg, langte nach ihrer Tasche und rannte aus dem Zimmer, wobei sie noch einen letzten Blick auf den masturbierenden Raton warf.

Auf dem Gang hörte sie die kühle, gelassene Stimme ihres Chefs. »Marcus! Miss Sinclair will gehen. Begleiten Sie sie bitte zu ihrem Auto.«

Eden vernahm das sanfte Klicken, als sich die Tür hinter ihr schloss. Sie sah nicht mehr Ratons zufriedenes Grinsen und hörte auch nicht, wie er ›Perfekt‹ sagte. Die Augen geschlossen, die Hand um den Penis, gluckste er: »Goodbye, meine kleine Eden. Und jetzt ab zu deiner Freundin Belgique.« Der warme Samen schoss über seine Finger und tropfte auf den kostbaren Axminster Teppich.

Eden wartete nicht auf Marcus. Sie schritt den Flur entlang. Ihre Haut brannte von Ratons Berührungen. Als sie die große Halle betrat, stand der Wachmann plötzlich vor ihr. Er folgte ihr durch die Halle und begleitete sie durch die Nachmittagshitze bis zum Tor.

Die Haut Edens glänzte von einem leichten Schweißfilm. Sie trat an die Fahrerseite ihres Autos und schloss die Tür auf. Marcus hielt ihr die Tür auf, und plötzlich wusste Eden, woher sie ihn kannte: Marcus gehörte zur großen Schar der Ex-Butler, die Belgique im Laufe der Jahre verschlissen hatte.

»Sie kennen mich«, sagte sie. »Wir haben uns bei meiner Freundin Belgique gesehen.«

»Natürlich kenne ich Sie, Miss Sinclair.«

Eden wollte die Gelegenheit nicht ungenutzt verstreichen lassen. So beiläufig wie möglich fragte sie: »Was hat es mit dem leeren Zimmer auf sich und mit den leeren Stellen an den Wänden? Hat Ihr Boss in letzter Zeit eine Verkaufsaktion durchgeführt? Schade, ich hätte gern das eine oder andere Stück gekauft.« Sie sah ihn an. »Wissen Sie, wer die Sachen gekauft hat?«

»Das hat mir niemand gesagt, Ma'am«, antwortete Marcus. »Ich weiß nur, dass wir viele Sachen weggeschafft haben, Möbel und Bilder hauptsächlich. Einige der Zimmer sind völlig leer geräumt. Vor etwa drei Wochen haben wir alles auf einen großen Lastwagen geladen. Aber wohin die Fracht ging, weiß ich nicht.« Er verbeugte sich. »Einen schönen Abend, Miss Sinclair.«

Sie raste die Auffahrt hinunter, fädelte sich in die Zufahrtsstraße ein und drehte die Klimaanlage auf die höchste Stufe. Sie drückte das Gaspedal durch und fuhr zu Belgiques Wohnung.

Vorübergehend in Savannah

Michael MacKenzie bog mit seinem Mietwagen von der Interstate 16 auf den verlassenen Martin Luther King Boulevard, der alles andere als prächtigen Stadtstraße, die direkt ins Zentrum von Savannah, Georgia, führte, wo er in den vergangenen achtzehn Monaten sein Zuhause hatte.

Der Bildhauer befand sich in gereizter Stimmung. Die Fahrt von Atlanta an der Küste entlang dauerte viereinhalb Stunden und war bestenfalls langweilig, aber heute wirkten die Vororte seiner selbstgewählten Umgebung noch trostloser als sonst, und er spürte ein Verlangen nach seiner schottischen Heimat. MacKerzie erkannte die Symptome seiner Depression. Seit er aus der Galerie Raton gestürmt war, gab es in Amerika kaum noch etwas, das er liebenswert fand.

Trotz seiner düsteren Laune erinnerte MacKenzie sich auch an eine positive Seite – die sexuelle Bereitschaft der amerikanischen Frauen, mit denen er bisher intimen Kontakt gepflegt hatte. Obwohl er mit vielen geschlafen hatte, war nur eine Beziehung – neben Eden Sinclair – von Bedeutung gewesen. Stephanie Pope, hier in Savannah.

Aber Eden hatte sie noch übertroffen, was Lockerheit oder gar Hemmungslosigkeit anging. Er hätte es nie für möglich gehalten, eine so erregende, frivole, zärtliche und unermüdliche Geliebte zu finden. Und das in nur wenigen Tagen! Bilder von Eden, wie sie ihren Körper streckte, wie sie auf ihm ritt, wie er sich tief in ihr ergoss, verfolgten ihn. Der beste Sex, den er je gehabt hatte. Er sah Edens kastanienbraunes Haar, das ihr um den Kopf flog, wenn sie sich wild auf ihm bewegte; er erinnerte sich, wie sie gezittert und gebebt hatte, wenn es ihr kam, und wie sie schmeckte, wenn er ihre Säfte schleckte. Sein Penis zuckte bei diesen Erinnerungen.

Wieso hatte er sich so sehr in ihr getäuscht, fragte er sich. Er hatte sich geschmeichelt gefühlt, als Raton ihn angesprochen hatte, immerhin besaß er eine der renommiertesten Galerien im Süden. Wie hatte er sich auf seine erste Alleinausstellung gefreut!

Aber dieses Versprechen war nicht eingehalten worden. Wegen des eigensüchtigen Ehrgeizes jener Eden Sinclair. Er schüttelte den Kopf, als könnte er es nicht glauben.

MacKenzie fuhr bei Grün weiter und bemerkte, dass er schon einen Block zu weit gefahren war. Spontan bog er in die Bull Street ein und hielt direkt vor dem *Ye Olde Florin* an, was so etwas wie sein Stammlokal war.

Als er die gemütliche Kneipe betrat, wurde er vom Barmann freundlich begrüßt. »Hallo, Mike. Wie gehts? Lange nicht gesehen. Warst du verreist? Wie immer?«

MacKenzie nickte. »Ich war in Atlanta«, sagte er, aber mehr wollte er nicht zu diesem Thema äußern. Er griff nach dem Glas MacEwans, das der Barmann ihm vorgesetzt hatte, und trug es zu einem Tisch. Es war fünf Uhr nachmittags, und allmählich füllte sich das Lokal. Er setzte sich in eine Nische am Fenster.

Er nippte am Bier und überlegte, dass dieses Gebräu es war, das ihn immer wieder in diese Kneipe zog. Sonst verärgerte ihn die gewollt englische Aufmachung des Lokals eher, heute besonders. Auf der Speisekarte stand, dass Bratwurst und Püree das heutige Tagesgericht war. Er stieß die Karte angewidert von sich und bestellte bei der sexy Kellnerin noch ein Bier. Sie war eine ältere Frau, die immer gern mit ihm flirtete. Wahrscheinlich lag es an seinem Akzent, denn sie ermunterte ihn immer: ›Sag mal was Schottisches‹ oder ›Ich höre dich so gern sprechen‹.

»Oh«, sagte sie, als sie auf seinen Tisch zukam, »ich muss dich übersehen haben, Michael.« Sie lächelte ihn verführerisch an. Mit ihrer tief ausgeschnittenen Bluse – sie hatte eine Vorliebe für tief ausgeschnittene Blusen – erfüllte Connie das Klischee des typischen Barmädchens. »Kann ich sonst noch etwas für dich tun, Michael?« fragte sie vielsagend und nur halb im Spaß.

»Nein. Nein, danke, *bonnie lass*«, antwortete er. Wahrscheinlich hatte noch niemand sie *bonnie lass* genannt, die schottische Bezeichnung für ein schönes Mädchen.

Sein mangelndes Interesse teilte sich auch Connie mit. Sie hob enttäuscht die Schultern und sagte: »Michael, du weißt nicht, was du verpasst.« Sie blies ihm einen Kuss zu und wandte sich anderen Gästen zu.

Das kalte schottische Bier, die liebevolle Betreuung durch Connie und das anspruchslose Schwatzen der Touristen entspannten MacKenzie nach der anstrengenden Fahrt von Atlanta. Er spürte, wie sich die Halsmuskeln lösten, und dachte noch einmal über die Szene zur Mittagszeit in der Galerie nach.

MacKenzie wurde bewusst, dass sein Ärger vom verletzten Stolz verursacht worden war. Er verzog das Gesicht, als er sich an seinen verbalen Ausbruch erinnerte. Aber er hatte sich verraten gefühlt, als er erkennen musste, dass diese schöne Frau, die neue Frau in seinem Leben, ihn kaltblütig zurückgestellt hatte, während sie ihn im Bett so leidenschaftlich verwöhnte.

Raton hatte einen Katalog von Klagen gegen Eden Sinclair erhoben, eine nach der anderen. Oh, der Galeriebesitzer war über die Falschheit und Doppelzüngigkeit seiner Leiterin aufgebracht gewesen. Aber wenn sie so schlecht war, fragte MacKenzie sich jetzt, warum warf er sie nicht einfach raus?

MacKenzie betrachtete seinen brausenden Abgang jetzt besonnener. Er musste zugeben, dass er Eden keine Chance zu einer Rechtfertigung oder auch nur zu einer Antwort gegeben hatte. Er hatte sie nur angeschrien – dieselbe Frau, mit der er zwei Tage im Bett verbracht hatte!

Er wünschte, er hätte nicht so überstürzt gehandelt. Plötzlich erschien es ihm höchst merkwürdig, dass Raton jäh abgehauen war, kurz bevor Eden von ihrem Außentermin zurückerwartet wurde. MacKenzie schwante, dass er missbraucht worden war – er wusste nur noch nicht, zu welchem Zweck. Er wusste aber, dass er sich sehr unreif verhalten hatte. In ihm stieg eine Welle des Bedauerns hoch.

Aber an diesem heißen und schwülen Sommernachmittag hatte sich MacKenzies Ärger noch nicht völlig abgekühlt. Er war ohne jeden Plan zurück nach Savannah gerast, und jetzt, beim Verlassen des britischen Pubs, blieb er draußen stehen und wusste nichts mit sich anzufangen. In seiner schlechten Laune wollte er noch nicht zurück in seine kleine Wohnung, es zog ihn auch nichts in sein Studio, und ganz gewiss wollte er niemandem begegnen, der ihn nach dem Ergebnis seiner Reise nach Atlanta fragen konnte.

Obwohl die Sonne schon tief am dunstigen Himmel stand und wie ein verschmierter gelber Fingerabdruck aussah, hatte die Hitze noch nicht nachgelassen. Die Schweißbäche, die von den Haaren über Stirn und Nacken rannen, waren nicht geeignet, seine Laune zu bessern.

Er überprüfte die Zeit auf der Parkuhr und schlenderte hinunter zum nahen Chippewa Square, wo die ausgebreiteten Äste der Eichen, über und über mit schwingenden Girlanden aus Moos behangen, ihren Schatten über Rasen und Bänke legten. Dieser Platz war MacKenzies liebster in Savannah. Einundzwanzig Plätze wie diesen gab es in der historischen Innenstadt, schachbrettartig angelegt, und in jeder Mitte gab es einen kleinen Park. Kirchen, Banken und Bürgerhäuser säumten die restaurierten Plätze, zu denen die wichtigsten Straßen und Alleen der Stadt führten.

Die meisten Häuser rund um die Plätze besaßen breite Veranden an den Fronten und an den Seiten; schließlich waren sie in einer Zeit errichtet worden, als man noch keine Klimaanlage kannte. Traditionsgemäß befand sich die Haustür auf der Höhe des ersten Stockwerks, man erreichte sie über eine steile Treppe, die zum Säulengang vor dem Portal führte.

Diese überdachten Eingänge wurden wiederum vom Laub wuchtiger Eichen beschattet, die den Straßenrand säumten; es waren großartige Bäume, auch deshalb, weil sie ihre Blätter im Winter nicht verloren. Frühere Generationen hatten sie entlang aller Straßen gepflanzt, und viele hatten überlebt; ein gütiges Vermächtnis aus dem vorvergangenen Jahrhundert.

MacKenzie saß im Schatten auf einer Bank zu Füßen einer Bronzestatue des Kolonisten James Oglethorpe, jenem englischen Parlamentarier, der die Stadt 1733 gegründet hatte. Die Einzelheiten wusste er von einer Geschichtsstunde, die Stephanie, seine alte Freundin, ihm erteilt hatte.

Er musste jetzt an sie denken, und wie angenehm ihre Freundschaft gewesen war. Doch sie hatte zu nichts geführt, dachte er wehmütig, außer Sex hatten sie nicht viele Gemeinsamkeiten bei sich entdecken können.

MacKenzie erkannte, dass er nicht in seine Wohnung gehen wollte, weil ihn ein Gefühl des Versagens befallen hatte. Er hatte gehofft, seine Alleinausstellung in der Galerie Raton wäre seine Fahrkarte aus diesem reizenden Provinzstädtchen, und dass er nun mit leeren Händen in seine bescheidene Behausung zurückgehen musste, war für ihn das schwer zu ertragende Symbol des ausbleibenden Erfolgs.

Und, sagte er sich wütend, er hatte die Gelegenheit für immer zerstört. Wenn es nur ein Missverständnis über die Pläne der Ausstellung gewesen wäre. Wenn er doch nur Edens Argumente angehört hätte. Vielleicht war Raton auch nicht ehrlich gewesen, als er Edens Ansichten über seine Statuen wiedergegeben hatte. Vielleicht mochte sie seine Arbeiten, und vielleicht hätte sie sie zu einem späteren Zeitpunkt ausgestellt.

Aber seine überschäumende Wut hatte Möglichkeiten einer Versöhnung vernichtet. Eden würde schon aus Trotz seine Statuen nicht ausstellen. MacKenzie erging sich in Selbstmitleid.

Als die Dämmerung einsetzte, erhob er sich umständlich von der Bank und streckte sich. Über eine Stunde hatte er im Park verbracht und immer wieder dieselben Gedanken gewälzt. Vielleicht sollte er noch einen Drink nehmen, ehe er zurück in die Wohnung ging. Wenn er hinunter zu den Bars am

Fluss ging, redete er sich ein, hatte er es später nicht mehr weit bis zu seiner Wohnung in dem kleinen Haus am Washington Square.

Er wanderte die Bull Street hinunter, der goldenen Kuppel des Rathauses entgegen. Dahinter lagen am Ufer des Savannah River die Bars und Restaurants, die sich in den alten Lagerhäusern der Baumwolllieferanten niedergelassen hatten. Laubfrösche und Zikaden krächzten ihre laute Sinfonie. Im Süden gab es keine stillen Sommernächte. Der Chor der Natur begleitete ihn bis zur Tür des *Raging' Cajun,* des lärmendsten Etablissements in Savannahs üppigem Nachtleben.

Am nächsten Morgen wachte MacKenzie auf und wusste einige Momente nicht, wo er sich befand. Das dumpfe Dröhnen in seinem Kopf hielt an, während die Erinnerung an einen unrühmlichen Abend zurückkehrte.

Aus dem einen Drink waren mehrere geworden, dachte er säuerlich, und mit jedem Bier hatte er sich tiefer in die masochistische Pein des Selbstmitleids begeben. Er erinnerte sich, eine der Kellnerinnen erbärmlich angebaggert zu haben, und natürlich hatte sie ihn abgewiesen. Er konnte sich nicht daran erinnern, wie er nach Hause gekommen war, aber dort war er jetzt; er lag halb angezogen auf seinem Bett. Er trug noch T-Shirt und Socken, aber von den Hüften abwärts war er nackt.

Er stellte sich unter die Dusche und rasierte sich, dann trat er nackt ans Fenster des kleinen Schlafzimmers und sah hinunter auf die Allee. Die Fensterbank stieß gegen seine Knie, und ein Passant, der nach oben geschaut hätte, wäre erstaunt über den großen, rothaarigen nackten Mann am Fenster gewesen. Aber nur wenige Touristen verliefen sich in diese Allee, und auch an diesem Morgen lag sie leer da.

MacKenzie sah seinen schwarzen Chevy Pick-up auf dem Parkplatz stehen. Irgendwas klingelte in seinem Hinterkopf – im nächsten Moment erinnerte er sich daran, dass sein Mietwagen noch vor dem *Ye Olde Florin* stand.

»Verdammt«, fluchte er, stieg in seine Hose und warf sich ein frisches T-Shirt über. Er griff nach den Schlüsseln und rannte aus dem Haus. Er hastete durch die Straßen, denn er wusste nicht, ab wann die Polizei ihre Strafzettel verteilte. Schon von weitem sah er, dass der Mietwagen noch an seinem Platz stand – ohne den gelben Umschlag unter dem Scheibenwischer.

Er atmete erleichtert auf, ließ im Tempo nach und spürte, wie sich sein Brustkorb hob und senkte. Die drückende Schwüle mit ihrer hohen Luftfeuchtigkeit schon am frühen Morgen war das, was MacKenzie am amerikanischen Süden am wenigsten schätzte. Schweißnass und keuchend stand er neben dem Mietauto. Er öffnete die Fahrertür und setzte sich hinter das Lenkrad. Er startete den Motor, drehte die Klimaanlage hoch und genoss den Schwall kühler Luft, der ihm ins Gesicht blies.

Er fuhr langsam zurück zu seiner Wohnung und fragte sich, was er mit diesem Tag anfangen sollte. Noch einmal unter die Dusche, dann Frühstück. Aber sein Kühlschrank war leer – abgesehen von einem Sechserpack Bier und einer halben Gallone Milch.

Er stellte den Mietwagen hinter seinen Pick-up, rannte hoch in seine Wohnung und kam zehn Minuten später erfrischt zurück. Die körperliche Anstrengung hatte ihn endgültig aufgeweckt. Er freute sich auf sein Frühstück bei Martha's. Er glaubte sogar, dass er es heute ertragen konnte, Freunde und Bekannte zu sehen, obwohl er noch nicht wusste, was er ihnen über Atlanta erzählen würde, wenn sie danach fragten.

Das Frühstück bestand aus Toast und Ahornsirup und gab ihm die Kalorien zurück, die er gerade ausgeschwitzt hatte. Wie fast jeden Morgen warf er zwei Quarter in den Schlitz des Zeitungskastens und nahm ein Exemplar des *Atlanta Democrat* heraus. Während er die Zeitung las, wurde seine Kaffeetasse immer wieder aufgefüllt, und allmählich fühlte er sich mit seiner neuen Heimat wieder versöhnt.

Langsam bereitete er sich auf den Tag vor. Er hatte in seinem Studio zu tun, und er sollte auch ins College gehen, um die Post zu bearbeiten.

Er ließ einen Fünfdollarschein auf dem Tisch liegen, brachte den Mietwagen zurück und ging zu Fuß in sein Studio, das in den alten Eisenbahnschuppen unweit des Martin Luther King Boulevards lag. In seiner vertrauten Umgebung begab er sich sofort an die Arbeit. Das war ein gutes Zeichen, sagte er sich, der erste Hinweis darauf, dass er sein Trauma hinter sich gelassen hatte.

In fröhlicher Einsamkeit arbeitete MacKenzie einige Stunden, dann legte er eine Pause ein und nahm in der nahe gelegenen Snackbar einen Imbiss. Er fand, dass er wieder ohne Verlegenheit und ohne Verletztsein an Eden denken konnte. Aber, rief er sich in Erinnerung, Eden Sinclair würde ihn nicht mit offenen Armen willkommen heißen – und mit geöffneten Beinen erst recht nicht, fügte er in Gedanken hinzu.

Am frühen Abend waren die Temperaturen gefallen, und MacKenzie ging zurück in seine

Wohnung. Er versagte sich einen weiteren Abend in seinen bevorzugten Bars und besorgte stattdessen Nachschub für den Kühlschrank.

Später ließ er sich aufs Bett nieder und rief sich die Erinnerung an die Tage und Nächte mit Eden Sinclair zurück.

Drei Grazien

Mit wiedergewonnener Kraft und in sehr guter Stimmung traf MacKenzie am anderen Morgen in seinem Studio ein. Keine der begonnenen Arbeiten interessierte ihn, er war besessen davon, etwas Neues in die Hand zu nehmen. Er skizzierte eine Frauengruppe. Das klassische Trio der *Drei Grazien* kam ihm in den Sinn, oder vielleicht *Das Urteil des Paris,* das er in eine zeitgenössische Studie verwandeln wollte.

Er blätterte in einigen seiner Kunstbüchern. Die Göttinnen Hera, Aphrodite und Athene beanspruchten jeweils den goldenen Apfel für sich, denn jede hielt sich für die Schönste. Zeus, froh darüber, nicht entscheiden zu müssen, übertrug die Aufgabe an den glücklosen Hirten Paris.

Der gut aussehende junge Mann konnte seinem Schicksal nicht entrinnen. Er entschied sich für Aphrodite, die ihm daraufhin zum Festland verhalf, wo er vor der Rache der beiden unterlegenen Rivalinnen sicher war.

MacKenzie grinste, als er weiterlas. Am Hof des Königs Menelaus verliebte Paris sich in Helena, die Frau des Königs. Die Liebenden flohen nach Troja und lösten damit den Trojanischen Krieg aus.

Die meisten klassischen Versionen des Themas zeigten Paris oft nackt, wie er auf dem Boden lag und die drei schönen Frauen bewunderte, alle fast gleich entblößt, um den jungen Mann von ihren körperlichen Reizen zu überzeugen.

MacKenzie fotokopierte einige Varianten und

heftete sie an seine Staffelei. Er fertigte einige Skizzen an und arbeitete intensiv an seiner Interpretation der klassischen Sage. Er konzentrierte sich auf die Gestalt der Aphrodite, wahrhaftig die Schönste von allen. Ihre nackte Gestalt strahlte eine sinnliche Energie aus, die den anderen überlegen war.

Als er das Gesicht der Aphrodite zeichnete, rief er sich Eden Sinclair in Erinnerung, wie ihre Haare sich im Licht bewegt hatten, wie ihre Augen vor Lust und Intelligenz funkelten.

Er spürte den Antrieb sexueller Lust, als er Aphrodite mit dem Gesicht der Geliebten ausstattete. Wenn Eden Aphrodite war, fragte er sich, wer waren dann die beiden anderen Frauen?

In diesem Augenblick schrillte das Telefon und durchbrach seine Konzentration. Er hob den Hörer auf. »Ja?«

Eine Frauenstimme meldete sich. »Hallo, Michael?« Kurze Pause. »Ich bin's, Stephanie.«

MacKenzie erstarrte. Er hielt den Hörer weit weg vom Ohr.

»Hallo, Michael. Bist du noch da?«

Er versuchte, sich seine Verblüffung nicht anmerken zu lassen. »Wieso hast du gewusst, dass ich hier bin?«

»Ich habe dich gestern Abend beim Einkaufen gesehen. Ich wollte dich ansprechen, aber ich traute mich nicht. Ich fürchtete, du hättest von mir nichts mehr wissen wollen. Heute Morgen habe ich all meinen Mut genommen und dich zu Hause angerufen, aber ich habe den Anrufbeantworter erwischt. Deshalb habe ich's jetzt im Studio versucht. Es hat sich nichts geändert, du bist immer da.«

MacKenzie glaubte, einen Hauch des Bedauerns in Stephanies Stimme zu hören, aber das ignorierte er. Er sagte nur: »Es freut mich, von dir zu hören, Steph. Geht es dir gut?«

»Ja, ganz gut. Aber ich vermisse dich. Deshalb wollte ich dich auch sprechen. Kann ich dich sehen? Hast du schon Pläne fürs Mittagessen?«

MacKenzie zögerte. Er war nicht sicher, was er wollte. Dann: »Okay.« Was war schon dabei, wenn er mit ihr essen ging? »Da, wo wir immer hingegangen sind?«

Stephanies Erleichterung war deutlich zu hören. »Das wäre schön. Um eins?«

MacKenzie schaute auf die Uhr. Noch eine Stunde. Er warf einen Blick auf seine Skizzen. »Passt mir gut«, sagte er. »Bis dahin.«

Als MacKenzie das *La Scala* betrat, ein freundliches kleines italienisches Restaurant in der Broughton Street, wartete Stephanie schon auf ihn. Sie sah reizend wie immer aus, schlank, mit hoch angesetzten Brüsten und gebräunter Haut. Sie trug ein konservatives Kostüm, das gut zu ihrer austrainierten Gestalt passte, dazu flache Pumps und eine weiße Bluse. Das einzige Accessoire, das nicht dem Bild der Karrierefrau entsprach, waren die großen silbernen Ohrringe in Form von langen Türmen. Ihre natürlichen blonden Haare waren kurz geschnitten.

MacKenzie erinnerte sich noch gut an das Gefühl, ihr durch die glänzenden Haare zu streichen. Es war, als könnte er ihren Duft noch riechen.

Sie lächelte scheu, als er auf ihren Tisch im hinteren Teil des Restaurants zutrat. Sie saß unter einem großen abstrakten Gemälde, und erst jetzt wurde ihm bewusst, dass es ein Bild von Martin Bulgaria war.

Sie stand auf und umarmte ihn kurz. Er küsste

sie zur Begrüßung auf die Wange. »Du siehst gut aus«, sagte er ehrlich.

Stephanie bedankte sich mit einem Lächeln für das Kompliment. »Du aber auch, Michael. Es ist schon lange her, nicht wahr?« Sie suchte seinen Blick.

MacKenzie wandte den Blick, als der Kellner neben ihm auftauchte. Stephanie entschied sich für Caesar's Salad, während MacKenzie Pasta mit Langusten in Knoblauchsauce wählte.

»Wein, Sir? Madam?«

MacKenzie sah Stephanie fragend an. Sie nickte. »Ja, ein Glas Chianti, bitte.« MacKenzie schloss sich an und bestellte noch eine große Flasche Mineralwasser für sie beide. Der Kellner verschwand, und am Tisch breitete sich Schweigen aus.

Schließlich war es MacKenzie, der etwas sagte. »Das ist wirklich eine Überraschung. Aber eine nette.«

»Ich war überrascht, dich in dem Gemüseladen zu sehen. Ich hatte gehört, du wärst in Atlanta. Irgendeine große Ausstellung.« Sie sah ihn fragend an und nutzte die Gelegenheit, ihn ausgiebig zu betrachten. Sie schmolz jedes Mal, wenn sie seine hohe, schlanke Gestalt sah und die krausen roten Haare.

»Ja, ich habe einige Skulpturen für eine Gruppenausstellung nach Atlanta gebracht. Morgen wird die Ausstellung eröffnet.« MacKenzie erkannte in diesem Moment, dass er bei der Eröffnung gern dabei wäre.

»Oh, du gehst wieder zurück?« Enttäuschung malte sich auf Stephanies Gesicht.

»Ich weiß es noch nicht. Ich arbeite an einem neuen Entwurf.« Er schalt sich wegen seiner durchsichtigen Ausflüchte. Er wusste allzu gut, warum er nicht sicher war, ob er zurück nach Atlanta wollte. Er wusste nicht, wie er Eden begegnen sollte. Er wusste ja nicht einmal, ob sie seine Skulpturen noch mit in die Ausstellung nehmen würde.

Stephanie bedrängte ihn nicht weiter. Während des Essens entwickelte sich eine zunehmende Vertrautheit, nachdem die anfängliche Verlegenheit immer mehr geschwunden war. Als Stephanie ein Bein unter dem Tisch ausstreckte und MacKenzies Wade berührte, zog er sein Bein nicht weg, und als ihre vom Schuh befreiten Zehen ein wenig höher stiegen und schließlich seinen Oberschenkel erreichten, rutschte er nach vorn, um seinen Schoß in Reichweite der Zehen zu bringen.

Stephanie bemerkte die unausgesprochene Einladung und drückte ihre Fußsohle gegen seinen Schoß.

MacKenzie spürte, wie er hart wurde, und an Stephanies schelmischem Blick sah er, dass sie es auch spürte. Er sah ihr in die grauen Augen, wo es aufblitzte.

»Ich habe den Rest des Tages frei, Michael«, sagte sie. »Ich möchte mit dir ins Bett. Ich werde schon feucht, während ich hier sitze und daran denke.«

MacKenzie zögerte nur kurz. Sie war immer noch die alte Stephanie, dachte er. War er Eden untreu? Das schien seiner Meinung nach nicht zuzutreffen, denn es gab für sie wahrscheinlich keinen MacKenzie mehr.

»Und ich mit dir«, antwortete er.

Sie teilten sich die Rechnung, ließen das Geld auf dem Tisch liegen und liefen hinaus in die Nachmittagshitze. »Mein Auto steht einen Block weit weg. Wo steht deins?«

»Ich bin zu Fuß gekommen.«

»Dann nehmen wir meins.«

Stephanie fuhr flott durch die engen Straßen. Sie brauchte nur eine Hand fürs Lenkrad, die andere Hand wühlte in MacKenzies Schoß, wo sie den steifen Penis durch den Stoff der Jeans ertastete.

Als er Stephanie die wunderschön restaurierte Treppe hinauf in die kleine Wohnung folgte, an die er sich so gut erinnerte, strich er mit den Fingern über den sinnlichen Bogen des Handlaufs. Voller Lust ging er ihr auf dem einst so vertrauten Weg ins Schlafzimmer nach. Er betrachtete ihren geschmeidigen Körper und spürte, wie sich sein Penis noch stärker gegen den Stoff der Jeans spannte.

Auf dem oberen Treppenabsatz blieb Stephanie stehen und schob den Schlüssel in die Tür. Sekunden später waren sie in der Wohnung, lachten und hielten sich umschlungen. Sie zogen sich hastig aus und standen nackt in ihrem Schlafzimmer. MacKenzie genoss die vertraute Aussicht auf den Platz.

Stephanies Futon wurde von der Sonne beschienen, die in grellen Streifen durch die Jalousien fiel. Auf dem Kopfkissen saß ein brauner Bär mit einer verblichenen Fliege im schottischen Karomuster um den Hals.

»He, du hast Angus ja immer noch«, sagte MacKenzie lächelnd.

»Ich hätte ihn beinahe rausgeworfen, als du gegangen bist«, gab Stephanie zu. »Aber er ist so süß, da habe ich es nicht übers Herz gebracht.« Nach einer kurzen Pause sagte sie: »Bleibe die Nacht bei mir, Michael.«

MacKenzie betrachtete die schöne nackte Frau, die sich mit so großem Eifer in sein Leben zurückgemeldet hatte. Er versuchte, die Vielfalt der

Emotionen auf ihrem Gesicht zu deuten, aber das gelang ihm nicht.

»Ja, das wäre schön, Stephanie. Aber nur diese eine Nacht. Mal sehen, wie wir uns morgen fühlen. Dann können wir ja neue Pläne schmieden.«

Falls Stephanie über seine halbherzige Antwort enttäuscht war, ließ sie es sich nicht anmerken. Sie stellte sich zu ihm ans Fenster und streichelte über seinen Rücken. MacKenzie fühlte, wie er darauf reagierte – er bekam eine Gänsehaut. Er ließ sich von Stephanie zum Bett führen, und dort fielen sie sich in die Arme. Stephanies Gier nach ihm schien ungebrochen. Sie griff seinen Phallus und schmiegte ihre Hand um ihn. Sie streichelte und rieb ihn, bis er seine Maximalgröße erreicht hatte.

Er teilte ihre Labien mit den Fingern und fühlte ihre Säfte fließen. Mit dem Daumen rieb er über ihre Knospe. Stephanie stöhnte, während er sie zärtlich streichelte und mit einem Finger tief in sie eindrang.

Sie kletterte über ihn, hielt den Penis in einer Hand und ließ sich langsam und stöhnend auf ihm nieder. »Ah, Michael ... Das tut gut. Es ist schon zu lange her ...« Sie ritt auf ihm und hechelte laut. Sie umklammerte seinen Penis mit ihren inneren Muskeln und hörte, wie er zu stöhnen begann. Er langte nach ihren pendelnden Brüsten, und sie fuhr mit einer Hand über ihren geschwollenen Kitzler und rieb sich selbst zur Ekstase.

Selbst als er kam und den Samen in die zuckende Vagina der zitternden, aufschreienden Stephanie sprühte, sah MacKenzie hinter den fest geschlossenen Lidern das Bild von Eden Sinclairs Augen, er sah ihr Gesicht und ihren Körper.

Er kam sich wie ein Verräter vor – ein Verräter an beiden Frauen. Er erinnerte sich in diesem Moment der postorgiastischen Glückseligkeit an Eden, wie sie mit ihm redete – über Kunst und andere Dinge, die ihm wichtig waren, und er erkannte, dass es mit Stephanie nie so sein würde.

Sein befriedigter Körper versetzte ihn in die Lage, zum ersten Mal in aller Deutlichkeit zu erkennen, wie wichtig Eden Sinclair für ihn war. Schon beim ersten Anblick hatte er gewusst, dass zwischen ihnen mehr sein würde als nur Sex.

Wenn das so war, fragte er sich düpiert, warum lag er dann hier neben dieser schönen Frau? Warum, wenn er das Bild der Frau in Atlanta nicht abschütteln konnte? Aber hatte er überhaupt noch eine Chance bei ihr? Sie lebte allein, und vielleicht trieb sie es gerade mit einem anderen Liebhaber.

Seine Gedanken wurden durch das Klingeln des Telefons unterbrochen. Stephanie hob rasch den Hörer ab, wozu sie sich quer übers Bett winden musste. Mit den erigierten Nippeln fuhr sie über MacKenzies Brustkorb.

»Hallo? Ja, natürlich.« Stephanies Stimme quälte sich. »Nein, warte.« Sie legte eine Hand über die Muschel, kletterte über MacKenzie und spazierte nach nebenan ins Wohnzimmer. Die Tür dazwischen zog sie hinter sich zu.

Die Höflichkeit gebot MacKenzie, nicht zu lauschen, aber es war unmöglich, Stephanies gepresste Stimme nicht zu hören. Einige Sekunden später kehrte sie lächelnd ins Schlafzimmer zurück, beugte sich über ihn, küsste ihn und legte sich neben ihn.

Er hob die Augenbrauen. »Ist alles in Ordnung?«

»Ja, klar. Das war jemand vom Büro. Sie hatte ein lächerliches Problem und glaubte, es müsste sofort gelöst werden.« Sie schmiegte sich wieder an ihn und rutschte an ihm hinunter. Er konnte ihr Gesicht nicht sehen, als sie den Mund gegen den schlaffen, feuchten Penis drückte.

Sie schliefen ein in der Wärme des Sommerabends. MacKenzie wurde einige Male wach, wachte aus Träumen von Eden Sinclair auf.

Ein seltsam verlegenes Schweigen lag über dem Frühstückstisch. Stephanie war bereits angezogen, sie trug einen leichten Sommeranzug aus blauer Baumwolle, darunter eine weiße Bluse, die an Laura Ashley erinnerte. MacKenzie trug die zerknautschte Kleidung des Vortags und trank Kaffee. Er hatte keinen Hunger.

»Wann musst du gehen?«, fragte er, um das Schweigen zu unterbrechen.

»In zehn Minuten. Ich brauche eineinhalb Stunden bis nach Charleston. Ich würde zwar lieber über Land als über die Interstate 19 fahren, aber dafür habe ich keine Zeit mehr.« Sie brach ab. »Michael, ich möchte …«

Ein Klopfen an der Tür unterbrach sie. Mit rat loser Miene stellte sie die Kaffeetasse ab, ging durch das Wohnzimmer und durch den Flur zur Tür. Ihre Absätze klackten auf dem polierten Holzboden.

MacKenzie hörte einen erstaunten Ausruf.

»Dwayne!«

Männerschritte näherten sich der Küche, gefolgt von Stephanies kleineren, schnelleren Schritten. Ein verdutztes Gesicht unter kurz geschnittenen braunen Haaren schaute zur Tür herein.

»Wer, zum Teufel, bist du?«

Der Kopf verschwand wieder. MacKenzie hörte, wie der Mann sich an Stephanie wandte, die noch im Wohnzimmer stand. »Wer ist das? Wieso ist er hier?«

MacKenzie erhob sich und ging ins Wohnzimmer. Er streckte seine Hand aus. Der Besucher war ein gut aussehender Mann Ende zwanzig. Er war wie ein Rechtsanwalt gekleidet, dunkler Anzug, konservative Krawatte. Er ignorierte die Hand.

Unbeeindruckt stellte MacKenzie sich vor. »Hallo, Dwayne. Ich bin Michael, ein alter Freund Stephanies.«

Es schien, dass ihm der Name bekannt war. Sein Gesicht entspannte sich ein wenig, aber gleich darauf verfinsterte es sich wieder. Er wandte sich erneut Stephanie zu. »Hast du … Seid ihr …?« Er stotterte und schaute von ihr zu MacKenzie und wieder zu ihr. »Als ich dich gestern von unterwegs angerufen habe, dachte ich …« Auch diesen Satz konnte er nicht beenden. Röte stieg ihm ins Gesicht.

Falls dieser Mann tatsächlich Anwalt war, so hoffte MacKenzie für ihn, dass sein Auftritt vor Gericht überzeugender war als in Stephanies Wohnzimmer. MacKenzie empfand Mitleid mit ihm, der offenbar Stephanies derzeitiger Freund war.

»Nett, Sie kennen zu lernen, Dwayne, aber ich kann nicht länger bleiben. Ich war eine Weile nicht in der Stadt und bin nur vorbeigekommen, um Stephanie zu sagen, dass ich wieder da bin. Sie war so freundlich, mir Frühstück anzubieten.«

Er wandte sich an Stephanie. »Danke und adios.« Er gab ihr einen Kuss auf die Wange. »Ich finde allein hinaus. Du willst bestimmt mit Dwayne reden.« Er nickte der errötenden Stephanie und ihrem verwirrten Freund zu, ging zur Tür und lief die Treppe hinunter auf die Straße.

Als er unten auf dem Platz stand, den er so sehr mochte, fühlte er sich plötzlich atemberaubend befreit. Sein Schritt federte, als er die drei Blocks bis zu Martha's ging. Er kaufte sich eine Zeitung und bestellte ein zweites Frühstück.

Während er aß, schlug er die Zeitung auf. Freitags gab es im *Atlanta Democrat* eine Kunstbeilage, für die er sich am meisten interessierte. Mitten in seinem Bauernomelette fiel sein Blick auf eine halbseitige, vierfarbige Abbildung einer seiner Skulpturen. Er stieß einen überraschten Schrei aus, und einige Köpfe drehten sich nach ihm um. Er lächelte beruhigend zurück und wurde rot vor Verlegenheit. Die Röte vertiefte sich noch, als er Finemans glühenden Bericht und Edens lobende Aussagen über seine Arbeiten las.

Er legte die Zeitung auf den Tisch, schob den Teller beiseite und beugte sich über den Artikel, um ihn noch einmal zu lesen.

Eden Sinclairs neue Gruppenausstellung trägt den Titel ›Die Kunst der Liebe‹ und wird heute Abend in der Galerie Raton eröffnet. Gegenwärtig ist Miss Sinclair die erfolgreichste Galerieleiterin Atlantas. In der Ausstellung verbindet sie die Werke mehrerer Künstler zum Thema Liebe und der Rolle des Sex in der Beziehung zwischen zwei Menschen.

In der Ausstellung ragen die Arbeiten des schottischen Bildhauers Michael MacKenzie heraus. Es ist das erste Mal, dass seine Skulpturen in Atlanta zu sehen sind. Seine außergewöhnlich erotischen Bronzestatuen fangen die Leidenschaft von Liebe und Sex ein, ohne pornografisch zu wirken. Eden Sinclair über ihren neuen Künstler: ›Ich halte Michael MacKenzie für einen der besten jungen Bildhauer, der sich heute mit dem neo-

klassischen Stil beschäftigt. Er hält erotische Emotionen so fest wie niemand mehr seit Rodin.‹

In diesem Tenor ging es weiter. Fineman erwähnte auch lobend die äußerst gelungene Zeichnung einer anderen neuen Künstlerin der Galerie, Angela St. John. MacKenzie runzelte die Stirn, irgendwie kam ihm der Name bekannt vor. Zum Schluss wurde noch einmal Eden Sinclair zitiert, die auf eine ›lange und fruchtbare Beziehung‹ mit dem neuen Bildhauer setzte.

MacKenzie las diesen Satz einige Male hintereinander, als wollte er die wahre Bedeutung zwischen den Zeilen lesen. War Eden nur höflich und gab Phrasen von sich, oder sollte ihm diese Formulierung etwas sagen? Es war nämlich genau der Satz, den er als Trinkspruch ausgesprochen hatte, als sie sich auf dem Boden von Edens Büro geliebt hatten. Hatte sie die Worte in der Hoffnung wiederholt, dass er sie las und daraus den Schluss zog, sie wollte ihn wiedersehen? Oder sah er das zu optimistisch? MacKenzie starrte auf die Zeilen, aber dort fand er keine Antwort.

Er ließ den Rest seines Frühstücks auf dem Teller, zahlte rasch und lief fast in seine Wohnung. Er packte einen kleinen Koffer, schloss ab, startete seinen Pick-up und fuhr Richtung Interstate. Es war halb elf an einem schönen Freitagmorgen.

Er trieb den offenen Lastwagen zur Höchstleistung, während er über die Interstate 16 raste. Er fühlte sich besser. Er fühlte sich gut. Er war schrecklich nervös und fürchtete, sich bald übergeben zu müssen, wenn er sich nicht beruhigte. Seine Stimmungen wechselten so rasch wie die vorbeifliegenden Verkehrsschilder.

Es war später Nachmittag, als er Atlanta endlich

erreichte. Er fuhr direkt zum Embassy Hotel, buchte ein Zimmer, erfrischte sich mit einer Dusche, zog sich um und ging wieder hinaus. Er lenkte seinen Pick-up durch den starken Feierabendverkehr.

Jetzt, da er so nahe bei ihr war, fühlte er sich töricht und eingeschüchtert. Was, wenn er Edens Kommentare völlig falsch interpretiert hatte? Wenn ihre Worte gar keine besondere Bedeutung hatten? Er steuerte *Zack's Diner* in der Vierzehnten Straße an, aber der Burger wollte ihm nicht schmecken. Er konnte sich nicht entscheiden, direkt zur Galerie zu gehen und sich bei Eden zu entschuldigen. Oder sollte er noch ein bisschen durch die Stadt schlendern, um sich dann später bei der Eröffnung unter die Gäste zu mischen?

Er ließ seinen Pick-up stehen und ging langsam die Peachtree Street bis zum High Museum of Art hinauf. Wäre er einen Block weiter gegangen, hätte er vor der Galerie Raton gestanden. Aber er betrat das Kunstmuseum. Er schlenderte durch die Räume, aber er achtete auf nichts. Er landete schließlich im Café des Museums im Untergeschoss und trank einige Cappuccino. Durch die Fenster konnte er auf eine Skulptur von Rodin im Garten schauen.

Zum x-ten Male an diesem Nachmittag klingelte das Telefon in Edens Büro. Meistens waren es Menschen, die Winston Finemans Vorbericht über die Ausstellung gelesen hatten und sich nach der Uhrzeit der Eröffnung erkundigten.

»Hallo, hier ist die Galerie Raton, Eden Sinclair am Apparat.«

»Eden!« Es war Belgique, und Eden hörte sofort die Aufregung in ihrer Stimme. »Eden, ich habe gerade Michael MacKenzie gesehen! Er ist wieder in der Stadt! Er schlenderte wie in Trance um das High Museum of Art herum. Er hat mich nicht gesehen, er ist einfach an mir vorbeigelaufen.«

Edens Puls schoss hoch, und sie spürte, wie ihr bei Belgiques Neuigkeit der Atem knapp wurde. Ihre Stimme verriet ihre Wahnsinnsfreude, als sie zitternd sagte: »Vielleicht hat er den Artikel gelesen.«

»Nun, du warst auch ziemlich deutlich, meine Liebe«, kommentierte Belgique. »›Ich freue mich auf eine lange und fruchtbare Beziehung mit Michael MacKenzie‹«, wiederholte sie das Zitat aus dem Interview mit Winston Fineman. »Der gute Winston konnte ja auch schlecht zitieren, was du in Wirklichkeit sagen wolltest: Du willst deinen MacKenzie sofort wieder in dein Bett abschleppen. Aber die Einladung war trotzdem deutlich genug.«

»Oh, Belgique«, seufzte Eden. »Es ist mehr als nur Sex, das weißt du doch.«

»Gibt es sonst noch was?«, fragte Belgique kichernd.

Eden sah sich nach allen Seiten um, ehe sie leise ins Telefon raunte: »In diesem Fall gibt es noch eine Menge mehr, und ich rede nicht nur vom Verhältnis von MacKenzie und mir. Wir brauchen ihn auch für die neue Galerie.«

»Ja, natürlich.« Jetzt wurde auch ihre Freundin ernst. »Ich hätte dich ohnehin angerufen, die Neuigkeit von Michael war nur ein zusätzlicher Grund. Seit du am Mittwochabend bei mir warst, nachdem Raton dich angegriffen hatte«, sagte sie mit Gift in der Stimme, »habe ich einige Sponsoren für deine neue Galerie angesprochen. Meine Freundinnen Hillary James und Cindee Montgomery haben sich bereit erklärt, dir zu günstigen Zinsen

Geld zu leihen. Mein Anwalt wird nächste Woche die Verträge ausarbeiten.«

Eden schwebte über den Wolken. »Oh, Belgique, du bist wunderbar! Ich liebe dich. Wir werden es wirklich schaffen!« Sie stieß eine kleine Faust in die Luft.

»Beruhige dich wieder«, sagte Belgique brüsk und ungewöhnlich mütterlich. »Hast du mit Angela geredet? Macht sie mit?«

»Ja, ich habe sie gestern zum Mittagessen eingeladen und ihr Ratons Plan erklärt, wie er die Künstler betrügen will. Sie war entsetzt, aber nicht fürchterlich überrascht. Sie ist ganz aufgeregt, mit uns eine neue Galerie zu eröffnen und die wichtigsten Künstler mitzunehmen. Sie hat schon viele angerufen und sie morgen zu einem Treffen eingeladen – natürlich alles sehr vertraulich. Die restlichen Künstler werden wir heute bei der Eröffnung sehen, nehme ich an.«

»Sehr gut«, lobte Belgique. »Ich bin froh, dass du Unterstützung hast für den Fall, dass Raton noch mehr Tricks auf Lager hat. Nun will ich aber wissen, was du unternimmst, wenn MacKenzie plötzlich in die Galerie stolziert.«

»Ich habe keine Ahnung«, antwortete Eden. »Am liebsten würde ich zu ihm laufen, mich in seine Arme kuscheln, ihn mit zu Boden ziehen und dort an Ort und Stelle Liebe mit ihm machen. Mitten in der Galerie. Aber ich glaube, die Kunden würden das nicht so gut finden«, fügte sie bedauernd hinzu.

»Oh, da bin ich mir nicht sicher«, sagte Belgique lachend. »Wir könnten immer noch sagen, dass es zum Thema deiner Ausstellung gehört. Du liebst ihn und willst Sex mit ihm. Was könnte treffender sein?«

Eden lachte, dann wurde sie plötzlich still. Eine

verunsicherte Belgique fragte: »Ist alles in Ordnung? Habe ich was Falsches gesagt?«

»Nein, aber es hat was damit zu tun, was du gesagt hast. ›Du liebst ihn‹, hast du gesagt.« Sie atmete tief durch. »Es stimmt. Ich liebe ihn«, sagte sie leise.

Belgique lachte. »Oh, meine liebe Eden, hast du das jetzt erst bemerkt? Ich weiß es schon seit Tagen. Aber jetzt muss ich auflegen, ich muss mich für deine Ausstellung schön machen.«

Die Kunst der Liebe

Sie zog ihre neueste Unterwäsche an. Die Körbchen des Büstenhalters bestanden aus nahtloser, durchsichtiger schwarze Spitze, die ihre Nippel deutlich zeigten.

Eden streichelte sie, bis sie sich steif durch die weiche Spitze drückten.

Sie stellte sich vor, wie MacKenzie auf ihre Brüste schaute, mit den Fingern über den sexy Stoff fuhr und die Nippel zwischen Daumen und Zeigefinger koste. Vor Vorfreude lief ihr ein heißer Schauer über den Rücken.

Wie würde MacKenzie reagieren? War er immer noch wütend auf sie? Oder freute er sich darauf, sie wiederzusehen? Glaubte er noch all die Lügen, die Raton ihm aufgetischt hatte? Würde ihr Liebster ihr glauben, wenn sie ihm die Wahrheit erzählte? Warum war er in die Stadt gekommen? Wegen der Eröffnung der Gruppenausstellung – oder wegen ihr?

Die Fragen purzelten nur so in ihre Gedanken, während ihr Körper mit schmerzendem Verlangen nach seinen Berührungen schmachtete. Sie stand vor dem Spiegel, teilte die kurzen krausen Haare ihrer Scham und rieb die kleine Knospe der Klitoris zwischen den Fingern. Sie war versucht, nach einem ihrer Vibratoren zu greifen, aber sie widerstand. Sie wollte warten, bis sie MacKenzies wunderbaren Penis in sich spüren würde.

Sie stieg in den schwarzen Tanga, so durchsichtig wie ihr Büstenhalter, so dass sie im Spiegel die krausen Härchen sehen konnte. Die Klitoris pochte noch sehnsüchtig.

Sie trat in ihr kurzes schwarzes Seidenkleid mit dünnen Spaghettiträgern und ohne Ärmel. Ihre langen perfekten Beine kamen in dem Kleid besonders zur Geltung, und oben bedeckte es so gerade die Brüste in den Spitzenkörbchen. Nachdem sie mit einigen Verrenkungen den Reißverschluss im Rücken hochgezogen hatte, schlüpfte sie in schwarze Sandalen mit hohen Absätzen, und als letzte Abrundung trug sie ihr mexikanisches Silberarmband und die dazu gehörenden Ohrringe mit einem alten aztekischen Design. Sie warf eine schwarze Seidenjacke über eine Schulter, falls es später kühl wurde, dann hob sie ihre Handtasche mit kleinen schwarzen Zechinen auf und ging hinaus zu ihrem Auto.

Eden traf früh genug in der Galerie ein, um noch einmal alle Ausstellungsstücke und die Texte zu überprüfen. Sie fand nichts, was zu verbessern gewesen wäre. Die Schau war fantastisch.

Justin und Paul hatten hohe Trennwände aufgestellt, die den großen Ausstellungssaal in drei Räume teilten, die aber miteinander verbunden blieben. Jeder Raum wurde von einer MacKenzie-Bronzestatue beherrscht. An den Wänden hingen zum Thema passende Zeichnungen und Gemälde.

Auf einem langen Tisch standen Platten mit dünnen, handlich zugeschnittenen Sandwiches und Schüsseln mit Obst, und ein zweiter Tisch diente als Weinbar. Es gab Liberty School Cabernet und Kendall Jackson Sauvignon Blanc, dazu einen großen Vorrat an kleinen Perrier-Flaschen.

Angela traf kurz nach Eden ein. Sie sah sexy aus

in einem Gedicht aus Grün und Schwarz. Das sanftgrüne Oberteil aus italienischem Bouclé war vorne durchgeknöpft, und die vollen festen Brüste schwangen frei unter dem weichen Stoff. Die eng sitzenden schwarzen Leggings umschmiegten ihre Hüften und ließen eine Handbreit gebräunter Haut des flachen Bauchs frei.

»Du siehst zauberhaft aus«, sagte Eden bewundernd. »Mr. Fineman kann sich glücklich schätzen.«

Angela errötete. »Nein, ich bin die Glückliche«, sagte sie ernst. »Aber ich wollte gerade sagen, wie großartig du aussiehst, Eden.«

Eden konnte die Neuigkeit nicht zurückhalten. »MacKenzie ist wieder in der Stadt. Belgique hat ihn vor ein paar Stunden vor dem Kunstmuseum gesehen. Er kommt bestimmt zur Eröffnung. Und diesmal werde ich nicht zulassen, dass er wieder verschwindet.« Sie sprach mit mehr Zuversicht, als sie empfand, deshalb wechselte sie rasch das Thema. »Vergiss nicht, Angela, die Künstler zu unserem morgigen Treffen einzuladen. Aber Raton darf nichts merken. Falls ich von MacKenzie aufgehalten werde, sprichst du die Künstler an, die noch nicht Bescheid wissen.«

Angela nickte. »Das kannst du mir überlassen. Du bist dafür verantwortlich, dass MacKenzie sich wohl fühlt.« Sie blinzelte Eden verschwörerisch zu. »Ich werde es ihnen sagen, wenn sie sich verabschieden. Raton bleibt gewöhnlich nicht bis zum Schluss, weil er fürchtet, er müsste sonst mit uns aufräumen.«

Sie brach ab, als Lola und Claire eintrafen. Die beiden Kunststudentinnen sollten wieder beim Servieren helfen. Sie lächelten Angela und Eden zu und stellten sich hinter die Tische.

Um halb sieben stand Eden an der Tür und

begrüßte die ersten Gäste. Winston Fineman traf vor allen anderen ein, offenbar konnte er es nicht erwarten, wieder in Angelas Nähe zu sein. Sie begrüßte ihn mit einem langen, innigen Kuss. Eden sah verstohlen hin und bemerkte, wie sich die Hände des Kritikers um Angelas einladende Brüste legten, die unter dem Top so leicht zugänglich waren. Angela schlang die Arme um seinen Hals, und Fineman ließ die Hände auf ihre Hüften sinken.

Edens Aufmerksamkeit wurde durch die Ankunft eines Pulks von Gästen abgelenkt, darunter auch Jay Jay und Belgique. Sie begrüßte sie an der Tür, man tauschte Nettigkeiten und plauderte über Kunst. Eden wirkte trotz ihrer taumelnden Gefühle für MacKenzie und Raton kühl und gelassen.

Als Alexander Raton eintraf, trat er wie ein Plantagenherrscher auf. Er blieb in der Türöffnung stehen, hob den Kopf, als wollte er über alle hinwegsehen und seinen Besitz inspizieren. Eden erstarrte, als sie ihn sah, obwohl sie versucht hatte, sich auf diesen Moment vorzubereiten.

Angela und Fineman sahen, wie Eden ihren Chef anstarrte, als er langsam auf sie zu ging und sie am Arm in eine stillere Ecke führte. Angela und ihr Freund folgten unauffällig und waren schockiert, als sie die ersten Worte des Galeriebesitzers hörten, die nur für Edens Ohren bestimmt waren.

»Wir nannten solche Schuhe früher ›Fick-mich-Schuhe‹«, sagte er gehässig. »Für eine Hure der Kunst ein angemessenes Signal.« Seine Blicke bohrten sich in sie hinein, als wollte er ihr seinen Willen aufzwingen.

»Ich nenne sie lieber ›Fick-dich-selbst-Schuhe‹«, erwiderte Eden eine Spur zu laut und stampfte mit den Füßen auf. »Und sie eignen sich hervorragend, einen Mann dahin zu treten, wo es ihm wirklich weh tut.« Sie hielt seinem Blick Stand und bemühte sich um Gelassenheit. »Und jetzt gehen Sie mir aus dem Weg.«

Raton lächelte nur. »Seien Sie nicht verärgert. Denken Sie daran, dass Sie alles angefangen haben.« Seine Stimme klang jetzt lauter, damit sie auch vom wachsenden Kreis der Umstehenden vernommen werden konnte.

»Das Wort ›verärgert‹ beschreibt meine Empfindungen über Ihr widerliches Verhalten nur sehr unzulänglich«, antwortete Eden mit schneidender Stimme.

Fineman, Angela und andere hörten mit unverhohlener Neugier zu, und Raton schien das sehr willkommen zu sein. »Sie haben mich zuerst geschlagen«, erinnerte er sie. »Eden, wenn Sie sich wie ein kleines Kind benehmen, können Sie sich nicht beklagen, wenn Sie auch wie ein kleines Kind behandelt werden.«

»Ihr sexistisches und sadistisches Verhalten kann mich nicht mehr überraschen«, gab Eden zurück. Aber dann begriff sie Ratons Taktik. Er wollte die Öffentlichkeit nutzen, um sie zu provozieren. Seine lächerlichen Beschuldigungen würden glaubhafter, wenn sie jetzt vor allen Gästen und Künstlern aus der Rolle fiel.

Eden war sich nicht schlüssig, wie sie auf Ratons clevere Manipulation reagieren sollte. Sie versuchte es mit einem frontalen Angriff.

»Wenn Sie meinen, Sie müssten jenen Abend jetzt zur Sprache bringen, muss ich Sie daran erinnern, dass Sie es waren, der mich angegriffen hat. Ich habe Sie geschlagen, weil Sie meinen Busen gegrapscht haben.« Sie sprach so laut wie er. Noch mehr Gäste erweiterten den Kreis der interessierten Zuhörer.

»Eden, meine Liebe«, sagte Raton zuckersüß und mit einem Lächeln, das seine Augen nicht erreichte, »ich bin sicher, dass Sie überreagieren und alles auf einem Missverständnis beruht. Ich wollte Sie nur trösten und Sie nach Ihrem Gefühlsausbruch beruhigen. Es war eine unschuldige Umarmung, und ich bin davon überzeugt, dass Sie das wissen. Wir sollten nicht zulassen, dass alberne persönliche Differenzen zwischen uns stehen«, fügte er mit väterlichem Wohlwollen in der Stimme hinzu. »Wir sind so ein gutes Team. Ich bewundere Ihre Arbeit, die Sie in diese fantastische Ausstellung gesteckt haben.«

Schweigen legte sich über die ganze Galerie. Kunden und Künstler lauschten, fast alle anderen Gespräche waren verstummt. Eden spürte Angelas Anspannung, sie stand neben ihr, und Eden begriff, dass ihre Antwort über ihre professionelle Zukunft in Atlanta entscheiden würde.

Du bist ein hinterhältiger Bastard, dachte sie, als sie Raton starr ins Visier nahm. Du willst mich als hysterische Ziege darstellen, während du dich als gütiger, verständnisvoller Übervater verkaufen willst. Wenn sie es auf den endgültigen Streit ankommen ließ, dachte Eden, würde niemand mehr glauben, dass Raton die Ratte war, die er war.

»Alexander«, sagte sie und legte ihren ganzen Charme in das begleitende Lächeln, »ob ich auf Ihr Fehlverhalten überreagiert habe oder nicht, ist heute Abend von untergeordneter Bedeutung. Ich bin sicher, dass die Menschen, die zur Eröffnung unserer Ausstellung gekommen sind, sich mehr für Kunst interessieren als für unsere Meinungsverschiedenheiten.«

Haha, dachte Eden. Wahrscheinlich traf das Gegenteil zu.

Aber sie fuhr fort: »Wir haben eine Menge über die Geschäftsführung dieser Galerie zu besprechen.« Sie starrte in seine Augen. »Dabei muss nicht nur das Künstlerische zur Sprache kommen, sondern auch das Finanzielle.« Sie betonte das letzte Wort und sah ein kurzes Flackern in Ratons Augen.

Sie lächelte ihn immer noch an und hakte sich bei ihm unter. Raton verzog das Gesicht, aber er entzog ihr den Arm nicht. »Alles das kann bis nächste Woche warten. Heute sollten wir die Anwesenheit dieser wunderbaren Künstler feiern. Kommen Sie.« Sie steuerte ihn auf die Tische zu und bot ihm ein Glas Cabernet an. Er nahm es in die Hand und beobachtete sie wie ein Luchs. Eden hob ihr Glas.

»Ein Prosit auf die ›Kunst der Liebe‹!«, rief sie so laut, dass es in der ganzen Galerie zu hören war. »Und ein Prosit auf die Künstler, deren Arbeiten wir heute zeigen.«

»Auf die Kunst! Auf die Liebe!« Die meisten Gäste sahen dabei zu den drei Bronzestatuen von MacKenzie. »Auf den Sex!«, rief Belgique. Lachen und Kichern erfüllte den Saal. Eden hob wieder ihr Glas. »Ja, gut, auch ein Prosit auf den Sex.«

Sie wandte sich an Raton, auf dessen Gesicht ein hohles Lächeln festgefroren schien. »Trinken Sie, Alexander«, sagte sie, dann fiel der erzwungene Ausdruck des guten Willens aus ihren Augen und wurde durch einen Blick voller Hass und Verachtung ersetzt. »Ich freue mich schon auf unser Gespräch in der nächsten Woche.« Sie wandte sich abrupt von ihm ab und wollte sich unter alte und neue Freunde mischen.

Angela fing sie auf halbem Wege ab. »Gut reagiert«, flüsterte ihre Assistentin.

Edens Schultern sackten, als wollte sie sich ganz klein machen. »Danke, Angela. Ich hätte mich beinahe von ihm provozieren lassen«, gab sie zu. »Himmel, ich zittere wie ein Blatt im Wind. Jetzt brauche ich alle Hilfe, die ich kriegen kann.«

»Nimmst du meine Hilfe an?«, fragte eine vertraute Stimme an ihrer Seite. »Sie kommt zusammen mit einer Entschuldigung.«

Eden drehte sich halb um und starrte MacKenzie an, der aus dem Nichts gekommen zu sein schien. Einen Moment lang brachte sie kein Wort heraus. Er kam ihr wie eine Gestalt mit feurig roten Haaren aus einem Fresko von Piero della Francesca vor, bodenständig, verlässlich und mit dem Gesicht eines Engels.

Seine Augen, die aussahen wie geschmolzene Schokolade, verrieten Unsicherheit und Zögern.

»Oh, MacKenzie!«, rief Eden. »Gott sei Dank, dass du da bist!« Sie schlang ihre Arme um ihn und schmiegte sich an seine mächtige Brust.

Er stand da wie ein Fels und streichelte über ihre Haare. »Ich habe nur das Ende der kleinen Szene miterlebt«, sagte er. »Aber ich fand, du hast dich gut gehalten.«

Eden trat einen Schritt zurück und sah ihm in die Augen. »Es war ganz knapp«, murmelte sie. »Oh, MacKenzie, ich habe dir viel über Alexander Raton zu erzählen – wenn du mir diesmal zuhören willst.«

MacKenzie lächelte. »Ich hätte dir schon vor ein paar Tagen zuhören sollen«, sagte er. »Vergibst du mir, und können wir noch einmal von vorn beginnen, Eden? Ich glaube, ich muss noch viel lernen.«

Eden spürte, dass sie mit jeder Sekunde erregter wurde, ausgelöst durch ihre Hände auf seinem Körper und den Geruch seiner Haut. Ihre Klitoris drückte sich gegen die Seide ihres Tangas.

Wie durch einen Berg aus Watte hörte sie Angela sagen: »Ich habe gerade gesehen, wie Raton gegangen ist.«

Ein paar Sekunden später kam Fineman zu ihnen. »Er ist gerade in sein Auto gestiegen und gefahren«, bestätigte er. »Ich bin zur Tür gelaufen, weil ich sicher sein wollte, dass er nicht heimlich lauscht. Er sah verdammt wütend aus.«

Eden zwang sich jetzt zu einer professionellen Haltung. Am liebsten hätte sie MacKenzie mit sich gezogen, damit sie es noch einmal auf dem Boden ihres Büros treiben konnten. Aber sie sagte: »Gut. Wir haben noch eine Menge zu tun.« Sie wandte sich an MacKenzie. »Ich muss dir ganz viel erklären, aber zuerst müssen Angela und ich dringend mit den anderen Künstlern reden, die hier sind. Darf ich dir einige unserer guten und wohlhabenden Kunden vorstellen? Ein paar von ihnen interessieren sich ganz gewiss für deine Arbeiten. In spätestens einer Stunde bin ich wieder bei dir.«

Er nickte und sagte leise: »Ich lag wohl völlig daneben, was?«

Eden nickte, ein wehmütiges Lächeln um die Lippen.

»Wirst du mir verzeihen?«

»Das habe ich schon längst«, flüsterte sie. »Spätestens, als ich dich wiedergesehen habe.«

»Gehst du nachher mit mir essen?«

»Gern.« Sie drückte seinen Arm. »Wo immer du willst. In einer Stunde, ja?«

Sie steuerte MacKenzie zu einer Gruppe elegant gekleideter Paare, die sich um MacKenzies Skulptur *Peleus und Thetis* geschart hatten.

Eden unterbrach die angeregte Unterhaltung der Gruppe, entschuldigte sich dafür und sagte: »Darf ich Sie mit Michael MacKenzie bekannt machen?«

Es erfüllte sie mit Freude und Stolz, allein schon seinen Namen auszusprechen. »Er ist der Schöpfer dieser wunderbaren Skulpturen.« Laute der Überraschung und Bewunderung schollen Eden und MacKenzie entgegen.

Eden wandte sich an Michael. »Mr. MacKenzie«, sagte sie förmlich, »ich werde Sie spätestens in einer Stunde vor Ihren Fans retten.« Sie lächelte den Gästen zu und zog sich zurück.

Angela war sofort wieder an ihrer Seite. »Komm, jetzt kümmern wir uns um die Künstler.«

Um acht Uhr an diesem Abend hatten Eden und Angela mit allen anwesenden Künstlern gesprochen und sie zu dem Treffen eingeladen, »das für die Zukunft der Galerie sehr bedeutend sein wird.«

Einer fragte: »Wird Alexander Raton da sein?«

Eden schüttelte den Kopf. »Nein. Aber mehr kann ich jetzt nicht sagen. Es ist mir wichtig, dass Sie dabei sind. Um zwölf Uhr im *La Cuba Libra* in Virginia Highlands.«

Angela und Eden sahen, wie die Gäste nach und nach gingen. Angela sagte: »Du kannst gehen, Eden. Winston hat mir versprochen, nachher mit aufzuräumen. Lola und Claire sind ja auch noch da.«

Eden nickte dankbar und winkte den beiden jungen Frauen zu, die hinter den beiden Tischen alle Hände voll zu tun gehabt hatten, dann ging sie hinüber zu MacKenzie, der bei einer anderen Gruppe potenzieller Käufer stand. Eine besonders attraktive Frau mittleren Alters fixierte den Bildhauer mit ihren Schlafzimmeraugen. Sie trug ein tief ausgeschnittenes schwarzes Kleid und teuren Schmuck. Eden hörte sie mit verführerischer Stimme fragen: »Benutzen Sie lebende Modelle für Ihre Skulpturen, Michael?«

Michael erwiderte ihr Lächeln und war bemüht, nicht zu auffällig auf ihren großen Busen zu schauen, der sich deutlich hob und senkte. »Ja, Immer, Mrs. Hernandez«, sagte er, und sein Lächeln wurde breiter, wobei er auch ihren Ehemann einbezog, einen kleinen dunkelhaarigen Gentleman offenbar spanischer Abstammung. Er trug einen maßgeschneiderten weißen Leinenanzug.

»Ich bin ständig auf der Suche nach neuen Modellen«, fügte er hinzu. »Ich nehme auch Aufträge für Porträts an. Wenn eine schöne Frau zu mir ins Studio kommt, um mir Modell zu sitzen, lade ich immer den Gatten oder den Freund ein.« Er zeigte ein leichtes Grinsen. »Manchmal«, fuhr er fort, ist es erregender für meine Modelle, wenn sie sich in der Gegenwart des Geliebten nackt zeigen. Dann bin ich in der Lage, das Flair von Liebe und Sex viel genauer einzufangen.«

MacKenzie bemerkte einen Hauch von Enttäuschung in den Augen der Frau, aber er sah auch, dass der Ehemann den Kopf ein wenig schief legte und ihm gezielt in die Augen blickte. MacKenzie hatte das Gefühl, bei diesem Gentleman eine Art Test bestanden zu haben.

»Ich würde dieses Thema gern mit Ihnen vertiefen«, sagte Mr. Hernandez leise. »Wenn ich in der nächsten Woche mit Ihnen reden möchte, wo kann ich Sie erreichen?«

MacKenzie sah Eden, die sich ihnen näherte. »Meine Arbeiten laufen über Miss Sinclair«, sagte er.

Wie aufs Stichwort stand Eden neben ihnen. »Hier ist meine Karte, Mr. Hernandez«, sagte sie. »Über den Piepser können Sie mich jederzeit erreichen. Ich bin stolz darauf, mit Mr. MacKenzie arbeiten zu können. Ich halte ihn für einen der besten Bildhauer, die zur Zeit in Amerika arbeiten. Ich bin sicher, dass wir bald eine noch größere Schau für ihn organisieren, nur mit seinen Werken, und danach werden seine Preise kräftig anziehen.«

MacKenzies Augenbrauen hoben sich, aber das bemerkte der Ehemann nicht. Mit einem freundlichen Kopfnicken verabschiedete er sich von MacKenzie und Eden, dann führte er seine Frau zur Tür. Dicht davor drehte sie sich nach dem Künstler um und blies ihm einen Kuss zu.

Eden sah ihn grinsend an. »Geschieht das oft? Muss ich jetzt alle reichen, eleganten Damen der Stadt vertreiben, um dich nur für mich zu haben?«

»Die anderen haben keine Chance, Eden«, sagte MacKenzie ernst, und um seine Bemerkung zu bekräftigen, zog er sie in seine Arme und küsste sie auf den Mund. Einige der verbliebenen Gäste schauten neugierig auf das küssende Paar.

»Komm«, sagte er. »Gehen wir. Angela und die beiden Mädchen haben alles unter Kontrolle.«

Sie gingen in Richtung Hinterausgang, und Eden winkte Angela zu. Die junge Assistentin raunte ihr zu: »Viel Spaß.«

Eden spürte, dass ihr Verhältnis zu Angela immer vertrauter wurde, und wenn sie Winston Fineman mit in die neue Galerie zog, wäre das schon die halbe Miete, dachte sie.

Sie saßen beim Kerzenschein an einem gemütlichen Tisch des kleinen Restaurants, stocherten in ihrem Essen, hielten Händchen und befanden sich mitten im Prozess, das gegenseitige Vertrauen wieder aufzubauen. Eden empfand das starke Verlangen, in MacKenzies Arme zu fallen und sich ihm bedingungslos hinzugeben. Aber sie zwang sich dazu, die Dinge langsam anzugehen. Zuerst einmal mussten die größten Missverständnisse ausgeräumt sein. MacKenzie half ihr dabei.

»Ich möchte, dass du mir alles erzählst, was zwischen dir und Raton abgelaufen ist«, sagte er. »Mir ist klar geworden, dass er mich hinters Licht geführt hat und dass ich mich albern benommen habe. Ich werde mich noch viele Male bei dir entschuldigen müssen, ehe ich wieder ruhig schlafen kann. Ich habe einfach nicht bedacht … Ich meinte, du wärst es gewesen, die mich benutzt hat.« Er sah in ihre Augen, als sollte sie seine Reue im traurigen Blick erkennen.

»Oh, MacKenzie«, sagte Eden liebevoll, »das ist jetzt Vergangenheit. Vergessen wir das. Eines Tages werde ich vielleicht auch mal schreien und dich schlecht behandeln, und dann sind wir quitt.« Sie hielt seinem Blick stand. »Ich bin auch nicht immer so einfach.«

»Das würde ich gern herausfinden«, sagte er spontan. Er lächelte und streichelte ihre Wange.

Eden nahm seine Hände in ihre und drückte sie. »Ich werde die wichtigsten Punkte zu Raton und der Galerie zusammenfassen und dann meinen Plan entwickeln, einverstanden?«

MacKenzie nickte, und nachdem Eden die ganze Geschichte erzählt hatte, stieß er hervor: »Ich drehe ihm den verdammten Hals um! Aber was hat es mit der neuen Galerie auf sich?«

»Das ist der aufregendste Teil meines Plans«, sagte Eden voller Begeisterung. »Angela und ich haben mit den wichtigsten Künstlern der Galerie schon gesprochen, ohne ihnen irgendwelche Einzelheiten zu sagen. Alle haben bisher zugesagt, morgen zu unserem Treffen zu kommen. Ich werde ihnen von Ratons Absicht erzählen, sie um den größten Teil der Kommission zu betrügen, und ich werde versuchen, sie für eine völlig neue Galerie hier in der Stadt zu gewinnen. Noch habe ich keine geeigneten Räume, aber wir haben Leute, die uns finanziell unter die Arme greifen, deshalb wird es nicht schwer sein, ideale Ausstellungsräume zu finden. Ich stelle mir eine alte Lagerhalle vor, die man nur wenig renovieren muss. Hoch und luftig und hell muss sie sein.« Sie sah ihn an. »Ideal für deine Skulpturen«, fügte sie leise hinzu.

»Ich fühle mich geehrt, dazuzugehören«, sagte MacKenzie. »Darf ich dich küssen, damit wir unsere Vereinbarung entsprechend besiegeln?«

Es dauerte nach dem Kuss noch eine Weile, ehe sie in der Lage waren, weiterzusprechen. Eden fühlte sich saftig vor Verlangen. Ihre Klitoris war geschwollen, und die steifen Nippel drückten gegen die Spitze des Büstenhalters. Sie rutschte näher an MacKenzie heran, bis ihre Schenkel gegeneinander rieben. Ihr kurzes Kleid glitt hoch und enthüllte eine großzügige Portion nackte Haut, von der seine Augen magisch angezogen wurden. Gleichzeitig konnten die Augen auch von den hervorstehenden Nippeln nicht genug bekommen.

Sie redeten und tranken ihre Gläser leer, aber das Essen beachteten sie nicht weiter. Sie schmiegte sich an seinen Körper und drückte die Brüste gegen seinen Arm. Eden wollte seine Hände überall auf ihrer Haut spüren, und wenn er nicht bald damit anfing, würde sie selbst …

Er bemerkte die Bewegung ihrer Hand zwischen den Schenkeln. »Sollen wir gehen?«, fragte er hungrig.

»Ja, ja«, sagte sie erregt. »Ich will nichts anderes, als dich so schnell wie möglich in mir zu spüren.«

Als MacKenzie sie auf die Füße zog, murmelte

sie in sein Ohr: »Ich bin so heiß und feucht, dass mein Höschen ganz nass ist. Meine Nippel fühlen sich hart wie Kirschkerne an.«

Er stöhnte vor Lust. Er hielt ihre Handgelenke fest und starrte ungeniert auf die strotzenden Brustwarzen, die sich durch das Seidenkleid drückten. »Eden, ich will dich, ich will dich«, raunte er heiser. Er half ihr in die schwarze Jacke und rieb dabei über einen Nippel. »Ich möchte dich am liebsten aufessen«, murmelte er.

Sie zahlten rasch und liefen ungestüm zur Tür. Man sah ihnen an, dass sie es beide nicht mehr erwarten konnten.

Auf dem Gehweg vor dem Restaurant blieben sie stehen und küssten sich, als wären sie voneinander besessen. Sie rieben sich mit den Händen und stimulierten jede Körperstelle, die sie erreichen konnten.

»Wohin gehen wir?«, hauchte sie.

»Mein Hotel ist näher als dein Bungalow. Ich kann nicht warten.« MacKenzie hielt ein Taxi an und nannte dem Fahrer den Namen seines Hotels.

Seufzend und voller Vorfreude kuschelten sie sich auf der Hinterbank, während das Taxi durch die Schlaglöcher hoppelte. Eden musste lachen, als sie daran dachte, welches Bild sie abgeben mussten. Ein verliebtes, geiles Paar, für das nichts auf der Welt zählte als die Lust aufeinander.

Nach ein paar Minuten kräuselte sich Edens Kleid um ihre Hüften, und der Tanga lag zu ihren Füßen. Die sprunghaften Bewegungen des Taxis ließen MacKenzies Finger oft das Ziel verfehlen, und plötzlich fiel er mit dem Kopf in ihren Schoß, als die Zentrifugalkraft des Taxis ihn umwarf, weil es bei Grün vor einer Ampel mit Vollgas durchgezogen hatte.

Edens Lachen wurde vom gedämpften Stöhnen ihres Liebhabers begleitet, der die Situation nutzte und über ihre Klitoris leckte, wobei er sich an ihren Schenkeln festhielt. Falls der Taxifahrer etwas davon mitbekam, so ließ er sich nichts anmerken, wahrscheinlich war er solche Szenen bei Nachtfahrten gewöhnt.

Ein Hauch von Marihuana waberte durch einen Spalt in der Trennscheibe, die den Fahrgastraum vom Fahrer trennte; in ihrem Fall war es eine Fahrerin, wie Eden erst jetzt bemerkte. Eine Frau mit breiten Schultern und kurzen blonden Haaren. Die Blicke der Frauen trafen sich einen Moment lang im Innenspiegel, und Eden sah ein Zwinkern der Fahrerin, ehe sie sich wieder auf die Straße konzentrierte.

Eden wurde geschüttelt, als der erste Orgasmus über sie hereinbrach. Kleine wohlige Schauer liefen über ihren Rücken, und Wellen der Lust wogten von der bebenden Vagina durch ihren Körper. MacKenzies Zunge leckte unermüdlich. Als Eden ihre Beine entspannte, setzte er sich auf, zog ein Taschentuch hervor und wischte sich übers Gesicht, ehe er sie auf den Mund küsste, aber sie konnte trotzdem noch ihre eigenen Säfte schmecken.

Er rieb die Innenseiten ihrer heißen Schenkel, während sie die Beule in seinem Schritt drückte. Mit geschickten Fingern öffnete sie seine Hose und holte den Penis heraus, der heftig zuckte, sobald er in ihrer Hand lag. Sie rieb den Schaft mit dem Wissen, das nur die Erfahrung bringt.

MacKenzie stöhnte und grunzte, aber dann hielt er ihre Hand fest. »Hör auf, sonst begieße ich deine Finger. Ich will in dir kommen.«

Das Taxi bog in die Hoteleinfahrt und hielt an. Eden zog rasch den Tanga hoch und stolperte an

MacKenzies Arm aus dem Fond des Taxis. Er hatte den Reißverschluss seiner Hose wieder hochgezogen und sah beträchtlich gefasster aus als sie. Im grellen Licht des Vordachs, dachte Eden, mussten alle die nackte Geilheit auf ihrem Gesicht erkennen können.

MacKenzie bezahlte die Taxifahrerin, dann zog Eden ihn ungeduldig durch den Eingang.

MacKenzie lief zur Rezeption, um den Schlüssel zu holen, dann durchquerte er mit Eden am Arm die Halle und betrat die Liftkabine. Sie spürten beide, dass die Blicke von Gästen und Angestellten ihnen folgten, und sie waren erleichtert, als sich die Lifttüren schlossen.

»Endlich sind wir allein«, keuchte Eden, langte unter ihr Kleid und zog erneut das Höschen nach unten. Sie trat hinaus, bückte sich und steckte es in die Handtasche. Fasziniert schaute MacKenzie zu. Er lächelte und schaute ihr im Spiegel in die Augen, in denen die pure Lust leuchtete. Eden drehte sich um, hob ihr Kleid und zeigte ihm ihren nackten Po. Seine Augen weiteten sich, als sie die Beine spreizte und mit einer Hand dazwischengriff.

Mit einem sanften Ruck hielt die Kabine an. Die Türen glitten auseinander. MacKenzie zog Eden den Gang hinunter zu seinem Zimmer. Als er aufgeschlossen hatte, huschte Eden über die Türschwelle, und im nächsten Moment war sie schon aus ihrem Kleid. Sie stand da, nur noch mit dem Hauch von Büstenhalter und den hochhackigen Sandalen bekleidet, und sah sich im Zimmer um. Sie hakte den Vorderverschluss des Büstenhalters auf und schritt nackt auf den hohen Absätzen ans Fenster. Sie zog den Vorhang zurück.

»Ich will die Stadt sehen, während wir es treiben, MacKenzie. Ich will dich reiten, ich will dich in mir spüren und da unten all die Lichter der Stadt sehen.«

MacKenzie zog sich das Hemd über den Kopf und zurrte ungeduldig an seiner Hose. Sie hörte ihn stöhnen, drehte sich zu ihm um und sah seinen Schaft, diesen herrlichen Schwanz – und nichts anderes.

Die Erektion war noch größer, als sie in Erinnerung hatte. Sie kniete sich auf den dicken, weichen Teppich und streichelte seine Schamhaare, sie waren wunderbar sanft und kraus und ingwerrot. Sie gab sich diesem wunderbaren Schaft hin, seiner Ingwerwurzel. Sie nahm so viel in den Mund auf, wie sie unterbringen und verwöhnen konnte und labte sich an seinem Geschmack. Sie langte zwischen seine Beine und spielte mit seinen Hoden, dann strich sie kosend durch die empfindliche Kerbe seiner Backen und wieder zurück.

Das erste Mal schafften sie es nicht bis zum Bett, sondern zerschmolzen auf dem Boden und brachten ihre Körper irgendwie in die neunundsechziger Position. MacKenzies Mund presste sich auf die brennenden Lippen von Edens Vagina. Seine Zunge schnellte über ihre Klitoris, und Eden wand sich in heftigen Zuckungen, noch bevor er in sie eingedrungen war. In ihrer Ekstase schrie sie auf und rollte sich, geschüttelt vom hereinbrechenden Orgasmus, hin und her.

Als er sich auf sie legte, fühlte sich ihr Körper wie ein einziges langes Band sinnlichen Entzückens an. MacKenzie drang in sie ein, und sie empfing ihn mit neuen Zuckungen. Sie schlang die Beine um seinen Rücken, um sich so weit wie möglich für ihn zu öffnen.

Es kam ihm fast sofort, denn Edens innere Muskeln melkten ihn mit aller Kraft, bis er sich nach wenigen Stößen in kräftigen Schüben in ihr ergoss.

MacKenzie schaute aus seiner knienden Position auf und blickte durchs Fenster auf die glitzernden Lichter der Stadt. Dies war die Metropole des Südens, die sich so weit erstreckte, wie sein Auge reichte.

»Ich kann ganz Atlanta sehen, Eden«, sagte er zu seiner Geliebten, die befriedigt und voller Liebe in seine Augen schaute. »Ich spüre meinen Schwanz in dir und kann dabei die ganze Stadt überblicken.« Eine Woge schönster Gefühle schwoll in ihm an. Das musste Liebe sein. Benommen wischte er sich eine Träne aus den Augen. Liebe.

»Ich liebe dich, Eden«, sagte er.

Trotz des Aufruhrs der Gefühle, die sie in sich spürte, blieb Eden ruhig. Sie lächelte den fast Fremden an, der dabei war, ihr Leben auf die wunderbarste Weise zu verändern.

»Oh, verdammt«, rief sie spöttisch, »was können wir denn dagegen tun?«

Das KünstlerCafé

Als die beiden zusammen im Bett saßen, nachdem sie sich vom Zimmerservice ein Frühstück, bestehend aus Rühreiern, Würstchen, Kaffee, großen Mengen Toastscheiben und Orangenmarmelade, hatten bringen lassen, schmiegte Eden sich zufrieden an MacKenzies nackte Brust.

»Du, dieses Ding mit der Liebe muss ansteckend sein«, sagte sie ernst.

MacKenzie sah sie fragend an.

»Nun, gestern Abend hat es bei dir begonnen«, erklärte Eden, »und heute Morgen habe ich mir den Virus eingefangen. Glaubst du, er wird oral übertragen?«

MacKenzie musste so losprusten, dass Toastkrümel über die Bettdecke spritzten. »Willst du mir sagen, was ich glaube, dass du mir sagen willst?«, fragte er, als er sich erholt hatte.

»Ja«, sagte Eden und nickte. »Ich sage, dass ich dich liebe, MacKenzie. Und ich will dir auch einen Antrag machen. Nein«, fügte sie lachend hinzu, während sie die Hand des Geliebten zwischen ihren Schenkeln wegschob, »nein, so ein Antrag ist es nicht, obwohl wir uns den für später merken sollten. Also, höre mir gut zu.«

Eden schob das Frühstückstablett zur Seite und setzte sich im Schneidersitz hin. Ihre Brüste schwangen hin und her, während sie mit den Händen gestikulierte. Ihr magisches Dreieck der krausen Härchen zog MacKenzies Blicke an.

»Wenn wir uns lieben, sind wir auch Partner, nicht wahr?«

MacKenzie nickte.

»Und wenn ich eine Galerie eröffne, brauche ich auch dazu einen Partner, nicht wahr?«

MacKenzie nickte wieder, dann schaute er Eden mit weit geöffneten Augen an. »Du meinst, du willst mich als Partner deiner neuen Galerie haben?«

Eden lächelte. »Der Kandidat hat hundert Punkte! Ja! Ich möchte dich als Partner im Bett, in meinem Leben und in meiner Galerie. Himmel!« Sie hob den Blick. »Sollten wir scheitern, dann aber gründlich!«

Jetzt lächelte MacKenzie. »Wir werden nicht scheitern«, sagte er. »Ja, meine Liebe, ich nehme dein Angebot an. Aber« – die Pause legte er des dramatischen Effekts wegen ein – »nur unter einer Bedingung.«

Er hatte Edens volle Aufmerksamkeit. »Und die wäre?«

»Dass du meine Partnerin in meinem Studio wirst. Das ist nämlich die einzige Ebene unseres Zusammenlebens, die du außer Acht gelassen hast. Ich möchte, dass du wieder zu malen beginnst.«

Eden tat einen tiefen Atemzug und schwieg. »Hilfst du mir bei den Geschäften in der Galerie? Sonst habe ich nämlich keine Zeit.« Edens Puls raste vor Freude. Es wäre wunderbar, wenn sie mit ihrer Kunst wieder beginnen könnte. Und das unter den Fittichen eines Künstlers, der ihr viel beibringen konnte. Ja, sie hielt MacKenzie für einen großen Künstler.

»Natürlich helfe ich dir. Von nun an sind wir ein Team.«

Eden schlang die Arme um seinen Hals und

presste sich gegen ihn. Ihre Nippel wurden von seinem Brustkorb gequetscht. Sie fühlte, wie Tränen über ihre Wangen liefen. Ihr Körper wurde von Schluchzern geschüttelt. Sein Penis versteifte sich, sie konnte ihn zwischen den Schenkeln spüren. Er stocherte herum, bis er die Öffnung gefunden hatte.

Sie fuhr mit beiden Händen über seine Brust und den Bauch und sah den Lauf ihrer Tränen auf seiner Haut. »MacKenzie, du bist ein ganz durchtriebener Bastard«, sagte sie zwischen den Schluchzern der Freude. »Ich wette, das sagst du zu all deinen Freundinnen.«

»Aber nein«, wehrte sich MacKenzie und gab sich ernst. »Nur zu denen, die zeichnen können.«

Er duckte sich rasch, als ein Kissen auf seinen Kopf zuflog, und dann war Eden auf ihm wie ein Dämon. Sie kratzte und koste, streichelte und rieb jede Stelle seines Körpers, die sie erreichen konnte. Sie rutschte an ihm entlang, nahm seinen Schaft in den Mund und spürte, wie er sich unter ihr wand, bis er seine Lippen auf ihre Vagina drücken konnte.

»Ein Pick-up?«, fragte Eden ungläubig, als sie MacKenzie durch die Hotelhalle nach draußen folgte und er vor dem gewaltigen schwarzen Chevy mit dem kraftvollen V-8-Fünf-Liter-Motor stehenblieb. Sie waren zum Treffen mit den Künstlern unterwegs. Eden war nervös und verbarg es hinter Ironie. »Ein Schotte mit einem Pick-up? Bist du sicher, dass du ihn fahren kannst?«

MacKenzie nickte nur und führte Eden zur Rückseite, auf der ein blau-weißes Kreuz prangte, das Andreaskreuz. »Es ist ein schottischer Chevy«, sagte er stolz. »Ein spezielles Exportmodell.«

MacKenzie folgte Edens Weisungen zu ihrem

Bungalow. Er fuhr sicher und zügig durch den starken Großstadtverkehr, als wollte er sich der skeptischen Beifahrerin beweisen. Aber Edens Gedanken waren mit anderen Dingen beschäftigt.

»Als erstes muss ich Geschäftsräume anmieten«, sagte sie. »Für die ersten beiden Ausstellungen habe ich schon gute Ideen.«

MacKenzie sah sie interessiert an.

»Wir müssen mit einer Gruppenausstellung beginnen«, erklärte sie, »damit alle die Gelegenheit haben, sich mit ihren Arbeiten zu beteiligen. Wenn ich nächste Woche eine Lagerhalle mieten kann, findet die erste Ausstellung schon in vier bis sechs Wochen statt.«

MacKenzie nickte wieder. »Aber warum willst du so lange warten?«

»Die erste Gruppenausstellung soll zu einem besonderen Ereignis werden«, antwortete sie eifrig. »Sie soll neugierig machen und aufhorchen lassen. Meine Idee heißt tragbare Kunst.«

Er sah sie fragend an.

»Kunst, die anzieht, die schmückt«, führte sie aus. »Jeder Künstler soll etwas Neues dazu schaffen. Metallarbeiten, Stoff, Keramik – man kann alle Materialien verwenden, aus denen sich was Tragbares schaffen lässt. Ich wette, unsere Feministinnen werden sich eine Menge einfallen lassen.«

MacKenzie nickte zustimmend. »Einige ihrer Werke werden uns Männern die Augen öffnen«, sagte er grinsend.

»Ja«, rief Eden aufgeregt aus. »Wir können die Eröffnung wie eine Modenschau gestalten. Wir engagieren einige Models, um die Stücke auf dem Laufsteg zu präsentieren. Wir können auch gewagte Sachen zeigen. Wir bringen das unterschwellig Sexuelle an die Oberfläche.« Ihre Augen glühten.

»Wir geben jedem Künstler einen Monat Zeit, den besonderen Beitrag für die Ausstellung zu schaffen. Wir können schon nächste Woche die Einladungen verschicken, wenn sich nachher genug melden, um dabei zu sein. He, das wird *das* Sommerereignis in Atlanta!«

»Du hast von zwei Ideen gesprochen«, warf MacKenzie ein, als Eden eine Zeit geschwiegen hatte, in der sie über weitere Ergänzungen der Schau nachgedacht hatte.

»Oh, ja. Damit könnten wir in die Herbstsaison gehen.« Sie setzte sich seitlich hin und sah MacKenzie an. »Ich will deine eigene Ausstellung organisieren. Sie muss so gestaltet werden, dass du im ganzen Land Aufmerksamkeit erregst. Ich lade die Kritiker der großen Magazine ein und auch das Fernsehen.«

MacKenzies Reaktion war am deutlichsten an den weißen Knöcheln der Hand zu sehen, die sich am Lenkrad festklammerte. Er schluckte einige Male, aber er brachte keinen Ton heraus.

»Nun?«, fragte sie. »Einverstanden?«

MacKenzie strahlte sie an. »Natürlich, Darling. Ich versuche nur, das alles zu begreifen. Wenn die Ausstellung im Herbst stattfindet, kann ich noch einige Arbeiten fertigstellen.« Er lächelte sie liebevoll an. »Wenn jemand eine Ausstellung für mich organisieren kann, bist du das. Nichts in der Welt wünsche ich mir mehr.«

»He!«, rief Eden plötzlich, »wir sind da.«

MacKenzie bremste und setzte rückwärts in Edens Einfahrt. Sie ging sofort ins Schlafzimmer mit ihm, wo sie ein schwarzes Stretchkleid und eine passende Strumpfhose aufs Bett legte. MacKenzie setzte sich zu den Teddybären aufs Bett und verfolgte jede Bewegung der Geliebten.

»Ich kann meine Hände kaum bei mir behalten«, sagte er und leckte über seine Lippen. »Komm her, gib mir wenigstens einen Kuss.«

Eden lächelte. Es tat gut, ihn um sich zu haben. Sie trug nur noch den Tanga, als sie sich neben ihn kniete. »Soll ich unter dem Kleid einen Büstenhalter tragen?«

»Meinetwegen nicht«, antwortete MacKenzie grinsend. »Es macht mich an, wenn ich weiß, dass deine Brüste unter dem Kleid frei schwingen.«

»Diesen Vorwand brauchst du doch gar nicht«, neckte Eden ihn, wälzte sich mit ihm übers Bett und genoss seine Hände auf ihren Brüsten. Seine Zunge wischte über die Nippel. »Dabei müssen wir es bewenden lassen«, sagte sie nach einer Weile köstlichen Grapschens. »In zehn Minuten muss ich da sein, weil ich vor den Künstlern an Ort und Stelle sein will.«

Sie warf sich das Kleid über und verzichtete zu MacKenzies Freude auf den BH. Schwarze Pumps und eine Halskette, die bis ins Dreieck des Ausschnitts reichte, komplettierten ihre Ausstattung. Sie warf einen letzten Blick in den Spiegel. »Nicht zu förmlich, nicht zu lässig. Okay so, Liebster?«

Als Zeichen seiner Zustimmung gab er ihr einen Kuss. Sie gingen die zwei Blocks zur Highland Avenue zu Fuß, an Bars, Restaurants und Buchantiquariaten vorbei. *La Cuba Libra* befand sich in einem kleinen, einstöckigen Haus, in dem in der Zeit vor den riesigen Supermärkten ein Tante-Emma-Laden untergebracht gewesen war. Eden ging gern ins *La Cubra Libra*; die Leute waren freundlich, die Portionen des guten Essens reichlich.

Kurz vor zwölf ging es im Restaurant noch ruhig zu. Das Nachtleben im Viertel dauerte bis in die frühen Morgenstunden, und erst gegen Mittag nahmen die Bars und Restaurants noch schläfrig den Betrieb wieder auf. Eden hatte das geräumige Hinterzimmer reservieren lassen, damit der normale Restaurantbetrieb nicht gestört wurde.

Als sie und MacKenzie eintrafen, waren einige Künstler schon da. Martin Bulgaria erhob sich, als das Paar das Hinterzimmer betrat.

»Guten Morgen, Eden, hallo, Mr. MacKenzie. Wir haben gerade einen Krug Margarita bestellt. Nehmt euch ein Glas und bedient euch. Noch ist genug da.« Er schaute Eden unter den buschigen Augenbrauen forschend an.

»Danke, Martin«, sagte Eden und tunkte die Ränder zweier Gläser in Salz, ehe sie das Spezialgetränk des Restaurants einfüllte. Ein Glas reichte sie MacKenzie. »Haben Sie noch ein wenig Geduld, bis dic anderen eintreffen«, sagte sie dann zu Bulgaria. »Ich habe einiges zu berichten, und es ist einfacher für mich, es nur einmal vorzutragen.«

Der Maler nickte und setzte sich an einen der langen Tische, mit denen der kleine Saal gefüllt worden war. Eden suchte sich einen Platz aus, von wo sie den besten Überblick hatte. MacKenzie setzte sich rechts neben sie. »An meiner anderen Seite möchte ich Belgique haben«, sagte sie. »Sie wird wie immer etwas später kommen, aber sie kommt bestimmt.«

Um zehn Minuten nach zwölf hatte sich der Saal gefüllt, und der Gesprächspegel schwoll an. Angela und Eden hatten die Bedeutung des Treffens offenbar überzeugend dargelegt, denn fast alle Künstler waren da. Eden zählte rasch durch und endete bei drei von fünfzig, die fehlten. Mit einem Löffel klopfte sie leicht gegen ihr Glas, um die Aufmerksamkeit der Versammlung zu erreichen.

»Wir wollen über wichtige Entwicklungen reden, aber zuerst möchte ich, dass wir uns um Naheliegendes kümmern – ums Mittagessen. Leider kann ich nicht für Sie alle die Kosten übernehmen, aber wer etwas essen möchte, sollte jetzt bestellen, damit wir danach Zeit für unser Anliegen haben.« Eden wies auf die Kellner, die im Seitengang auf ihren Einsatz warteten. Sie gingen von Tisch zu Tisch und nahmen Bestellungen entgegen.

»Während wir aufs Essen warten, skizziere ich kurz, um was es geht. Aber vorher noch ein herzliches Dankeschön allen, die dazu beigetragen haben, dass die gestrige Eröffnung unserer neuen Ausstellung so erfolgreich verlaufen ist.«

Ihre Zuhörer kauten Tortilla Chips und Salsa, während Eden Auszüge aus Finemans Bericht über die Eröffnung vorlas. Dann legte sie eine längere Pause ein, ehe sie den letzten Satz zitierte. »Lassen Sie sich dieses Zitat auf der Zunge zergehen«, sagte sie. »Es lautet: ›Der Stall von Künstlern, die Eden Sinclair zur Galerie Raton geholt hat, ist eine talentierte Gruppe von Malern, Bildhauern, Fotografen und Keramikern, die Atlantas künstlerische Avantgarde repräsentiert.‹«

Eden ließ die Zeitung sinken und diesen letzten Satz auf die Zuhörer wirken. Sie sah sich im Saal um. Alle Blicke waren auf sie gerichtet. Einigen Künstlern sah man den Stolz in den Augen an.

»Ja, Sie sollten sich über das freuen, was Sie erreicht haben. Aber ich bin heute hier, um Ihnen mitzuteilen, dass Ihre hervorragende Arbeit von Alexander Raton unterlaufen wird. Er will mich aus der Galerie werfen, damit er Ihnen das Geld aus der Tasche ziehen kann.«

Ausrufe der Verblüffung, des Unmuts und der Ungläubigkeit erfüllten den Raum.

»Was meinen Sie damit?«

»Wie kann er das tun?«

Ein hoch aufgeschossener Töpfer aus Georgia Hill sprach langsam und laut durch den struppigen Bart. »Der gemeine Bastard! Ich habe die kleine Ratte nie gemocht. Wir sollten ihm den Hals umdrehen.« Er zeigte mit beiden kräftigen Händen die entsprechende Bewegung. Einige Zuhörer lachten.

»Lassen Sie mich erklären«, sagte Eden und klopfte wieder gegen das Glas, damit es ruhiger wurde. Die Kellner brachten das Essen und den Nachschub der Getränke, während Eden langsam und mit Rechenbeispielen den raffinierten Betrugsplan Ratons enthüllte. Die Reaktion ihrer Zuhörer wechselte von Verblüffung zu Niedergeschlagenheit und schlug dann in Wut auf die Skrupellosigkeit des Galeriebesitzers um.

Eden wollte, dass ihre nächste Aussage die volle Aufmerksamkeit erhielt, deshalb klatschte sie in die Hände.

»Ich habe eine Lösung«, rief sie in den Saal hinein. Damit richteten sich wieder alle Augen auf sie. »Alexander Raton soll seinen Willen durchsetzen können.« Einige der Künstler knurrten oder stöhnten. »Ich werde meine Arbeit als Leiterin der Galerie Raton aufgeben, aber dann werde ich eine neue Galerie hier in Atlanta eröffnen.« Sie brach ab, als das Knurren und Stöhnen in ein erleichtertes Aufatmen überging, das vom Klatschen vieler Hände überlagert wurde.

»Ich möchte Ihnen meinen Partner vorstellen, den schottischen Bildhauer Michael MacKenzie. Einige von Ihnen haben ihn gestern Abend schon gesehen, ihn und seine wunderbaren Skulpturen.« Die meisten Zuhörer reckten die Köpfe, andere hoben ihr Glas.

MacKenzie lächelte und sagte: »Ich bin sehr stolz darauf, zu Ihnen allen zu gehören. Eden und ich hoffen, dass Sie sich unserem neuen Unternehmen anschließen. Meine Partnerin hat schon einige aufregende Pläne entwickelt.« Er sah zu Eden auf und hoffte, dass sie fortfahren würde.

»Wir planen unsere neue Galerie mit der finanziellen Unterstützung einiger Sammler und Investoren. Belgique du Pont hat sie für das Projekt gewonnen. Wie viele von Ihnen wissen«, sagte Eden, »hat Belgique die Galerie Raton seit längerem schon gefördert. Manch einer der Anwesenden ist in ihrer erstaunlichen Kunstsammlung vertreten. Außerdem haben wir ihr das Wissen über Ratons kriminelle Betrugspläne zu verdanken.«

Wie aufs Stichwort trat Belgique ein. Eden winkte sie heran und bot den reservierten Platz neben ihr an, dann stellte Eden die Freundin vor.

»Alles, was Eden gesagt hat, ist leider wahr«, begann Belgique. »Raton und ich waren eine Zeitlang ein Paar, und ich muss zugeben, dass er den richtigen Zeitpunkt gewählt hat, um mich für eine Weile einzulullen. Es war, nachdem wir miteinander geschlafen hatten, als er mir diesen Plan erläuterte. Aus seinem Mund hörte sich das zunächst ganz plausibel an, ein wenig hier kappen und da abziehen, um den Profit zu vergrößern. Erst später, als er gegangen war, wurde mit bewusst, wie hinterhältig und betrügerisch sein Vorgehen sein würde. Er ist ein Lügner und Betrüger, und wir sind kein Paar mehr«, fügte sie lachend noch hinzu.

Belgique hielt die Versammlung nicht nur durch ihre Rede gefangen, sondern auch durch ihre Kleidung. Für ihren Auftritt hatte sie sich zu einem rückenfreien Overall mit Latz und einem breiten

Reißverschluss entschlossen, der von den Brüsten bis zum Schoß reichte.

Der Overall war weit geschnitten, und durch die breiten Ärmelöffnungen sah man einiges von ihren Brüsten. Eine schlichte Baumwolljacke, die sie locker über die Schultern geworfen hatte, sorgte dafür, dass sie nicht halb nackt am Tisch saß.

Belgique berichtete von den Förderern der neuen Galerie, und die Künstler hörten aufmerksam und erfreut zu.

»Für diese Menschen, die beim Aufbau von Edens neuer Galerie helfen wollen, lege ich meine Hände ins Feuer«, sagte sie. »Ich vertraue Eden und Michael« – sie sah zu ihm und warf ihm eine Kusshand zu – »dass sie eine wirklich neue, großartige Galerie eröffnen und führen werden. Ich unterstütze sie mit meinem Geld. Vertrauen Sie uns Ihre Arbeiten an?«

Es gab Rufe der Begeisterung von den Künstlern an den einzelnen Tischen, und Belgique strahlte.

»Aber was ist mit den Verträgen, die wir mit der Galerie Raton abgeschlossen haben?«, wollte Annalee Barrett wissen, und einige andere nickten.

«Das ist relativ einfach«, antwortete Eden. »Ich bin ja noch die Leiterin der Galerie, und wir lösen die Verträge in gegenseitigem Einvernehmen auf. Mein Vertrag mit Raton sieht vor, dass ich solche Entscheidungen treffen kann.«

Die Kellner sorgten für Getränkenachschub, und Eden nutzte die Unterbrechung. »Ich möchte gern mal zählen«, sagte sie. »Bitte Hand hoch, wer sich der neuen Galerie anschließen möchte.« Gespannt schaute sie von Tisch zu Tisch. Jeder hob ohne zu zögern eine Hand. Eden lächelte froh.

»Danke«, sagte sie bewegt. »Ich danke Ihnen allen. Es ist einstimmig.«

Alle klatschten in die Hände.

»Noch etwas«, rief Eden über den wieder anschwellenden Geräuschpegel hinweg. »Ich habe eine bestimmte Idee, von der ich überzeugt bin, dass sie auch über Atlanta hinaus Beachtung finden wird. Die erste Ausstellung der neuen Galerie soll unter dem Motto ›Tragbare Kunst‹ stehen. Wir werden sie hochtrabend *Art Vivant* nennen. Wir werden Models engagieren, die alles das vorführen, was Sie eigens für diese Veranstaltung geschaffen haben.«

Sie deutete auf Angela. »Meine Assistentin in der Galerie Raton, Angela St. John, wird uns auch in der neuen Galerie erhalten bleiben, worüber ich mich sehr freue. Wir beide werden mit Ihnen Kontakt aufnehmen, um Einzelheiten Ihres Beitrags zur tragbaren Kunst zu besprechen. Aber rechnen Sie damit, dass Sie nur einen Monat Zeit haben. Das einzige Kriterium lautet, das, was Sie schaffen, muss tragbar sein. Sie können sich auch etwas Gewagtes einfallen lassen.«

Einer der jüngeren Künstler meldete sich. »Werden die Models angezogen oder nackt sein?«

Eden lächelte. »Das hängt von den einzelnen Kunstwerken ab«, antwortete sie. »Aber ich habe nichts dagegen, wenn es Gäste gibt, die bei der Eröffnung die eine oder andere Augenbraue heben.« Sie wandte sich wieder an alle. »Was immer Sie in den nächsten Tagen tun – erwähnen Sie Raton gegenüber nichts von unseren Plänen. Das ist sehr wichtig, denn sonst fallen wir auf die Nase. Ich selbst werde mit ihm sprechen, wenn der richtige Zeitpunkt gekommen ist. Habe ich Ihr Wort?«

Ein Chor der Zustimmung erscholl. Eden lächelte in die Runde und sagte: »Ich danke Ihnen allen.«

Martin Bulgaria rief aus der hinteren Ecke: »Eden, wie soll die neue Galerie denn heißen?«

»Ah«, murmelte Eden. »Gute Frage.« Sie schaute seitlich auf MacKenzie, blickte dann wieder in den Saal. »Sie wird den Namen *Ingwerwurzel* tragen«, rief sie und grinste MacKenzie an, der offenen Mundes da saß und völlig verdutzt war. Dann setzte er eine Miene der ahnungslosen Unschuld auf.

Einige der Anwesenden kicherten, aber die meisten blickten verwundert oder verständnislos drein. Belgique grinste ungeniert.

»Das ist ein privater Scherz«, erklärte Eden. »Aber jetzt zu wichtigeren Dingen. Es ist fast zwei Uhr nachmittags, und wir alle haben unsere Arbeit.«

»Warten Sie«, rief ein älterer Mann, dessen Name Eden gerade nicht einfiel, obwohl sie wusste, dass er attraktive kubistische Landschaften malte. »Wir müssen auf die neue Galerie noch anstoßen!«

»Auf die *Ingwerwurzel!*«, riefen sie alle durcheinander und hoben die Gläser.

Eden sah MacKenzie in die Augen und hob auch ihr Glas. »Auf meine *Ingwerwurzel*«, flüsterte sie. MacKenzie wurde puterrot bis in die roten Haarspitzen.

Der Aquarium Qlub

Nachdem die Künstler gegangen waren, besprachen Eden, MacKenzie und Belgique bei einer Tasse Kaffee die Logistik ihres neuen Unternehmens. Sie brauchten Räume für die Galerie und ein Studio für MacKenzie, und sie brauchten auch eine Lokalität für die besondere Modenschau.

Belgique hatte die zündende Idee. »Hillary James, eine Freundin von mir und auch eine Förderin der neuen Galerie, besitzt einen Lagerkomplex am Rand der Downtown. Es gibt noch genug leere Flächen dort – der bisher einzige Mieter ist der *Aquarium Qlub*. Hast du schon von ihm gehört?«

Eden nickte. Ihre Freundinnen Liz Angelo und Vivienne Dupree hatten vor ein paar Monaten unter anderen Schauplätzen auch dort sehr sinnliche Fotos geschossen. Die Arbeit war vom Künstlerfond des Staates Georgia unterstützt worden, aber der Stadtrat Atlantas war so sehr entrüstet gewesen, dass es bisher keine öffentliche Ausstellung der Fotos gegeben hatte. Eden nahm sich vor, die beiden Fotografinnen zur ersten Schau einzuladen. Sie hatte sich die Fotos damals angesehen, und sie erinnerte sich noch gut an die Hintergründe im leicht dekadenten Nachtclub, in dem es eine überraschend gute Weinkarte und ab und zu wilde Partys gab.

Belgique unterbrach Edens Gedanken mit der Ankündigung, dass sie nach Hause ginge. »Ich gebe heute Abend eine Party«, sagte sie, »und ich kann Henri die Vorbereitungen nicht allein überlassen. Ich werde seine Arbeit hautnah verfolgen«, erklärte sie augenzwinkernd.

»In deinem Overall bist du optimal für die Vorbereitung einer Party gekleidet«, sagte MacKenzie grinsend.

Belgique grinste zurück und zog den Reißverschluss ein wenig auf. »Oh, Michael, du bist ein ganz Schlimmer«, gurrte sie. »Ja, der Overall ist praktisch. Und wenn es mir zu heiß wird, brauche ich nur den Reißverschluss ein wenig nach unten zu ziehen.« Mit einer raschen Bewegung hatte sie ihn von den Brüsten zum Schoß aufgezogen. Der Overall fiel ihr von den Schultern. Ihre Brüste standen im Freien, die Nippel versteift.

MacKenzie hielt die Luft an, als er die nackten Brüste so unverhofft vor sich sah. Eden lächelte nur über das spektakuläre Tun der Freundin. Bei Belgique war das Unerwartete das, was man zu erwarten hatte, und meistens hatte es mit Sex zu tun.

»Michael, siehst du jetzt, was du verpasst hast?«, fragte Belgique und verdrehte die Augen. Sie drückte ihre Brüste zusammen. »Aber da Miss Eden dich gekrallt hat, ist es wohl egal, was ich auch anstelle – ich kriege dich nicht.«

Da war keine Bosheit in Belgiques Stimme, dachte Eden. Sie schaute sich nach den Kellnern um, aber die waren beschäftigt, und so beugte sie sich rasch hinunter und lutschte nacheinander an Belgiques Nippeln.

»Oh, Eden, meine Liebe, du hast nichts verlernt«, schnurrte Belgique und strich mit den Händen über ihre bloßen Brüste. »Wollt ihr zwei nicht mitkommen, um Henri bei seinen Aufgaben zu beaufsichtigen?«

Eden lächelte, langte zu Belgiques Schoß und zog den Reißverschluss wieder hoch. »Heute nicht, Liebling«, sagte sie lächelnd und küsste die Freundin auf die Wange. »MacKenzie und ich müssen arbeiten. Ich will Hillary wegen der Schlüssel zum Lagerhaus anrufen, und gleichzeitig will ich mir den *Aquarium Qlub* ansehen und mit verschiedenen Models reden. Vielleicht können wir unsere Schau *Art Vivant* im Club aufführen.«

»Das kannst du mir überlassen«, sagte Belgique, zog ihr Handy aus der Handtasche und drückte nur einen Knopf.

»Hillary? Hier ist Belgique. Ich bin mit Eden Sinclar und Michael MacKenzie zusammen. Ich habe Ihnen von deinen Lagerhäusern erzählt, und sie interessieren sich dafür. Die Räumlichkeiten könnten sich für die Galerie und für ein Studio eignen. Wirst du sie ihnen vermieten, wenn sie den Vorstellungen der beiden entsprechen? Fein, das dachte ich mir.«

Belgique legte eine Hand über die Muschel und wandte sich an ihre Freunde. »Wir müssen rasch zuschlagen, wenn wir Raton düpieren wollen.«

Sie sprach wieder ins Telefon. »Hillary, sie wollen sich die Räumlichkeiten heute noch ansehen. Können sie die Schlüssel haben?« Sie hörte einen Moment zu. »Oh, das ist einfach. Warte, ich richte es ihnen aus.«

»Wollt ihr gleich hin?«, fragte sie Eden und MacKenzie. Nachdem sie genickt hatten, sprach Belgique wieder mit Hillary. »Kannst du im Club anrufen, dass sie in einer Stunde da sein werden? Ja, danke. Wir sehen uns heute Abend. Henri und ich arbeiten an einer Überraschung für dich. Bye.«

Belgique lächelte die Freunde an. »Betrachten wir das als gutes Omen«, sagte sie. »Natürlich würde sie gern an euch vermieten. Die Schlüssel liegen im Club. Nachmittags ist immer einer da.«

Eden war begeistert. »Wir würden sofort mieten, wenn es uns gefällt. Ich habe einen Architekten an der Hand, der freundlich und energisch ist. Danke, Belgique. Sehr beeindruckend.«

»Ach, das war doch nichts.« Belgique hob die Schultern und grinste. »Weißt du denn nicht? Ich bin mehr als nur ein schönes Gesicht mit dicken Titten.« Kichernd fügte sie hinzu: »Nun, wenn ich euch nicht in mein Bett mit Henri und Hillary überreden kann, dann muss ich weg. Wir bleiben in Kontakt. Bye.«

Eden und MacKenzie saßen dicht nebeneinander und sahen zu, wie Belgique das Hinterzimmer verließ. MacKenzie schüttelte den Kopf. »Sie ist heiß, was?«

Eden nickte. »Sie ist einzigartig. Ich liebe sie, auch wenn sie mich wahnsinnig macht. Als ich vergangene Woche glaubte, sie hätte dich in ihr Bett gelockt, war ich fest entschlossen, ihr die Augen auszukratzen. Wie hast du es eigentlich geschafft, ihr zu widerstehen?«

MacKenzie errötete und gab zu: »Es war sehr hart. Oder genauer: Ich war sehr hart.«

Eden streichelte über seinen Schoß. »So wie jetzt?«, fragte sie und spürte, wie die Erektion unter ihrer flachen Hand wuchs.

MacKenzie kuschelte sich an sie, um Eden den Zugriff zu erleichtern. Langsam rieb sie an seinem Schaft auf und ab.

»Es war derselbe Gedanke, der mich auch bei den beiden Nymphen Claire und Lola zurückgehalten hat. Als ich dich das erste Mal gesehen habe, war ich sicher, du würdest mir die kalte Schulter zeigen, wenn du erfahren hättest, dass ich in den ersten vierundzwanzig Stunden in Atlanta nur meinem Schwanz gefolgt wäre. Ich war fasziniert von dir, und ich ahnte, dass du es erfahren würdest, wenn ich den Versuchungen erliegen würde. Außerdem«, fügte er schnurrend hinzu, »hatte ich das Gefühl, dass du es wert bist, auf dich zu warten.«

»Oh, dann hatte ich dich also schon in meinen Klauen?«

»Ja, meine liebe Eden, das war so, und das ist so. Und ich liebe es so, wie es ist.«

Sie küssten sich inniglich und genossen den Moment, den sie für sich hatten. Eden konnte nicht genug von der Wärme von MacKenzies Körper bekommen, die sie durch sein Baumwollhemd spürte. Und sie genoss seine Hand auf ihren Nippeln, die er unter dem Kleid bequem streicheln konnte.

»Sobald wir zu Hause sind, musst du mit mir schlafen«, sagte sie. »Am liebsten möchte ich es hier und jetzt tun, aber zuerst müssen wir wissen, was es mit diesem Lagerhaus auf sich hat.«

Sie bezahlten und gingen Hand in Hand die Highland Avenue hinauf und von dort in die Amsterdam Avenue. Edens Bungalow war der fünfte auf der Südseite.

MacKenzie warf ihr die Schlüssel seines Pick-ups zu. »Du kennst dich in dieser Stadt besser aus als ich.«

Eden steuerte das schwere Fahrzeug mühelos aus der Einfahrt und fädelte es Richtung Süden auf die Highland Avenue ein. Sie fuhr durch das historische Schwarzenviertel von Auburn, wo Martin Luther King geboren wurde. Über die Edgewood

Avenue erreichten sie den Rand der City. Nur ein Dutzend Blocks von den spektakulären Türmen des Zentrums entfernt, bestand diese Gegend aus schlichten Steinhäusern und verrottenden Lagerhallen, die darauf warteten, einer neuen Bedeutung zugeführt zu werden. Aber niemand hatte sie bisher entdeckt.

»Die Gegend gefällt mir«, sagte MacKenzie. »Sie bietet eine Menge Möglichkeiten, und sie liegt so nahe am großen Geld.« Er drehte sich zu den Wolkenkratzern der Downtown um.

»Ja«, sagte Eden, »und das Viertel ist gar nicht so weit von unserem Haus entfernt.« Sie konzentrierte sich darauf, das ungewohnte Fahrzeug zwischen parkenden Lieferwagen zu manövrieren.

MacKenzie schwieg eine Zeit lang, während Eden sich zu orientieren versuchte. Er sah sie an und überlegte, ob sie das meinte, was sie eben gesagt hatte.

»Mir ist es ernst damit«, sagte sie leise, als hätte sie seine Gedanken gelesen. »Unser Haus. Ziehst du zu mir, MacKenzie? Ich will nicht, dass ich von dir getrennt bin. Nie.«

MacKenzie riss den Mund weit auf. »Noch eine Partnerschaft«, sagte er. »Alles halbe-halbe. Miete, Nebenkosten, Hausarbeit, Wäsche, Kochen.«

»Oh, du kochst?«

»Magst du *haggis?*« Er sah Edens verdutzten Blick. »Also gut, ich verschone dich mit *haggis.* Das ist bei uns in Schottland fast das Nationalgericht. Gekochte Innereien. Nicht jedermanns Geschmack«, fügte er grinsend hinzu. »Ja, ich koche gern. Auch exotisch, wenn ich die richtigen Gewürze auftreiben kann, was in Savannah problematisch ist.«

Eden nickte, konzentrierte sich aber auf die Straßen und hielt nach den Lagerhäusern Ausschau.

»Aber ernsthaft, Eden«, fuhr er fort, »wenn wir alles teilen, wäre es eine wunderbare Sache, mit dir zusammenzuwohnen. Himmel!« Er lachte und schüttelte dabei den Kopf. »Das ist vielleicht eine Woche! Kennst du das Gefühl, wenn dein ganzes Leben auf einen Schlag einen neuen Schub erhält?«

Sie nickte lächelnd.

»Nun, so ergeht es mir. Jetzt muss ich nur noch überlegen, was mit meinem Zeug in Savannah geschieht. Wenn wir hier ein Studio finden und ich vielleicht einen Job bei den Kunstseminaren der Uni ergattern kann, werde ich meine Zelte in Savannah ganz abbrechen. Das ist alles so wunderbar, Eden. Danke, danke, danke.«

»Abgemacht«, sagte sie. »Halbe-halbe. Gib mir einen Kuss, dann steht der Vertrag. Oh, warte einen Moment. Wir sind da.« Sie parkte vor einer lang gestreckten Lagerhalle und schaltete den Motor ab. »Jetzt kannst du mich küssen.«

Sie zitterte, als sie MacKenzies Lippen auf ihren spürte. Sie schlang die Arme um seinen Hals und zog ihn an sich. Ihre Labien schwollen an und wurden feucht, und der Drang, hier im Pick-up auf ihn zu steigen, schien fast unwiderstehlich zu sein. Aus den Augenwinkeln nahm sie eine Gruppe junger Frauen wahr, die an ihnen vorbeihuschte und hinter einer Stahltür im Lagerhaus verschwand.

MacKenzies Gesicht war gegen ihren Ausschnitt gepresst, deshalb hatte er nichts gesehen. Eden schob seinen Kopf widerwillig von ihren Brüsten weg. »Ich wette, das waren Tänzerinnen des Clubs«, sagte sie. »Die könnten wir auch als Models bei unserer Modenschau einsetzen. Wenn wir nackte Haut zeigen wollen, würden sich die Mädchen bestimmt nicht zieren.« Sie zog an MacKenzies Arm. »Komm, gehen wir.«

Die schwere Tür war unverschlossen. MacKenzie schob sie zur Seite und ließ Eden eintreten.

Sie befanden sich in einem edel eingerichteten Empfangsbereich, was man beim eher schäbigen Anblick der Halle von außen nicht vermuten konnte. Metallene Oberflächen glänzten unter den kleinen Halogenstrahlern, die an verchromten Stangen von der Decke hingen. Größere Strahler waren auf eine lange Bühne im hinteren Teil gerichtet. Eine sinnlich geschwungene Theke trennte den Eingangsbereich vom Publikumsraum. Aus verborgenen Lautsprechern pulsierte Musik.

»Hallo!«, rief Eden. »Hillary James hat uns angekündigt. Ich bin Eden Sinclair.«

»Ja, Miss Sinclair, das hat sie getan.« Eden und MacKenzie drehten sich um und sahen eine hübsche brünette Frau, die in einem orangefarbenen Top und engen Jeans an der Theke stand. Das spärliche Top ließ eine Menge Bauch sehen und war nur bescheiden erfolgreich, die vollen Brüste zu verhüllen.

»Ich bin Laurana, ich bin die Managerin des Qlubs. Ich habe Sie erwartet. Hillary hat mich gebeten, Ihnen diese Schlüssel zu geben.« Sie hielt einen Ring mit zwei Schlüsseln hoch. »Sie passen zum Haupteingang der anderen beiden Hallen auf der anderen Seite.« Sie lächelte und drehte sich zum Publikumsraum und zur Bühne um. »Gefällt es Ihnen?«

Eden und MacKenzie nickten. »Ich kannte diese Halle noch in ihrem alten Zustand«, sagte Eden. »Unglaublich, was daraus entstanden ist.«

Laurana lächelte wieder. »Ich glaube, wir haben den richtigen Standort gewählt. Mein Boss, die Frau, die den Komplex von Hillary James gemietet hat, ist sicher, dass dieser Teil der Stadt als nächster saniert wird. Mit Restaurants und Galerien und so.« Sie hob die Schultern. »Für uns verändert sich nichts, ganz egal, wo wir sind. Wir ziehen uns aus, wackeln mit Hüften und Brüsten und tanzen für die Bänker der Downtown.« Sie grinste. »Aber jetzt müssen sie mehr dafür bezahlen.« Ernster fragte sie: »Und welches Interesse haben Sie an den Räumen?«

Eden lächelte. »Wir sind die Galerie.« Sie mochte Laurana, die etwa in ihrem Alter war. »Wir möchten gern unsere Galerie und zwei Studios in einer Halle unterbringen.« Sie sah sich zu MacKenzie um.

Der Mann nickte. »Zwei Studios«, sagte er mit Nachdruck.

Laurana war begeistert. »Super.«

Eden stellte die Frage, die ihr schon die ganze Zeit im Kopf herumschwirrte. »Vermieten Sie Ihre Räume auch zu besonderen Anlässen?«

Laurana nickte. »Aber sicher. Wenn der Preis stimmt und die Leute nett sind …«

»Und die Tänzerinnen? Wir brauchen Models, die Schmuck und Kleider vorführen«, erklärte Eden. »Es kann durchaus sein, dass einige Models auch ein bisschen oder viel Haut zeigen müssen.«

»Dazu sind unsere Mädchen sicher bereit. Wir haben auch ein paar Jungs, die mit einigen von ihnen einen simulierten Sexakt auf der Bühne zeigen.« Lauranas Geschäftssinn war geweckt. »Wir könnten Ihnen ein lukratives Alles-inklusive-Angebot machen. Räumlichkeiten, Models, Essen und Trinken.«

»Das hört sich verlockend an«, sagte Eden spontan. »Bevor ich dazu etwas sagen kann, muss ich mir die anderen Hallen ansehen.« Sie schaute auf die Uhr. »In etwa einer Stunde sind wir zurück.«

Laurana nickte. »Sie können unsere Seitentür

benutzen.« Sie wies auf einen Ausgang, den Eden bisher noch nicht bemerkt hatte. »Der bringt Sie auf den Hof. Wir sehen uns später. Ich muss mich für den Abend vorbereiten.« Sie verschwand hinter einer der geschwungenen Wände.

Als Eden und MacKenzie auf den Hof traten, waren sie begeistert von der Großzügigkeit der freien Fläche. Mitten auf dem großen Areal blieben sie stehen und sahen sich staunend um. Auf drei Seiten waren sie von Lagerhallen eingeschlossen, und zur Straße hin stand ein hoher gusseiserner Zaun. Die breiten Tore im Zaun sicherten eine unkomplizierte Anlieferung. MacKenzie war so gebannt von dem Bild, dass er seinen kleinen Zeichenblock aus der Tasche zog und spontan eine Skizze der Umgebung anfertigte.

Er schritt den Hof ab und nahm Maß mit Augen und Händen. Eden sah ihm fasziniert zu. Sie liebte das Leuchten in seinen Augen, das sich aufs ganze Gesicht übertrug.

»Denkst du, was ich auch denke?«, rief sie ihm freudig zu.

»Für einen Bildhauer wie geschaffen«, rief MacKenzie zurück. Er wies auf die Hebebalken über den breiten Fenstern im ersten Stock und auf die breiten, hohen Tore. »Leichter Durchgang für sperrige und schwere Materialien.«

Gemeinsam erforschten sie das Innere der Lagerhäuser. Die Galerie musste fürs Publikum leicht erreichbar sein, deshalb war es gut, dass die eine Halle an der Straße lag. Die Studios dagegen sollten abgeschieden sein, deshalb wären die hinteren Räume im Obergeschoss genau richtig. Die Hallen hatten hohe Decken. Nord- und Südlicht drang durch die hohen Fenster ein, die fast bis auf den Fußboden reichten; sie stammten aus einer Zeit, als es noch nicht möglich war, durch das Knipsen eines Schalters die Dunkelheit zu verbannen.

»Das ist es«, sagte MacKenzie.

»Es ist fabelhaft«, stimmte Eden zu. »Ich bin jetzt schon in die Umgebung und in unsere Räume verliebt. Zu ebener Erde richten wir die Galerie ein. Wir haben die Möglichkeit, den Hof mit einzubeziehen, wenn wir Ausstellungen eröffnen. Und im Obergeschoss haben wir unsere Studios.«

Sie zitterte vor Freude. Das Verlangen nach MacKenzie wurde immer stärker. Sie wollte ihn hier haben, hier, wo sie ihr gemeinsames Unternehmen aufbauen würden.

»Komm her, MacKenzie. Es ist Zeit, dass ich dir zeige, wie sehr ich dich liebe. Wir taufen diese Räume auf unsere Weise. Ich bin geil und will dich in mir spüren.«

Eden befreite sich in rekordverdächtiger Zeit von ihren wenigen Kleidern und stand nackt vor Michael MacKenzie, der den Körper der Geliebten wie ein Weltwunder betrachtete. Er spürte, wie er anschwoll. Rasch zog er den Reißverschluss auf und ließ die Erektion frei. Er ging auf Eden zu und präsentierte seine Männlichkeit. »Der hier ist für dich«, sagte er. »Du kannst ihn nach Belieben einsetzen.«

Eden legte die Hände unter seinen baumelnden Hodensack und fuhr gleichzeitig durch die krausen roten Haare. »Ich werde mich mit viel Liebe um ihn kümmern«, murmelte sie und strich leicht über den Schaft. »Meine liebste Ingwerwurzel.«

Im nächsten Augenblick war er auch nackt. Er hob eine überraschte Eden mit den starken Armen auf und drückte sie an sich. »Halt dich da oben an dem Balken fest.«

Eden sah hoch und entdeckte den schmalen

Balken, der von einem Pfeiler zum anderen ging. Sie griff danach und verlagerte einen Teil ihres Gewichts in ihre Arme. MacKenzie hielt sie mühelos fest und packte sie an den Backen. Er spreizte ihre Beine und stellte sich dazwischen. Ihre Vulva öffnete sich wie eine Blume, die Labien in Tau getränkt.

Dann war MacKenzie in ihr, und sie spürte, wie er sie ausfüllte und gegen ihre Gebärmutter stieß. Sein Schambein rieb bei jedem Stoß gegen ihre Klitoris. Eden kreischte vor Wollust. Schauer erschütterten ihren Körper. Der ungewohnte Winkel, in dem MacKenzie in sie eindrang, stimulierte die Wände ihrer Vagina und führte sie zur prickelnden Ekstase.

Da sie sich mit den Armen festhielt, konnte sie die Bewegungen von MacKenzies Erektion in ihr lenken. Sie schwang rückwärts, bis nur noch die Spitze in ihr steckte und mit den nassen geschwollenen Labien verschmolz, dann stürmte sie vor, stieß gegen den Schaft und ließ ihn gegen die Klitoris klatschen.

Ihr kam es Sekunden vor ihm, als der Penis tief in ihr steckte. Was für eine Lust sie aus dieser fleischlichen Vereinigung zog! Sie klemmte die Backen zusammen und erschauerte, als sie wieder von heftigen Zuckungen geschüttelt wurde.

Eden erkannte die kleinen Veränderungen, die in MacKenzies Körper vorgingen, daher wusste sie, wie nahe er seinem Höhepunkt war. Der Rhythmus seiner Stöße war nicht mehr so kontrolliert wie vorher, sie spürte das finale Anspannen seiner Muskeln, und sie sog den Geruch seiner Lust ein.

Die Explosion war so gewaltig, dass sie spürte, wie ihr Leib mit seinem Samen besprüht wurde. Seine aufbäumende Ekstase löste bei ihr ein wonniges Nachbeben aus. Sie ließ sich in seine Arme fallen und rang nach Luft, während sie sich in seinem Nacken festbiss.

»Oh, Himmel, MacKenzie! Was stellst du bloß mit mir an?«, stöhnte Eden und klammerte sich weiter an den Geliebten. Sie waren noch miteinander verbunden, und er trug sie hinüber zum Fenster, das zum Hof hinausging.

»Jetzt wissen wir, dass hier unsere neue Heimat ist«, sagte er.

Coup d'État

Die folgende Woche war voller Hektik. Eden musste sich um all die großen und kleinen Probleme kümmern, die eine Neugründung mit sich bringt, und gleichzeitig musste sie ihre Arbeit vor Raton geheim halten. Ihr Verhältnis war deutlich angespannt.

Eden zwang sich, die Frechheiten ihres Chefs zu ignorieren und konzentrierte sich auf die Vorbereitungen ihres eigenen Unternehmens. Zum Glück zog es Raton vor, die meiste Zeit der Woche abwesend zu sein.

MacKenzie begann mit der Reinigung der Galerie und der Studioräume. Ein Architekt, der mit Eden befreundet war, überwachte die wenigen Veränderungen, die von seinem Schwager, einem kleinen Bauunternehmer, durchgeführt wurden. Die Arbeiten waren eher kosmetischer Natur. Das Verkleiden von Pfeilern, das Streichen der Wände. Es mussten einige neue Kabel für Klimaanlage und weitere Lichtquellen gezogen worden.

Angela St. John erwies sich als unermüdliche und zuverlässige Hilfe der Galerieleiterin. Sie stand in Verbindung mit allen Künstlern, die nach dem gemeinsamen Treffen im *La Cuba Libra* noch eine Reihe von Fragen hatten. Angela klärte rechtliche Probleme mit Edens Rechtsanwalt, und sie richtete in Edens Namen ein Konto für die neue Galerie ein. Und zwischendurch fand sie auch immer noch Zeit, mit Winston Fineman zu kuscheln, wenn er sie in der Galerie Raton besuchte.

Bei einem dieser Besuche rief Eden die Liebenden in ihr Büro. Sie kamen die Treppe hoch, und Eden fiel auf, dass Angelas Augen glänzten, und auch Fineman sah aus, als hätte er das große Los gezogen. Die beiden lieben sich wirklich, dachte Eden. Und sie wissen es.

Ihre Stimme klang geschäftlich, als sie sagte: »Angela, du bist eine fabelhafte Mitarbeiterin. Ich habe mir überlegt, dir ein Angebot zu machen. Möchtest du die stellvertretende Leiterin unserer neuen Galerie sein?«

Fineman strahlte und sah seine Freundin voller Stolz an. Angela riss den Mund weit auf. »Wirklich, Eden? Ist das dein Ernst?« Dann huschte ein Schatten über ihr schönes Gesicht. »Kann ich dann noch ausstellen?«

Eden lächelte. »Natürlich. Ich sehe dich als integrale Kraft der Galerie – du steckst mitten in der Verwaltung und gehörst auch als Künstlerin dazu. Hast du gesehen, dass ich dein Bild aus der Ausstellung verkauft habe?«

»Oh, Himmel, nein! Ich hatte so viel zu tun, dass ich gar nicht darauf geachtet habe.«

»Nun, ich gratuliere dir. Und Winston« – es war das erste Mal, dass Eden ihn mit dem Vornamen ansprach – »ich halte auch Sie für eine integrale Kraft. Wir brauchen eine Menge Publicity für die neue Galerie. Wir brauchen Kontakte zu den großen Magazinen. Schreiben Sie immer noch für *Kunst in Amerika?*«

Fineman nickte. »Ja«, sagte er, »und bevor Sie fragen – ja, ich werde über Ihre Ausstellungen für das Magazin berichten. Ich werde auch mit meinem Freund reden, der für *Art Forum* schreibt. Ein anderer Kollege hat zugesagt, Sie in den nächsten Wochen für *Art Papers* zu interviewen.«

Eden hob ihre Kaffeetasse zum Toast. »Für Wein ist es noch zu früh«, sagte sie entschuldigend, »aber ich möchte auf eine neue Partnerschaft anstoßen – Sie und Angela und MacKenzie und ich. Ich freue mich darauf, dass wir uns nun noch öfter begegnen werden.«

Angela lächelte und hob ihre Tasse. »Auf Ingwerwurzel.«

Eden ließ ein schallendes Lachen hören.

Am Freitag der zweiten Woche nach der Eröffnung war Eden sicher, dass die Vorbereitungen so weit gediehen waren, dass sie angreifen konnte. Sie rief MacKenzie und Belgique an, um moralische Verstärkung hinter sich zu wissen. Sie sollten vor Ratons Bürotür warten, während sie mit dem Boss redete.

»Ich muss das allein durchstehen«, sagte sie. Sie klang selbstbewusster, als sie sich fühlte. »Er wird toben und schreien, aber ihr sollt erst eingreifen, falls er gewalttätig werden sollte.«

MacKenzie sah skeptisch drein, aber er schwieg. Eden berührte seinen Arm. »Ich weiß, dass du vor der Tür bist, falls ich dich brauche.«

In diesem Moment ging Justin an ihnen vorbei. Eden hielt ihn fest. »Justin, kannst du eine Weile hier warten? Ich habe eine wichtige Unterredung mit Mr. Raton.«

Der junge Auslieferungsfahrer sah sie verdutzt an, nickte dann aber. »Kein Problem, Miss Eden.«

MacKenzie nahm sie in die Arme und küsste sie. »Wir sind nur ein paar Schritte von dir entfernt, Eden. Wenn du uns brauchst, sind wir da. Viel Glück.«

Ihr Herz pochte, als sie an Ratons Tür klopfte. Sie trat ein. Lavendelduft stieg ihr in die Nase.

Er saß in seinem grauen italienischen Anzug hinter dem schweren Eichenschreibtisch. In seiner gut ausgestatteten Höhle, umgeben von antiken Möbeln und moderner Kunst an den Wänden, wurde Eden an eine Spinne erinnert, wie sie Raton dort sitzen sah, eine Spinne, die ihr unsichtbares Netz aus Intrigen und Betrug zieht. Sie spürte ein flaues Gefühl im Magen. Wie hatte sie sich jemals vorstellen können, mit diesem Mann Sex zu haben?

Ihr Widerwille musste auf ihrem Gesicht abzulesen sein, denn Raton blickte auf und sagte eisig: »Geht es Ihnen nicht gut, Miss Sinclair?«

Eden ließ die Bombe platzen. Sie schluckte und sah Raton kühl in die Augen. »Hier ist meine Kündigung«, sagte sie und holte ein gefaltetes Blatt Papier aus der Innentasche ihrer Kostümjacke. Sie legte es ihm auf den Schreibtisch. »Die Kündigung wird mit dem Ende des heutigen Arbeitstages gültig.«

Ratons Augen leuchteten voller Befriedigung und Triumph.

Eden ignorierte den überlegenen Blick des Galeriebesitzers und fuhr fort: »Ich werde alle Unterlagen aus meinem Büro mitnehmen, und«, fügte sie nach einer längeren Pause hinzu, um den Moment auszukosten, »auch alle Kunstwerke der Galerie. Die Künstler stehen jetzt bei mir unter Vertrag, und sie haben mir gestattet, ihre Arbeiten mitzunehmen. Am Ende des heutigen Tages, Mr. Raton, haben Sie in Ihrer Galerie nichts mehr zu zeigen.«

Eden trat einen Schritt zurück, als sie die Explosion erwartete. Sie kam sofort.

»Sie dreiste dumme Hexe!«, schrie Raton. Sein

Gesicht verzerrte sich zu einer Maske der Wut. Plötzlich zerfiel sein ausgeklügelter Plan. »Was soll das heißen, ich habe in meiner Galerie nichts mehr zu zeigen? Das alles hier gehört mir!« Er streckte beide Arme aus und drehte sich einmal um die eigene Achse. »Sie können nicht einfach hier hereinschneien und mir sagen, Sie nehmen das alles mit. Sie haben das bisschen Verstand verloren, das Sie haben! Hauen Sie ab, Sie sind gefeuert! Ihre Kündigung hätten Sie sich sparen können!« Er packte das Blatt Papier, nahm es in beide Hände und zerriss es zu kleinen Schnipseln, die er ihr vor die Füße warf. »Gehen Sie!«

Eden rührte sich nicht von der Stelle. »Nein, Mr. Raton. Sie hören mir jetzt zu. Es ist mir zu Ohren gekommen, dass Sie planen, die Künstler um ihren vollen Anteil am Verkauf ihrer Werke zu betrügen.« Ihr Puls raste, aber ihre Gedanken waren kühl geordnet, während sie den Mann hinter dem Schreibtisch ansah.

»Ich habe allen Künstlern der Galerie von diesem Plan erzählt«, fuhr Eden fort. »Sie haben einstimmig entschieden, die Beziehung zu Ihnen abzubrechen. Ich habe ihre Verträge bereits in gegenseitigem Einvernehmen aufgelöst.«

Raton brüllte: »Das können Sie nicht tun! Sie stehlen mir meine Künstler! Ich werde Sie vor Gericht zerren! Ich verklage Sie, ich ruiniere Sie!«

Mit äußerster Anstrengung gelang es Eden, Fassung zu bewahren. »Sie werden einen guten Anwalt brauchen, Mr. Raton, der Ihnen bei der Anklage wegen Verschwörung zum Betrug und sexueller Belästigung hilft. Ich habe über Ihr kürzliches Benehmen mit einem Anwalt gesprochen, und es gibt eine Zeugin für Ihre betrügerischen Absichten. Wir werden unsere Aussagen vor der

Polizei zu Protokoll bringen, wenn Sie den Künstlern oder mir irgendwelche Schwierigkeiten bereiten sollten. Ich habe auch mit einem Reporter des *Atlanta Democrat* gesprochen, der heiß auf die Story ist. Er wird die Geschichte nicht veröffentlichen, wenn ich ihn freundlich darum bitte.«

Die Adern an Ratons Schläfen schwollen an und pulsierten. »Ich weiß, wer Ihre Zeugin ist! Es ist dieses Luder Belgique du Pont!«, brüllte er. »Wer würde ihr schon glauben?«

»Das ist doch gar nicht die Frage«, sagte Eden ruhig. »Der Bericht allein wird Sie in Atlanta unmöglich machen. Ich kann Ihnen nur raten, so still und schnell es geht aus der Stadt zu verschwinden. Fangen Sie irgendwo anders noch einmal ganz neu an. Wenn Sie uns in Ruhe lassen, haben Sie von uns nichts zu befürchten. Aber wenn Sie uns in die Quere kommen, wird mein Anwalt aktiv werden. Danach sind Sie im ganzen Land in unserer Branche am Ende. Aber das wissen Sie selbst.«

Raton kochte vor Wut. Plötzlich erhob er sich aus dem Sessel und schritt in drohender Manier um den Schreibtisch herum. Instinktiv wich Eden zurück. Sie musste an die blauen Flecken auf Belgiques Armen denken.

In diesem Moment trat Belgique durch die Tür und schnitt Raton den Weg ab. Er blieb abrupt stehen. »Ich kann es nicht ausstehen, ein Luder genannt zu werden, und dann ausgerechnet von diesem abgefahrenen Betrüger«, sagte sie, ehe sie sich an Raton wandte. »Ich habe einem Reporter ein Interview mit allen Einzelheiten gegeben, und bei meinem Anwalt liegt eine Aussage, in der ich jedes Wort wiederholt habe, wie du deine Künstler betrügen willst.«

»Wie kannst du es wagen! Ich werde dir zeigen,

wie ich mit Flittchen wir dir verfahre!«, brüllte Raton. Mit einem hässlichen Zähnefletschen stürzte er sich auf Belgique, den Arm schon ausgeholt zu einem heftigen Schlag.

MacKenzie riss die Tür auf, aber noch bevor er bei Raton war, hatte Justin schon den erhobenen Arm des Galeriebesitzers im Griff und zerrte ihn auf den Rücken.

Langsam zwang Justin seinen Chef, rückwärts zu gehen.

»Jetzt bleiben Sie schon ruhig stehen«, zischte er in seinem weichen Südstaatenakzent in Ratons Ohr. »Wissen Sie denn nicht, dass man eine so schöne zierliche Frau wie Miss du Pont nicht schlägt? Sie sollten sich schämen.« Er drückte den Arm auf dem Rücken noch etwas höher, und Raton verzog sein Gesicht. »Wenn ich Sie loslasse, benehmen Sie sich dann wie ein Gentleman?« Er drückte den Arm noch ein bisschen höher, und Raton stieß einen Schmerzenslaut aus.

Eden trat vor. »Das reicht jetzt, Justin. Lass ihn los, bitte.« Sie wandte sich an Raton und sagte mit schneidender und doch zuckersüßer Stimme: »Ich bin sicher, Mr. Raton weiß, was für ihn das Beste ist. Er wird jetzt still und höflich sein.«

Justin ließ den zerzausten, aufgeregten Raton los und trat einen Schritt zurück, aber auf seinem Gesicht blieb der finstere Blick, und sein Körper blieb gespannt für den Fall, dass ein erneutes Eingreifen erforderlich wurde. Er sah ein wenig enttäuscht aus, weil Eden ihn zurückgepfiffen hatte. »Es ist nicht in Ordnung, eine Dame schlagen zu wollen«, sagte er hitzig.

Belgique drängte sich nach vorn und legte beruhigend einen Arm um den jungen Mann. »Danke, Justin. Du warst wunderbar!«, hauchte sie und drückte seine Bizeps. Bewundernd schmachtete sie ihn an.

Raton hatte für seinen Angestellten nur keifende Verachtung übrig. »Du stümperhafter Ochse!«, fauchte er voller Wut. »Wie kannst du es wagen, Hand an mich zu legen! Du bist auf der Stelle gefeuert! Verschwinde, ich will dich hier nicht mehr sehen!«

Justin überraschte Eden, als er seinen früheren Boss nur angrinste. »Das erstaunt mich nun wirklich nicht«, sagte er. »Aber nach dem, was ich eben gehört habe, würde ich keine Hand mehr für einen solchen Betrüger wie Sie regen, Mister. Und greifen Sie nicht noch einmal Miss Belgique an. Wenn Sie ihr noch einmal drohen, komme ich wieder, und dann wird keine Miss Sinclair da sein, die mich zurückhält.« Er starrte Raton in die Augen. »Haben Sie mich verstanden?«

Raton standen vor Wut die Haare zu Berge, aber er senkte den Blick.

Justin wandte sich an Eden. »Miss Sinclair, ich schätze, dass ich meinen Job verloren habe, und Paul wahrscheinlich auch, wenn er erfährt, was hier abgelaufen ist. Ich möchte aber gern für Sie und Mr. MacKenzie arbeiten, wenn Sie mich brauchen können. Sie kennen mich und wissen, wie Sie mich einsetzen können.« Er errötete ein wenig und warf einen Seitenblick auf Belgique, die immer noch eine Hand auf seinem Arm liegen hatte. »Jedenfalls können Sie davon ausgehen, dass ich hart für Sie arbeiten würde.«

Trotz der Anspannung, die im Raum deutlich fühlbar war, musste Eden lächeln. »Wir gehen mit unserem neuen Unternehmen alle ein Risiko ein«, sagte sie und sah Justin ernst an. »Ich bin dir dankbar für dein Eingreifen eben.« Fragend blickte sie zu MacKenzie. »Wenn mein Partner zustimmt, kannst du sofort bei uns anfangen – und Paul auch.«

MacKenzie nickte. »Einverstanden.«

»Gut. Deine erste Aufgabe ist es, alle Arbeiten der Galerie zu unseren neuen Geschäftsräumen zu bringen.« Sie setzte ein falsches Lächeln auf, als sie sich an Raton wandte. »Ich bin sicher, dass Mr. Raton nichts dagegen hat, wenn wir heute seinen Lieferwagen benutzen.«

Eden gab sich nach außen hin zwar gelassen, aber der Ausdruck puren Hasses in Ratons Gesicht jagte ihr Angst ein.

»Verdammte Hexe«, zischte er so leise, dass nur sie es hören konnte. Seine Stimme klang einschüchternd und voller Bösartigkeit. »Glauben Sie bloß nicht, dass es damit vorbei ist! Das lasse ich mir nicht bieten! Ich werde Sie ruinieren!« Er schwang herum und starrte Belgique an. »Du bist noch schlechter als die anderen. Aber dir kleinen reichen Nutte wird niemand glauben, ganz egal, was du erzählst.«

Justin stieß einen knurrenden Laut aus, und man sah ihm an, wie sich sein Körper spannte. Er sah so aus, als wollte er Raton sofort an die Gurgel springen. Aber Belgique streichelte über seinen Arm und flüsterte ihm zu: »Beruhige dich, mein Junge.«

Sie wandte sich an Raton, ein Lächeln auf dem Gesicht und Verachtung in den Augen. »Aber Alexander«, sagte sie mit süßer Stimme. »Natürlich werden sie mir glauben. Ich kann wirklich sehr überzeugend sein«, sagte sie fast gurrend. »Ich habe viele einflussreiche Freunde. Ja, ganz bestimmt, Alexander, sie werden meine Geschichte gierig schlucken. Sie wird ihnen runtergehen wie Öl, darauf kannst du dich verlassen.«

Sie trat näher an Raton heran und starrte in sein Gesicht. Justin und MacKenzie flankierten ihn, um im Ernstfall reagieren zu können. »Deine Beleidigungen treffen mich nicht, Liebling.« Das Gift in ihrer Stimme übertraf das, was Raton je versprühen könnte. »Ich habe mich aus der Gosse in New Orleans nach oben gearbeitet, und ich erkenne eine Ratte, wenn ich eine sehe. Ich packe dich bei den Eiern, wenn du irgend etwas gegen mich oder gegen Eden unternimmst. Ich warne dich. Du wirst noch wünschen, nie geboren zu sein, du mieser Schweinehund.«

Eden hörte, wie Angela laut die Luft ausstieß. Sie fühlten beide die Wucht der Emotion, die aus Belgique sprach. Raton fühlte sie auch, denn er wich instinktiv einen Schritt zurück, und plötzlich trat so etwas wie Angst in sein Gesicht, wo eben noch Zorn gewesen war.

MacKenzie fasste Eden am Ellenbogen an, als wollte er deutlich machen, dass sie Unterstützung hatte. Er meldete sich das erste Mal zu Wort. »Raton, wir werden bis heute Abend draußen in den Ausstellungsräumen sein und sicherstellen, dass alles, was uns und unseren Künstlern gehört, reibungslos in unsere neue Galerie geschafft wird. Wir werden nicht zurückkommen, es sei denn, Sie unternehmen etwas Albernes. Unser Anwalt wird sofort einschreiten, wenn wir auch nur das geringste Flüstern von Ihnen hören. Ist das klar?«

Raton sagte nichts.

»Ich habe gefragt, ob das klar ist.« MacKenzies Stimme schwoll zu einem Befehlston an, den Eden bisher noch nicht gehört hatte. Sie war froh, dass er bei ihr war.

Raton ließ mit seiner Antwort noch ein letztes Aufmüpfen erkennen. »Ja, es ist klar.« Er sah die

Umstehenden mit verächtlichen Blicken an. »Sie halten sich alle für so verdammt clever. Sie glauben, Sie haben mich geschlagen und besiegt. Aber das wird sich zeigen. Warten Sie nur ab! Über dieses Geschehen ist das letzte Wort noch nicht gesprochen!«

Er starrte in MacKenzies zornige Augen, sah dort aber nur eherne Entschlossenheit und einen Willen, der stärker war als sein eigener. Mit einem letzten Zähnefletschen schob er sich an der Gruppe vorbei, blieb aber an der Tür noch einmal stehen. »Wenn ich einen von Ihnen morgen in diesem Haus sehen sollte, werde ich die Polizei rufen und lasse Sie wegen Hausfriedensbruch festnehmen. Ich lasse mir nichts mehr bieten!«

Er stürmte aus der Galerie. Krachend fiel die Tür hinter ihm ins Schloss. Eden spürte, wie ihr Körper ganz schlaff wurde. Sie lehnte sich gegen die Wand und schloss die Augen. »Das war genauso schlimm, wie ich es erwartet habe.«

»Ja«, sagte MacKenzie, »aber ich glaube, wir haben gewonnen. Er mag toben, aber ich glaube nicht, dass er uns Schwierigkeiten bereiten wird. Er weiß, dass die schlechte Presse ihn ruinieren würde. Wenn er noch einen Funken Verstand hat, wird er verkaufen und irgendwo anders neu beginnen.«

»Und wahrscheinlich dort die armen Künstler um ihr verdientes Honorar bringen«, sagte Eden grimmig.

»Wenn sie es mit sich machen lassen«, warf Angela ein. Es war das erste Mal, dass sie etwas sagte. »Aber das soll nicht unser Problem sein, Eden. Wir haben noch viel zu tun.«

»Stimmt«, sagte Eden. Sie richtete sich auf. »Fangen wir an. Justin.« Sie sah sich nach ihm um, konnte ihren neuen Mitarbeiter aber nicht sehen.

Angela flüsterte ihr ins Ohr: »Belgique ist mit ihm ins Nebenzimmer gegangen.« Sie unterdrückte ein Kichern.

Eden trippelte auf Zehenspitzen zur Tür und blinzelte durch einen schmalen Spalt. Tatsächlich, da standen Belgique und Justin in inniger Umarmung. Er hatte seine Hände unter ihre Bluse geschoben und koste ihre herrlichen Brüste.

»Du musst noch einmal zu mir kommen, Justin«, schnurrte Belgique leise.

Er flüsterte zurück: »Das würde ich nur zu gern, Miss Belgique.« Eden strengte ihre Ohren an. »Können Sie mich dann wieder fesseln? Seit Sie das mit mir gemacht haben, träume ich jede Nacht davon.«

Jetzt war es Eden, die ein Kichern unterdrücken musste. Bevor Belgique antworten konnte, klopfte Eden an die Tür und trat ins Zimmer. Justin wollte seine Hände möglichst unauffällig von Belgiques Brüsten zurückziehen, aber die Frau hielt seine Arme mit ihren eigenen fest.

»Benimm dich nicht wie ein kleiner Junge, der hinterm Schuppen mit der Freundin erwischt worden ist, Justin«, sagte sie mit einem durchtriebenen Lächeln im Gesicht. »Eden hat das alles schon gesehen. Glaube mir, du musst dich anstrengen, wenn du deine neue Chefin schockieren willst.« Sie gab Justins Hände frei und fasste ungeniert an seine unübersehbare Erektion. Der junge Mann traute sich nicht, Eden anzusehen.

»Belgique«, sagte Eden mit vorgetäuschter Schärfe, »lass deine Finger von Justin. Später kannst du mit ihm anstellen, was dir gerade in den Sinn kommt, aber jetzt soll er sich seinen Lohn verdienen.« Endlich nahm er Augenkontakt mit ihr auf und sie winkte ihn nach draußen.

Belgique glättete ihre Kleidung und rief ihm nach: »Sage mir Bescheid, wenn du fertig bist, Justin, mein Lieber. Ich mache uns etwas zu essen, dann haben wir die ganze Nacht für uns.«

Eden sah die Augen des jungen Mannes leuchten, aber dann konzentrierte er sich wieder auf seine Aufgabe.

Die folgenden Stunden beluden Angela, Eden, Justin, MacKenzie und Justin den Lieferwagen mit Kunstwerken und pendelten zwischen der Galerie Raton und den neuen Räumlichkeiten. Als sie den Kunsttransfer abgeschlossen hatten, war es dunkel geworden. Eden stand in ihrem leeren Büro und empfand so etwas wie Bedauern, dass sie ihr luxuriöses Umfeld im Zwischengeschoss aufgeben musste. Aber nach wenigen Augenblicken verflog dieses Gefühl. Was jetzt vor ihr lag, war viel aufregender.

Sie war die Letzte, die das Haus verließ. Sie schloss hinter sich ab und warf ihre Schlüssel durch den Briefkastenschlitz. Sie war sicher, dass Raton die Schlösser bald auswechseln würde.

Im Dunkel des Gebäudes prangte MacKenzies neues Schild an der Tür. Auf dem Schild stand in großen Lettern: GALERIE GESCHLOSSEN WEGEN GESCHÄFTSAUFGABE.

Art Vivant!

Als Eden und MacKenzie aus dem Pick-up stiegen, ging ein Blitzlichtgewitter über sie nieder. Fernsehkameras summten. Mikrophone wurden ihnen vors Gesicht gehalten. Durch den protestierenden Singsang der bannerschwingenden religiösen Fundamentalisten, die hinter dem Polizeikordon gegenüber der Galerie Ingwerwurzel zurückgedrängt wurden, waren die laut gerufenen Fragen der Journalisten kaum zu verstehen. Zwischen Reportern und Besuchern, die auf die Eröffnung der Schau warteten, gab es für Eden und MacKenzie ein Spießrutenlaufen. Schließlich schafften sie es bis zum Skulpturenhof, wo eine grinsende Angela auf sie wartete.

»Nun, wir wollten doch unbedingt Publicity haben, oder nicht?« Sie sah die beiden stolz an, ehe sie sich an Eden wandte. »Ich habe den Reportern versprochen, dass du ihre Fragen beantwortest, sobald du bereit bist.«

»Dann will ich sie nicht länger warten lassen«, sagte Eden. Sie atmete tief durch und ging zu den Medienvertretern zurück.

»Miss Sinclair«, rief eine junge Frau. »Channel 15 Nachrichten. Was sagen Sie zu den religiösen Fanatikern, die Ihre Ausstellung verurteilen, weil sie sexuell ausgerichtet sei, Familienwerte verachte und an Sodom und Gomorrha erinnere?«

Eden lächelte. »Ich glaube, Sodom und Gomorrha hatten eine schlechte Presse.« Diese Bemerkung löste einige Lacher aus. »Nein, im Ernst«, fuhr sie fort, »ich glaube, die Leute da drüben« – sie zeigte auf die Protestler – »haben verzerrte Ansichten über moralische Werte. Unser Anliegen mit dieser Schau ist eine Feier des menschlichen Körpers, die wir mit aufregenden künstlerischen Arbeiten begehen. Wenn wir davon ausgehen, dass der menschliche Körper schön ist, dann hat niemand einen Grund, gegen unsere Ausstellung zu opponieren.«

»Werden Sie sich so sexy anziehen, wie wir Sie heute Morgen in der Zeitung gesehen haben?«

»Ja«, bestätigte Eden lächelnd. »Mir gefällt das Outfit.«

»Trifft es zu, dass Ihre Galerie von einem Konsortium militanter Lesben finanziert wird?«

Eden lachte laut auf. »Nein, natürlich nicht. Ich weiß aber, wer dieses Gerücht gestreut hat. Ich kann Ihnen nur sagen, dass dieser unangenehme Zeitgenosse nicht vertrauenswürdig ist. Glauben Sie kein Wort von dem, was er sagt.«

MacKenzie schnitt weitere Fragen mit einem Lächeln ab, indem er Eden ins Innere führte und die Tür hinter ihr schloss. »Winstons Artikel und die Bilder in der Zeitung haben die Wirkung gezeigt, auf die wir gehofft haben«, sagte er, während sie durch die Galerie schritten, um sich zum x-ten Male zu überzeugen, dass alles für die Eröffnung in wenigen Minuten vorbereitet war. »Wir werden in den Abendnachrichten sein und morgen auf den Titelseiten. In den nächsten Tagen werden wir uns über mangelnde Besucher nicht beklagen können.«

Eden hob den Kunstteil des *Atlanta Democrat* von diesem Tage auf. Den größten Teil der ersten Seite nahm ein Farbfoto von ihr in Anspruch. Sie trug MacKenzies Beitrag für die Ausstellung, eine silberne Hülle aus dünnen Spiralen, die vom Hals bis zu den Füßen reichte. Zwischen den Spiralen zeigte sie nackte Haut. An den entscheidenden Stellen waren die Silberringe breiter.

»Das offene Kunstwerk«, so hatte Fineman beschrieben, »zeigt dünne silberne Scheiben über den Brustwarzen und ein glänzendes Dreieck, das ihr Venusdelta bedeckt.«

Angela schaute über Edens Schulter. »Ein fabelhaftes Foto«, sagte sie bewundernd.

Eden lächelte ihr zu. Sie atmete noch einmal tief durch, dann sagte sie: »Öffnet die Türen! Wir sind bereit.«

Innerhalb weniger Minuten war die Galerie von munterem Geplapper erfüllt. Eden kannte viele Gäste, die ihr von der Galerie Raton zur *Ingwerwurzel* gefolgt waren. Wohlhabende Kunden mischten sich unter neue Interessenten, die oft auch nur neugierig waren.

Angela, Lola und Claire verteilten Programme an den Türen, während Justin und Paul für die Getränkewünsche der Gäste da waren. Die Lagerhalle war durch Trennwände in viele kleine Nischen abgeteilt worden.

In jeder Nische stand eine Schaufensterpuppe, weiß oder schwarz, die handgefertigten Schmuck oder handgewebte Kleidungsstücke zur Schau stellte. Der bärtige Töpfer, der Ratons Hals hatte umdrehen wollen, hatte zwei Keramikpendel hergestellt, die man an Brustringen aufhängen konnte. Andere Puppen waren mit Halsketten, Armbändern, Ringen und Ohrringen behangen. Aber die aufregendsten Stücke würden lebende Modelle zeigen; Schmuck wirkte am besten auf nackter Haut.

Die Programme, die an die Besucher verteilt wurden, enthielten Hinweise auf die zweigeteilte

Schau; zuerst die statische Ausstellung in der Galerie, dann eine kurze Pause, und danach die Modenschau mit Models auf der Bühne des *Aquarium Qlubs*.

Um einen möglichst großen Kontrast zu ihren späteren Plänen zu erreichen, hatte Eden sich für die Eröffnung sehr unauffällig gekleidet; sie trug ein klassisches schwarzes Kleid mit einem bescheidenen Ausschnitt. Auf Strümpfe hatte sie verzichtet, ihre nackten Füße steckten in hochhackigen Pumps.

MacKenzie trug seine übliche Kombination aus weißem Hemd und frisch gewaschenen Jeans sowie hellbraune Turnschuhe. Weil Eden darauf bestanden hatte, trug er zur Feier des Tages eine Krawatte, auf der Reihen von Teddybären aufgedruckt waren. Eden hätte ihn auf der Stelle umarmen können.

Statt dessen konzentrierte sie sich auf ihre Aufgabe und arbeitete sich durch die Menge, um alte und neue Freunde begrüßen. Jay Jay und seine Begleiter Greg und Jerry waren da und unterhielten sich angeregt mit Paul an der Bar. Eden bemerkte einen ihr unbekannten gut aussehenden Mann in Jay Jays Schlepptau.

»Wie hat Ihnen das Fresko gefallen?«, fragte Eden beiläufig.

Der Mann sah sie einen Moment lang überrascht an, dann legte sich ein Lächeln über sein Gesicht, und die Augen strahlten. »Oh, sehr gut, Miss Sinclair. Es wirkt besonders gut im frühen Morgenlicht.«

Jay Jay gab ihr einen Klaps auf den Arm. »Woher hast du es gewusst?«, wollte er wissen.

Eden stellte sich auf die Zehenspitzen und küsste ihren alten Freund. »Ich habe es in deinen Augen gesehen. Du bist verliebt.«

Jay Jay erwiderte das Kompliment. »Du auch.«

Eden nickte glücklich, dann ging sie weiter, um Vivienne und Liz zu begrüßen, bevor sie Hillary James und Cindee Montgomery sah. Beide Frauen wurden von Xavier Zachary begleitet, und Eden hätte gern mehr über das Dreierverhältnis erfahren, aber ihre angeregte Unterhaltung wurde von aufgeregtem Lärm am Eingang gestört. Eden stellte sich auf die Zehenspitzen, um besser sehen zu können.

Es war Belgiques Auftritt. Sie war in Gold gekleidet. Der Ausschnitt ihres Kleids war gewaltig; er ließ die Schultern frei und erreichte spitz zulaufend den Nabel. Ihre Brüste waren nur halb bedeckt, und wie sie sich jetzt durch die Menge bewegte, rutschte der Seidenstoff schon mal ein bisschen weiter nach außen und gab den Blick auf die eine oder andere Warze frei.

Selbst aus einiger Entfernung konnte Eden sehen, dass die Nippel der Freundin mit Goldstaub besprüht waren. Die Menge drängte sich um sie, denn Männer und Frauen wollten den einen oder anderen Blick auf die wunderbaren Brüste Belgiques erhaschen. Henri, der auserwählt war, an diesem Tag ihr Begleiter zu sein, wich nicht von ihrer Seite. Seine Blicke verfingen sich immer wieder hilflos im Ausschnitt seiner Herrin.

Als Belgique sich einen Weg gebahnt hatte, umarmte sie Eden stürmisch, und Eden konnte die harten Nippel spüren.

»Du siehst umwerfend aus«, sagte Eden der Freundin. »Aber du trägst überhaupt keinen Schmuck!« Eden konnte sich nicht erinnern, Belgique jemals ohne Schmuck gesehen zu haben.

Seufzend erwiderte Belgique: »Ich konnte mich einfach nicht entscheiden. Da habe ich gedacht, ich würde mir heute Abend bei dir etwas aussuchen.«

Eden lachte mit ihrer Freundin. »Du hast genau den richtigen Zeitpunkt für deinen Auftritt gewählt. Ich wollte gerade eine kurze Pause ankündigen, ehe wir nebenan zum zweiten Teil der Eröffnung kommen. Du hast also Zeit, dich umzuziehen.«

MacKenzie brachte Eden ein tragbares Mikrofon. Sie dankte den Gästen und lud sie ein, in fünfzehn Minuten über den Hof in den *Aquarium Qlub* zu gehen. Ein erwartungsvolles Murmeln legte sich über die Zuhörer, und um sich die Zeit zu verkürzen, belagerten sie die Bar von Justin und Paul.

Als die intime Modenschau begann, war bald klar, dass der größte Teil der tragbaren Kunst aus kleinen Schmuckstücken bestand, die von den Models auf fast nackter Haut präsentiert wurden. Der Qlub hatte von der Bühnenmitte aus einen langen, schmalen Laufsteg angebracht, und darauf paradierten schöne Männer und Frauen. Im Gehen wanden sie sich im Takt der Technomusik unter ständig wechselnder Beleuchtung. Die Models trugen Spandex und Mikrofasern, die ihre schlanken Körper wie eine zweite Haut umschmiegten.

Belgique hatte sich mit Laurana eine besondere Überraschung für den Abend im *Aquarium Qlub* ausgedacht. Die Tänzer und Tänzerinnen des Clubs wurden um eine Schar junger, arbeitsloser Schauspieler erweitert. Belgique hatte sie persönlich ausgesucht und sagte Eden später, sie hätte sie ›handverlesen‹.

Eden hatte eine Steigerung ins Programm eingebaut. Bei der zweiten und dritten Runde der Präsentationen zeigten die Models erheblich mehr nackte Haut und provozierende Ornamente. Die emotionale Temperatur im Qlub war deutlich angestiegen, als Eden ein Zeichen gab und Belgique und Angela gemeinsam ins Licht der Bühne traten.

Ein einziges Keuchen war von den Zuschauern zu hören, als die beiden Frauen Arm in Arm über den Köpfen der Gäste schritten. Blitzlichter strahlten mit den Scheinwerfern um die Wette.

Die beiden Frauen trugen Kreationen der beiden Fotografinnen Liz Angelo und Vivienne Dupree.

Angela trug einen winzigen Slip unter einem hautdünnen Seidenteddy, der die Pobacken fast völlig enthüllte und so zart gewebt war, dass die Umrisse ihrer Schamhaare und das Profil ihrer sehr versteiften Nippel zu sehen waren. Auf dem dünnen Stoff waren Reproduktionen einer Fotoserie aufgedruckt, die Liz in verschiedenen sexuellen Posen zeigte. Als Angela sich auf dem Laufsteg bewegte, bewegten sich auch die Bilder der sinnlichen Liz. Die Zuschauer waren begeistert.

Belgique bildete einen überwältigenden Kontrast dazu. Ihre kürzere Gestalt mit den unübersehbaren Brüsten und den krausen Haaren war fast nackt, abgesehen von kleinen runden Fotografien, die in zierliche Silberrahmen gefasst waren und an samtüberzogenen Nippelklammern von ihren Brüsten hingen. Die Illustrationen zeigten erotische Schwarzweißporträts von Vivienne. Auf dem einen Bild spielte sie hingebungsvoll mit einem glänzenden metallischen Dildo.

Aber was die Zuschauer so nervös machte, dass sie bis auf den äußersten Stuhlrand rutschten, war ein winziges Bikinihöschen, das mit einem anderen Porträt von Vivienne bedruckt war. Diesmal hatte sie den Mund einladend geöffnet. Zwischen Viviennes Lippen befand sich ein Loch im Bikinihöschen, und durch dieses Loch lugten

Belgiques dunkle krause Haare, als ob sie aus dem Mund der Frau wüchsen.

Applaus brandete auf, aber er verstummte, als es plötzlich dunkel wurde. Als die Lichter wieder eingeschaltet wurden, richteten sie sich auf Eden, die allein in MacKenzies Kreation aus Silberringen auf dem Laufsteg stand.

Eden schritt langsam und verführerisch unter den starrenden Blicken eines fast hypnotisierten Publikums über den Laufsteg. Ihre eingeölte Haut glänzte in den Strahlen der Scheinwerfer. Plötzlich blieb sie reglos stehen.

Die Musik setzte aus und schuf ein Vakuum, in das zwei geschmeidige junge Tänzer traten. Mit anmutigen Bewegungen befreiten sie Eden von ihrem Kleid aus Silberringen. Aus dem Publikum drangen Laute sinnlicher Überraschung, als Eden in einem glitzernden G-String dastand und mit einem Halsband über den nackten Brüsten.

Das Halsband bestand aus einer Silberschnur, an der lebensgroße Penisse aus Silber befestigt waren, und an der Spitze leuchteten rote Rubine.

»Willkommen in der Galerie *Ingwerwurzel*«, sagte Eden und verbeugte sich.

Epilog

Die Galerie unter ihren Studios war ideal, um MacKenzies erotische Skulpturen im besten Licht zu präsentieren. Sie hatten kleine intime Räume geschaffen, die von Licht durchflutet wurden. In den Prospekttaschen am Empfang steckten Kopien der glühenden Kritiken der neuen Ausstellung. Alle renommierten Kunstmagazine des Landes hatten schwärmerische Berichte über MacKenzies Kunst veröffentlicht.

Ebenso positiv, wenn auch nicht so öffentlich, waren die Kontoauszüge und die Umsätze der Galerie. Alle Beiträge zur ersten Ausstellung *Art Vivant* waren verkauft, und viele Stücke waren nachbestellt worden.

Die Liste der betuchten Kunden der Galerie wurde immer länger; *Ingwerwurzel* füllte das Vakuum, das der Abgang Ratons hinterlassen hatte. In dieser Woche hatte MacKenzie zwei große Skulpturen verkauft, die er mit den Möglichkeiten der Kunstfakultät an der Georgia State University fertiggestellt hatte. In seiner Freizeit unterrichtete er dort; der Campus lag nur ein paar Blocks von der Galerie entfernt.

Sein Studio war jetzt gefüllt mit schon weit gediehenen Vorlagen für sein nächstes Werk, *Das Urteil des Paris*. Eden, Angela und Belgique waren bereitwillige Models. Sie posierten mal getrennt, mal gemeinsam in seinem Studio.

Winston Fineman hatte keine erotische Stimulierung von Angela gebraucht, um einen ekstatischen

Bericht über MacKenzies Ausstellung zu schreiben, aber er hatte sie trotzdem erhalten. Das Paar hatte zusammen ein Haus bezogen, und Angela hatte einen Raum als Studio eingerichtet. Ihre Arbeiten verkauften sich immer besser, sie fürchtete nur, dass ihre Aufgaben als stellvertretende Galerieleiterin ihr zu wenig Zeit zum Malen ließen.

Eden und MacKenzie lagen nackt auf den verstreut herumliegenden Kissen auf dem Studioboden. Die weiche Herbstsonne streichelte ihre verschlungenen Körper. Als sie sich zu lieben begannen, hob Eden den Kopf und sagte: »MacKenzie, ich möchte dich zeichnen. Ich will dich sehen, wie du wirklich bist.«

»Okay«, sagte er, »aber ich zuerst. Du siehst so entzückend aus, dass ich nicht warten kann.«

Sie suchten ihre Zeichenutensilien zusammen, und Eden legte sich in Ruhepose auf die Kissen, prickelnd vor Erwartung, die Klitoris geschwollen und die Vagina so feucht, als wären MacKenzies Finger in ihr.

Ihr Geliebter betrachtete sie aufmerksam hinter seinem Zeichenblock, und mit jeder Bewegung seiner Augen über ihren nackten Körper und mit jedem Strich seines Bleistifts fühlte Eden köstliche Schauer, als würde ihr Schoß gestreichelt und gekost. Sie sah, wie MacKenzies Penis sich aus den ingwerroten krausen Haaren erhob und immer steifer wurde. Beinahe unbewusst führte Eden eine Hand zwischen die Schenkel und strich mit einem Finger über die Klitoris. Sie spürte, wie ihr die Säfte über die Finger liefen.

»Eden«, flüsterte MacKenzie, »bleib so.«

Als sie an der Reihe war, ihn zu zeichnen, legte

sie ihn auf den Rücken, aber auf einen Ellenbogen aufgestützt.

»Spiel ein bisschen mit dir selbst, Liebling«, lockte sie ihn. »Aber ich will nicht, dass du kommst.«

Sie war aufgeregt, ihn so vor sich zu haben, und nichts anderes zählte für sie. Es war, als schaute sie in die Seele des Geliebten, und in jeden Strich auf dem Papier floss ihre Liebe für ihn ein. Sie spürte ein heftiges Zucken in den Tiefen ihrer Vagina. Diesmal, spürte sie, besaß sie ihn wirklich.

Als sie ihre Skizze beendet hatte, versehen mit entschiedenen und doch sanften Strichen und schwarzen Schatten, die die Konturen seines Körpers einfingen, empfand Eden eine Welle unendlicher Liebe und Lust, von der sie überspült wurde, und obwohl ihre Hände beschäftigt waren, erlebte sie fast einen Orgasmus, der sie atemlos zurückließ.

Sie ließ die Zeichnung fallen und beugte sich zu ihrem Geliebten hinunter.

MacKenzie langte nach ihr, griff zwischen ihre Schenkel und drang mit den Fingern in sie ein, während seine Daumenkuppe über die dicke Knospe strich.

Eden hielt es nicht mehr länger aus. »Komm jetzt, MacKenzie, komm. Ich will, dass du mich liebst. Immer und immer wieder.«

Eine spärlich bekleidete Angela stieg die Treppe hoch, um Eden zu suchen. Sie hatte nur ein Badetuch um ihren verschwitzten Körper geschlungen, denn sie wollte am Ende eines anstrengenden Tages rasch unter die Dusche, die Eden hinten in ihrem Studio hatte einbauen lassen.

Sie trat über die Schwelle und wollte gerade nach

Eden rufen, aber der Ruf blieb ihr in der Kehle stecken, als sie die beiden nackten Körper ausgestreckt auf den Kissen liegen sah, offenbar beide in tiefem Schlaf.

Edens Arm lag über seinem Bauch, und die Finger hielten seinen schlaffen, fetten Penis. Als wäre Angela ertappt worden, schaute sie schnell weg – und ihr Blick fiel auf die beiden Skizzen, die vor dem Liebespaar auf dem Boden lagen.

Sie wollte die Schlafenden nicht stören, aber ihre Neugier war größer. Auf Zehenspitzen ging sie ins Studio hinein. Als sie sich bückte, um die Zeichnungen aufzuheben, rutschte ihr Badetuch und fiel auf den Boden. Sie stand nackt da und fühlte sich gefangen von MacKenzies lebenssprühender Skizze. Natürlich sah sie auf den ersten Blick, dass er Eden gezeichnet hatte. Aber diese Eden in ihrer hemmungslosen wilden Erotik enthüllte die sexuelle Seite der Persönlichkeit ihrer Freundin und Chefin.

Mehr noch war Angela von der anderen Zeichnung fasziniert, die MacKenzie darstellte und deshalb von Eden stammen musste. Es war die sinnlichste Zeichnung eines Mannes, die Angela je gesehen hatte. Sie demonstrierte mit verblüffender Deutlichkeit die Mischung von Zärtlichkeit und sexueller Energie, diese Mischung, die MacKenzies Triebfeder war – in der Liebe und in der Kunst.

Angela war hingerissen. »Himmel«, murmelte sie. »Ich hatte ja keine Ahnung, dass Eden so gut ist.«

MacKenzie öffnete träge ein Auge und grinste. »Angela, meine Liebe«, sagte er, »sie ist noch viel besser.

Ende